医海“牙”舟

蒋泽先　著

百花洲文艺出版社
BAIHUAZHOU LITERATURE AND ART PRESS

图书在版编目（CIP）数据

医海“牙”舟 / 蒋泽先著. -- 南昌：百花洲文艺出版社, 2018.12
ISBN 978-7-5500-3094-7

Ⅰ. ①医… Ⅱ. ①蒋… Ⅲ. ①报告文学－中国－当代 Ⅳ. ①I25

中国版本图书馆CIP数据核字(2018)第253533号

医海“牙”舟
蒋泽先 著

出 版 人　姚雪雪
责任编辑　余 茳　安姗姗
特约编辑　谭 佳
封面设计　张诗思
内文设计　周璐敏
出版发行　百花洲文艺出版社
社　　址　南昌市红谷滩新区世贸路898号博能中心一期A座20楼
邮　　编　330038
经　　销　全国新华书店
印　　刷　江西华奥印务有限责任公司
开　　本　787mm×1092mm　1/16　印张　20
版　　次　2019年1月第1版第1次印刷
字　　数　307千字
书　　号　ISBN 978-7-5500-3094-7
定　　价　89.00元

赣版权登字　05-2018-476

邮购联系　0791-86895108
网　　址　http：//www.bhzwy.com
图书若有印装错误，影响阅读，可向承印厂联系调换。

谨以此书献给改革开放40年来的奋进者、践行者和创造者们。

序一：背影远去的思考

王　兴（中华口腔医学会名誉会长）

在我的电脑里传来了口腔颌面外科同道蒋泽先教授书写的《医海“牙”舟》书稿，并要我为之作序。我并不熟悉蒋先生，但是他作为口腔颌面外科专家，又笔耕不辍，出版了许多口腔医学话题之外的著作，成为我国口腔医学界少有的作家，既让我感到惊喜，也让我敬佩与感动！更何况这本“医海‘牙’舟”是记录我比较熟悉的一位老朋友黎昌仁先生25年创业，打造“拜博口腔医疗集团”的人生轨迹。自然义不容辞，写下下面的一些话，还请蒋先生指正。

认识黎昌仁先生是出于黎先生与中华口腔医学会的一段缘分。2005年，学会准备购置办公用房，那时学会的经济状况十分拮据，我们希望得到曾经的合作伙伴的支持与帮助，筹措购房资金。学会几位老同志曾出面和几家大的厂家商家见面会谈，希望他们出资帮助，遗憾的是我们曾经支持过的几家大厂家商家最后却选择了沉默。此时正在创业初期的黎昌仁先生个人向学会捐赠了8万元人民币。这在当时不是一个小数目，对学会来说真是雪中送炭。正是这个缘分，让时任中华口腔医学会会长的我记住了“黎昌仁”这个名字，也对他后来的事业发展给予了一份关注。

正像黎昌仁先生所感恩的一样，我始终认为，我们应该首先感恩我们所处的这个伟大时代。国家实行改革开放，引领了这个伟大时代的到来。我们的祖国取得了前所未有的进步与成果，使得中国人民的生活水平不断提高。正是这个大环境，奠定了我国口腔医学事业蓬勃发展的基础。试想在贫穷、饥饿困扰的日子里，老百姓能改变“牙病不是病，疼起来要人命”的落后口腔健康观念吗？我国口腔医学曾经所处的极度落后面貌能有今天的改变吗？结论只能是国家的发展和进步为我国口腔医学的发展与进步提供了前所未有的历史机遇。但是如何抓住这个机遇，发展好我国的口腔医学，为我国老百姓口腔健康水平的提高做一些实实在在的贡献，这是问题的另一方面。《医海“牙”舟》所记录的黎昌仁先生和他的团队为发展中国口腔医学所呈现的理想和不懈追求，正是中国口腔人抓住这一历史机遇的最好见证。

1993年，一位来自江西贫困县城的口腔医生怀着自己的创业梦，辞职南下，来到深圳，身揣1000元，开始了艰辛的创业之路。初期他来到一家只有一个椅位的诊所打工，40天后，他承包了一家口腔门诊部，历经三年，淘到了自己创业的第一桶金，遂后逐渐扩大承包点。不久又转战珠海，东去上海，成功地创建了六和口腔医疗集团。经过20年的努力，六和先后易名为拜尔、拜博，打造了中国最大的口腔医疗连锁机构。其创办的连锁机构，从黑龙江到海南三亚，从大连到大理，覆盖了全国50余个城市，拥有口腔医院、口腔门诊部、口腔诊所共213家，拥有口腔椅位2789台，员工6000多名。他的理想和目标是：创民族品牌，做百年老店。

我相信在这25年的创业路上，黎先生一定经历过无数的艰辛与困难，经历过成功与挫折，但是他毕生心系口腔，为中国老百姓提供优质口腔医疗保健服务的拳拳之心值得敬佩，他不畏艰难勇于创业的精神值得我们学习。

我们清醒地认识到，口腔疾病几乎是全人类的疾病，我国居民的口腔健康意识仍有待提高，我国口腔疾病的发病率仍居高不下，我国口腔医学的发展水平与发达国家相比仍有较大的差距，发展中国口腔医学任重道远。和黎先生一样，我们此生的命运已经和中国口腔医学紧紧地联系在一起，尽管我们前行的路上仍然会遇到各种各样的困难，但是我们中国口腔人会坚守自己的信念和理想，发展好中国口腔医学，造福中国老百姓。

我衷心地祝福黎昌仁先生创建的“拜博口腔医疗集团”发展得越来越好！祝福黎昌仁先生事业发达，健康幸福！感谢蒋先生为“中国民营口腔人”树碑立传，弘扬一份正能量。

王兴

2018年11月26日 于北京

序二：有趣有益的一书三读

郝德明（中国非公立医疗机构协会常务副会长兼秘书长）

读书是人类永恒的追求，那么读一本书，你有多少期待？或沉思，或深省，或振奋，或新知。

读完本书，我有半晌沉吟，一些思考。仅此一本书，我读出了三种境界：这是一本口腔医学的科普读本，生动形象；这是一本纪实文学的创业读本，激情励志；这是一本科学探索的研究读本，引领未来。

开卷有益，更要开卷有趣。通常，益和趣不易兼得，然而，本书的叙事是从口腔医学发展史开始的，从远古到现在，从国外到国内，娓娓道来，句句珠玉；通俗易懂，忍俊不禁。

与其说本书是牙科简史，不如说本书是牙科创业的历史——记录了艰难，言明了机遇，有思考，有反省，有狂喜，有悲哀。作为创业者，黎昌仁追求理想的执着让人赞叹。掩卷静思，发现黎昌仁创业发展的主线，深刻探讨了非公立医疗企业的走向及在发展中存在的问题:对怎样处理好资本与医疗，医生与患者，盈利与质量的关系，做了比较深入的探讨。

创业，是推动时代发展的动力。因此，创业者是这个时代的英雄。

当下，我们遇到了前所未有的创业好时机。据统计，截至2018年6月，全国共有医疗卫生机构99.5万家，其中医院3.1万家，包括公立医院1.1万家，非公立医院2万余家。

非公立医院之所以发展迅猛，原因有四: 第一，国家政策好，近几年，国家支持加快社会办医文件频频出台；第二，资金丰足。投资者对医疗行业的投资热情远超其他行业；第三，民众觉醒。老百姓日益增长的健康需求不断刺激了医疗市场的增长；第四，人才流动。医生的自主性不断加大给非公立医疗市场注入了新鲜血液。

诚然， 医疗技术是医院的立院之本，非公立医院概莫能外，要解决与公立医院的技术差距，仅靠自身培养是困难的。引进技术和人才是非公立医院行之有效的方法之一。事实证明，黎昌仁的眼光为拜博口腔打造了无与伦比的优势——筑巢来引凤，好风凭借力。拜博口腔作为一个优质的医疗平台，让国内众多专家来此实现自己的理想，是国之大事，民之幸事，人之盛事。

黎昌仁，一个勇立创业潮头的时代人物。拜博口腔，一个书写创业历史的经典案例。事实证明，非公立医疗机构通过医疗服务与技术资源的整合，发挥群体优势，将带来无限的潜力和无穷的活力。

当健康中国战略日渐深入人心，当人民群众个性化、多样化的健康需求日趋强烈，优质高效，品牌卓越的医疗健康服务，一定会成为健康中国建设中的一颗闪亮明珠，持续发光，万物生长。

这本书将会开启你的思维之窗。

听风聆雨，共话未来。

任何一个年龄，创业不晚。

任何一个时代，创业永恒。

此为序。

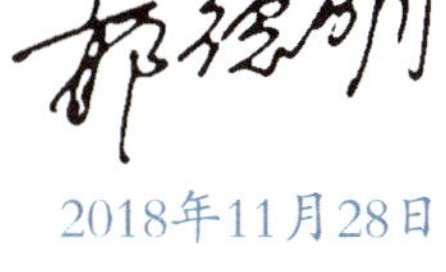

2018年11月28日

目 录

引子：征服牙症

华西霸

（1）

本书传主是牙医，是草根，是百姓。穷其一生与牙为伍，为牙齿健康，牙齿实用，牙齿美丽，为让草根百姓微笑时拥有一口美牙的自信，拼搏不息，是一名不屈不挠的征服牙症者。写作中，总不免会有些关于牙疼趣闻的碎句断语潜入大脑，飘落笔下，其本意为释疑、注释，添趣。本人且妄自擅定本书读者为爱牙者、不希望自己牙痛者、牙科创业者、关心关爱口腔事业发展者（含投资者）。为请您能读懂传主的筚路蓝缕，栉风沐雨，砥砺前行，玉汝于成的故事，开卷就告知你一点牙痛牙医史，让您像读手机文化碎片那样低头一阅。不只为博您一笑，切实想让您轻松阅读。读完这本书后您就明白这点餐前佐料，尽是我的真情实意。你会说，哇！小小的牙齿还有这么多的故事呀！

（2）

常言道，“牙痛不是病，痛起来真要命。”中国这句名言流传甚广，成了大江南北老幼妇孺皆知的常识。

如果视其为中国民间首创金句，或特有民谚，那需要认真考证了。

有了动物与人，在地球上，就必然有牙齿存在，虎牙犬齿，为人熟知。有牙，就会有牙痛症状出现。

怕牙痛成了人类的天性。动物亦有牙痛，可怜的是，动物只能以自残自虐来表达。牙症不致命，牙痛却要命，人类都怕牙痛。

印度人害怕牙痛的金句是：“将山洞挖空吧，只要能止住牙齿的疼痛；将山脉掘断吧，只要能平息牙齿的怒火。”这是公元前2000年，古印度诗集《吠陀》中的诗句。其意明确，如果能治好我的牙痛，山无棱，天地合，也在所不惜。

西方人一样恐惧牙痛。

英国戏剧家萧伯纳说：牙齿痛的人会想到有一种人最快乐，那就是牙齿不痛的人。

奇葩的事发生了，有人竟将“牙痛”列为人类分类的标准：世界上有两种人，一种痛苦的人是牙痛病人；一种快乐的人是牙齿不痛的人。

有以性别分类：男人与女人；有以财富分类：穷人与富人；有以道德分类：好人与坏人。如真要以牙痛分类，这世界上，恐怕只有一种人了：统统都是牙痛人。无牙痛过的人几乎不存在。因为一个人有28到32颗牙齿，加上儿童时期20颗乳牙，就有52次牙痛概率。还有时间！人生在世近百年，在一个人身上不发生牙痛的概率几乎为零。

厉害了，我的牙。

（3）

古今中外名人都有过牙痛史，西方名人，如华盛顿、安徒生、丘吉尔、斯大林、希特勒。拿破仑曾在1817年被流放圣赫勒拿岛时拔除了痛牙。这颗牙几经辗转到了英国斯温顿市一家拍卖行里拍卖，卖价达8000英镑。同样，牛顿及一些名人的患牙拔除后亦高价出售。反之，活着的名人为自己牙高价投保，请保险公司标价。看来名人的牙齿也高我辈一等。牙齿功用不仅在咀嚼，希特勒死后的最后鉴别靠的是他口腔里的龋齿。

在东方，曹操、杜甫、韩愈、白居易、毛泽东、朱德、蒋介石、杨虎城……都有过一样牙痛、治牙、拔牙、镶牙的经历。韩愈作诗："羡君齿牙牢且洁，大肉硬饼如刀截；我今牙豁落者多，所存十馀皆兀鼿。"白居易牙痛诗曰："头痛牙疼三日卧，妻看煎药婢来扶。"又叹："老与齿别，齿随涕零。"杜甫语："当期塞雨干，宿昔齿疾寥。"牙痛不曾绕过任何伟人与名人。

中国大文豪鲁迅，坦诚地称自己："我从小就是牙痛党之一"。他并非故意和牙齿不痛的正人君子立异，他实在欲罢不能。牙痛，终身与鲁迅相伴，（见侯桂新博客）。

在1925年10月30日行文《从胡须说到牙齿》，鲁迅用"歪着嘴角吸风"的形象，勾勒出牙痛人的表情。（这种牙痛叫"牙髓炎"，以低温可以止痛。）

从侯桂新博客整理的鲁迅"牙痛史"中摘录几段：（诚恳向博主致谢。）

在北京：

1913年5月1日晚上，鲁迅牙齿大痛，彻夜不眠。

1913年5月3日，鲁迅前往王府井徐景文牙医处疗治，约定补牙4颗，并买含漱药1瓶，共计价47元。5日、10日、11日，鲁迅三次前往看牙医，补好了4颗牙齿。

1913年12月20日，鲁迅再去徐景文牙医寓所，“令修正所补三齿”。第二天修正完毕，酬金2元。

1914年5月23日，鲁迅前往青云阁购买牙粉等物。

1914年8月12日夜，鲁迅牙痛。

1914年10月7日夜，鲁迅牙痛。

1914年11月29日，鲁迅前往青云阁购买牙粉一盒，付费6角。

1915年2月28日，鲁迅前往劝业场购买牙粉等物。

1915年5月2日，鲁迅前往观音寺街购买牙粉等物。

1915年6月13日夜，鲁迅牙痛失眠。

1915年7月24日，鲁迅前往徐景文寓所治疗龋齿。26日再去，付费10元。31日再去，并往商店买牙粉、牙刷等，花费1元。

1915年8月6日，鲁迅前往徐景文寓所疗齿。13日再去补牙，付费3元。

1915年8月31日，鲁迅前往临记洋行购买牙粉、牙刷等，付费1元。

1915年12月4日夜，鲁迅牙痛。

1915年12月18日夜，鲁迅牙齿大痛，失眠到天亮。

1915年12月19日，鲁迅前往徐景文寓所疗齿，取含漱药一瓶。24、26和31日，再去治疗龋齿。

1916年1月2日，鲁迅前往徐景文寓所疗齿。7日再去。14日再去，补牙1颗，付费8元。

1916年3月13日夜，鲁迅自己拔掉破牙1颗。

1916年3月18日，鲁迅前往徐景文寓所疗齿，付费1元。

1917年12月11日晚，鲁迅牙齿“小痛”。

1917年12月29日，鲁迅因牙痛前往陈顺龙寓所，拔掉1颗龋齿，付费3元。“归后仍未愈，盖犹有龋者。”30日再去，又拔掉1颗龋齿，付费3元。

1919年4月1日，鲁迅牙痛，前往陈顺龙寓所治疗。3日、7日、10日再去。15日再去，补牙完毕，付费5元。

1919年10月14日夜，鲁迅牙痛。

1919年11月22日，鲁迅前往陈顺龙寓所，拔牙1颗，付费2元。

1920年12月7日，鲁迅“同母亲至八宝胡同伊东牙医院疗齿”。

1921年3月27日夜，鲁迅掉落门牙1颗。（疑为有牙周病，牙已松动——作者注）

1926年7月3日，鲁迅前往伊东牙医寓所，拔牙3颗。10日，补牙完毕，付费15元。

无论是客居广州，久住上海，牙痛都与鲁迅为伍。鲁迅牙痛时均去看牙医，治牙伴随了鲁迅一生。关于牙症的记录，日记里一直维持到1935年年底。记录：高桥齿科医院治牙付费6元。

1936年10月19日凌晨，鲁迅逝世。他的人生牙痛史也画上了句号。从逝者照片看，鲁迅两颊下陷，此为消瘦之故。然，未戴假牙应实为颊部下陷主因也。

如日记未漏记的话，鲁迅总计缺失牙齿22颗，其中医生拔除17颗，自行意外脱落5颗。以28颗标准牙计算，鲁迅逝世前，口内属于自己的牙只有6颗，他口内一大半已是假牙。记录为治牙总花费231元。此花费肯定偏低。以20世纪50年代的收费标准来算，拔牙2−3元/颗，阻生牙5元/颗，拔牙费：17×3=51元；231−51=180元；修复半口约100元，上下牙至少为200元左右。用现代标准消费推算：如果选种植牙1.2万×22，为26.4万；选活动牙中等材料2万元左右；选固定不可取，因剩余牙齿不健康，难以固位。鲁迅口内在当时只能是活动义齿。

牙痛的确不是小事，拔牙、镶牙在经济上，肉体上，心理上均承受了痛苦。

鲁迅称自己为“牙痛党之一”，看来不是戏谑，是求实。因为鲁迅自己学过医，深知牙痛之苦。从记录看，鲁迅患有龋齿也患有牙周病，即中医所说“虫牙与火牙”并存。

现在，不可能有这样认真记录自己的牙病、关爱自己牙齿的“牙痛党”了。痛哉！惜哉！

（4）

人类与牙痛搏斗的历史太悠久了。7000多年前，在幼发拉底河和底格里斯河中下游的苏美尔人（亦有音译为苏默人或苏曼）就有了与牙痛搏斗的记录。

镌刻在泥板书上的楔形文有“牙洞”“牙虫”的显示。苏美尔人是人类历史上最早的古文明。他们相信牙痛是“牙虫”所致，这个理念一直在人类史上延续了千万年。

到了巴比伦人时代，他们琢磨出用啤酒加油熬在病牙上，再念咒语，可以置“牙虫”于“死”地，或让“牙虫”逃出牙齿。

世界上最早与牙齿有关的咒语是：

阿努造天空（阿努，是创造世间一切事物的创世神），天空造地球，地球造江河，江河造水流。水流造沼泽，沼泽造地龙，（牙虫）地龙去找阿努沙李斯（神灵）。

……救救我吧！

看看，最后又落到要问祈求神灵驱赶牙痛了。

于是，西方人供起了“牙痛之神”。希望神能帮助人战胜或免去牙痛，或牙痛转嫁到牙神身上，让疼痛折磨牙神。看来，在小小牙痛的问题上，人对神是居心叵测啊。

16世纪，在西方，牙医由理发师兼任。寻找牙虫时用烟熏牙，用黄金塞牙洞，找不到牙痛的原因时就放血。今天所看到理发店门口的标志是：红白相交条纹旋转的立柱。有谁知道这神秘的转柱起源竟与牙痛有关。胆小的人会听得毛骨悚然。那时，放血疗法治牙痛已成为主流。那条纹是放血后血染的绷带飘舞的样子，标识与理发无关。为止牙痛的血染风采，却长留人间。失血性休克后，清醒过来的牙痛未减。在牙痛依然的时刻，带血的绷带在风中飘扬。是恐惧还是残忍？是祈祷还是祝福？谁也不知道。流传到今天，竟成为理发店的标识。

中国人庆幸没有这样做，既不放血，也不供牙痛尊神，中国人还是相信中医。

中国医师相信牙痛源于“牙虫”与“火气”，找药物专门对付牙虫火气所致的牙痛。《黄帝内经》治疗牙痛的单方是花椒，后人加细辛，华佗用了“麻沸散”。中医还有清心火、胃火之药，已用于治疗“火牙”。效果难以让人点赞。一些游医会到眼睛里捉“牙虫”。从眼睛里捉牙虫的骗人小技却一直流传了几千年。在上世纪70年代中期，即1974年、1975年、1976年，在小城镇的街头巷尾还有捉“牙虫”的游医在公开表演骗人的小技，把从眼睛里抓出的牙虫放进盛满清水的碗里，让围观者看到小小白虫的蠕动等等。这一切，都没有有效地解决牙痛症状。后来中国人用针灸或自行泡制的中药止牙痛，也只是权宜之计。

中国没人供养牙神，也不供牙医。那时，中国牙医与流浪艺人一样在街头摆上地摊，为牙痛患者止牙痛，拔除患牙。

牙痛依然。人类与牙症的搏斗继续着。

从平民布衣到总统富翁无一人能幸免牙痛苦楚的经历。

于是，西方一些文人感叹地说：人类历史是一部牙痛史。征服牙痛成了人类重要任务之一。

是不是也可以笑叹：人类历史是一部征服牙痛的历史。

在这个世界上，牙痛终止于18世纪中期。不是牙齿不痛了，是有人终于解决了拔牙不痛的难题。这个人是牙医，叫莫顿。他把麻醉药用于拔牙上。

这药，叫乙醚。

莫顿在美国波士顿一家小牙医诊所行医。在一次联欢晚会上发现一个朋友吸了笑气后摔倒不知疼痛。这位牙科医生有所触动，他想，笑气是不是有止痛作用？他有一位朋友叫杰克逊，是化学家。他向杰克逊请教并合作，让牙痛病人吸入乙醚后，拔除了坏牙。病人一点都不知道疼痛。

从此，拔牙痛进入了拔牙可以不痛的时代了。这天是1846年1月16日。后人将此日定为牙痛与不痛的分水岭。莫顿去世后，其墓志铭上写着：在他以前，手术是一种酷刑，从他以后，科学战胜了疼痛。

波士顿公园有许多纪念碑，在华盛顿纪念碑不远处，有一个很高的纪念碑，纪念一种药品：乙醚。碑上写着：疼痛不会再有。

在这之前，有一个叫郎（Lang）的美国乡村医生在1842年3月30日就成功无痛地为一位颈部长肿块患者进行了手术。美国政府把3月30日这天，定为美国国际医师节。

2017年11月3日，国家卫生计生委申请设立“中国医师节”。国务院于2018年批复将每年8月19日设立为“中国医师节”，体现了党和国家对1100万卫生工作者的关怀与肯定。中国牙科医师一样享受这样的关怀与肯定。中国牙医一如既往地为中国百姓终生牙齿不痛、牙齿美丽而努力。

（5）

中国真正的牙医是随教会医院一起进入沿海各城市而逐渐深入内地各省市的。

明清时期，把治疗牙痛的郎中医生规划到理发的手艺人中，称为拔牙匠，与剃头师傅为同行。澡堂洗脚、推拿、按摩与拔牙医均属同类职业人员。在上海称拔牙者为“大洋伞”。因为一把太阳伞下撑起一家“牙科”，靠椅（即诊疗椅）上放几把牙钳，地上铺一张床单，床单上放的是拔下来的烂牙齿。如有的牙痛病人来拔牙，问上几句，看看烂牙，坐上靠椅即可行拔牙术。这种场面也曾出现在20世纪60年代末70年代初。

目前我国口腔医学界一致公认的中国现代牙医之父，中国现代口腔医学先驱，是艾西理•渥华德•林则。他是加拿大魁北克人，1884年2月出生，是多伦多大学牙科学学士，牙科理学硕士，皇家牙科科学院博士和口腔外科教授，医学教育家。

中国口腔医学的创始人为何是一位外国人呢？

长话短说。

1906年秋，林则自己申请，受加拿大教会派遣，来到中国，成为一名有牙科医学知识与技能的传教士。他选择在中国成都定居，他的心愿是为中国的每一个县培养一位口腔医生。1892年有一位叫启尔德的医生在成都四圣祠建立了成都仁济医院，林则到来后，分出一间给他做牙科诊所。中国的第一家牙科诊所诞生了。

这一带平坦，大家称之为坝子。

以后就叫华西坝。

林则牙科诊所开诊后，第一天接诊的是一位牙痛女病人，脸肿，口腔流脓。用现在的专业术语解释，她患的是严重牙周病，全口牙周溢脓。她要求拔牙，满嘴脓血，无人敢拔。这样的症状已存在多年，林则知道这是慢性病，清洗脓液后，可以分次拔除病牙。不久，拔除了全口坏牙，并对她行义齿修复，恢复了青春的面容和咀嚼的功能。名声传出后，牙痛的病人接踵而至，一时间门庭若市，5年后即1911年扩建为牙症医院，专门医治有牙痛牙病症状的患者。

1917年创办华西协合大学牙医系学科，华西协合大学医科班设立了牙科课。即现在的口腔医学系与医疗系，两个系均设有口腔科课程，只不过口腔系以口腔专业为重点，医疗系以口腔专业为辅。后牙医系扩展为牙医学院，授课的都是当时的世界知名牙医。

1928年华西协合大学口腔医院成立。这些国际知名牙医博士参与治疗与管理，对学生采取淘汰制，贯彻“选英才，高起点，严要求，淘汰制”的

上图：林则和他的学生黄天启、毛燮均等
下图：曾经的华西牙科楼

理念，要确保学术质量，而不是数量。一般20人一班，毕业时一般只剩一半学生。一次只招20-30人。不培养“匠人”是林则的理念，少招的理念一直保持到20世纪60年代。进入21世纪开始扩招，但高分招录一直保持到今天（2018年）。

1907年的成都，人口过10万，正宗牙医唯他一人。在他办的牙医诊所里，他身为医师，兼助手，护士，技师，后带学生，又成为教师。

在他工作的华西曾有这样一幅告知治牙病的广告：一个面黄肌瘦的四川老财，手捧饭碗，开口大笑，露出口中唯一的一颗虫牙，广告名为“无齿之图”。与现代版健康广告“从齿开始”有异曲同工之妙。

林则的诊所并非“高大上”，用他的话说，不及加拿大的三流柴房。

林则这样描绘：“地板是泥泞的，雨后更甚，房子的椽被长年开放式火炉产生的油烟熏成了黑色。房顶杂乱地铺着烧制的陶瓷瓦片，其上已经有不少的漏缝了。前屋的窗子是中国古式的带格子的纸窗户，后屋是潮湿破旧的泥土墙，这墙未达到屋顶，只是把这屋和那个吵闹的中式出租复合房分隔开来，租房的人像是一直在大声地家庭争吵中生活。小屋的一头堆放着家用的煤、木头和木屑，另一头堆放着已经损坏不能使用的中式家具。”

创业人艰苦的经历常会被后人重复。本书传主最初开诊所，自己所住之处，与中国当年创业者一样艰苦。这是上天赐给每一个创业者的礼物。孟子曰：必先苦其心志，劳其筋骨，饿其体肤，空乏其身，行拂乱其所为，所以动心忍性，增益其所不能。可见，天下欲成大事者都注定要吃苦。

林则是中国口腔医学创始人，是教育家，他带的第一个学生，与第一批学生必定都是中国人。

第一个弟子叫黄天启（1891-1985），四川眉山市人。1921入华西协合大学，是第一个从高等口腔学专业毕业的中国人。黄天启先后两次（1926年和1937年）被林则派赴加拿大进修，获博士学位。回国后任成都四圣祠牙症医院副院长。

蒋介石赴台前夕，赶到成都，在该院重做了一副全口义齿。

1950年，林则离开了他生活工作44年的中国，回到了加拿大。1968年加拿大安大略牙医学会授予林则终身会员资格。牙医学会这样评价他：此人不宣扬自己做过什么，要做什么，能做什么。但只要需要和责任召唤，他会以勇气、决心和罕见的睿智担起责任。他没有为自己工作，他为事业工作，为同仁工作，为职业工作，为所生活的世界工作。

很多中国牙医称他是加拿大派往中国最早的白求恩式的医生。

1999年，四川大学在华西口腔医院科教大楼前为林则铸造了一尊铜像。

中国牙痛者与治牙痛者忘不了他。

（6）

华西口腔医院是中国口腔医学的发源地，一百多年来，许多知名学者在这里传道授业、著书立说，许许多多口腔医学的大师巨匠，杰出的口腔医学人才从这里走向全国各地，走向世界。他们当中有学界的精英，有德艺双馨的优秀医生。然而，对于一个大国来说，他们只是少数。

就是少数这些走出了天府之国的精英，支起了中国口腔医学事业的一片天。

在西方，牙医要大学本科毕业后才能有资格报告牙学院。毕业后就是牙学博士。在西方视口腔健康、牙齿卫生与牙齿多少为文明的标尺与象征之一。世界卫生组织（WHO）对牙齿健康的标准是：80岁老人至少要有20颗功能牙。鲁迅不达标，在中国，先不说老人，一些中年人都不达标。

中国牙医竭尽全力为牙病患者服务。分配到各地的口腔精英一个个都是中国口腔医学各独立学科的创始人，包括中国整形医学的创始人，开拓者，及早期践行者。因为中国人对“牙”的轻视，对牙病、牙症的误解与轻视，对牙痛只是恐惧与远离。这些为牙症的减轻与消失奋斗的名人的名字淹没在历史的烟云里，当今口腔系的学生大都不知自己的祖师爷。

毛燮均（1901—1979），我国口腔正畸学科主要创始人之一。四川省仁寿县人，1922年考入华西协合大学牙医学系，8年后获牙医学博士。抗日战争胜利后赴北京大学医学院牙医系任教，首任主任，后赴美国进修，1949年回国后任口腔医学院主任，建立正畸科并任主任，主编了我国第一本《口腔矫形学》。

比他大3岁的陈华教授，亦是我国正畸创始人，我军口腔医学教育的奠基人。

陈教授1923年入华西牙学院读书，1930年获博士学位，1931年在北京协和任教，1945年赴美留学。回国后受聘于国立中央大学医学院教授，他拒绝去台湾。1951年他所属医学院改为华东军政委员会卫生部建制，改称解放军第五军医大学，1954年迁至西安，与第四军医大合并，他是西安口腔医学院创始人。1962年他招收了我军第一批口腔正畸学研究生。

他从《康熙字典》中，选用了“齿”“牙”，作为部首偏旁，创造口腔解剖的新字，如“龋”“龈”等系列名词，编成《口腔医学名词》，使我国口腔医学名词命名步入规范化。

上海九院，现在的上海交通大学口腔医院创始人是他俩的学友：席应忠

上图：毛燮均教授
下图：陈华教授

（1906—1985），四川安县人，1930年毕业于牙学院，获博士学位，1940年去美国留学。回国后一直在上海任教行医。1952年院系调整，他任上海第二医学院口腔科主任兼广慈医院口腔科主任。

张锡泽教授（1911年—2004年9月25），四川仁寿县人，上海第二医科大学附属九医院口腔颌面外科奠基人，中国口腔颌面外科创始人之一。1939年毕业于华西协合大学牙医学院，获牙医学博士学位，1946年赴美国哥伦比亚大学读口腔颌面外科，1948年回国，1953年任上海医大口腔医学系副主任，后接任主任。接任口腔系教科书——《口腔颌外科》主编，第一版主编是夏良才教授。

夏良才教授（1911-1975），武汉大学口腔医学院创始人，中国口腔颌面外科创始人之一，四川仁寿人。1930年进牙学院，1937年获牙医学博士，毕业后留校任教，后留学美国。回国后，任牙医学院外科系主任。最早从西方引进口腔颌外科新技术，他从眼耳鼻喉医院挤出五张病床，开展了唇腭裂修补术，全鼻再造术，逐渐建立起颌面外科病房。

1960年，夏良才教授奉调武汉，创办湖北医学院口腔医学院，当年招生，1965年湖北医学院第一届口腔系学生毕业。第二年招了第二届。第三年由于调整，停招一年。1963年为第三届。湖北医学院口腔系口腔医院建立在武昌大东门一家道观内，背靠武昌蛇山。完全是白手起家，夏良才教授与学生一起拖车拉砖、盖房修路，将旧道观改造成病房与手术室，开设了湖北，也是中国最早的较大较全的口腔颌面外科手术室与病房。

四川医学院党委书记老红军孙毅华赞美说：夏教授是湖医的骄傲，也是华西的骄傲。

中国口腔界第一位工程院院士邱蔚六，是夏良才早年的学生。1932年10月生于成都，重庆奉节人，1955年毕业于华西口腔医学院，分配到上海第二医科大学附属瑞金医院。后入附属第九人民医院任科主任，系主任，院长，2001年12月当选为中国工程院院士，接替张锡泽主编全国高等医学院校口腔颌面外科统编教材《口腔颌面外科学》，该教材现由其博士生张志愿院士任主编。

这些院士们是我走在医道文缘路上的指引者、激励者。今日，能为这位

五十年后，作者与老同学一起在感恩碑前缅怀恩师夏良才教授

牙科传主执笔写出中国民营口腔事业承前启后向前发展的文字，与院士们的关注密切相关。

华西，也是中国整形外科老一辈创始人学习与工作的起点。

中国整复外科之父张涤生（1916—2015），1937年在华西学习西医学知识，那年他21岁。1941年接触到大批抗日伤残战士，生命虽得以救治，而外貌畸形，功能障碍严重，生存艰难，心理压力极大。他遂决定学习整形。1946年因立下军功，选派赴美学习，回国后行医于国防医学院，后在解放军第二军医大学颌面外科任主任。

1955年任上海第二医院口腔颌面外科主任，教授。1964年成立整形外科。1996年当选为中国工程院院士，是中国整复外科事

作者和张志愿教授

业的创始人和开拓者。

宋儒耀（1914—2003），生于辽宁，1939年毕业于华西牙医学院，获牙医博士。1943年留美，1957年创建了世界上最大的整形外科医院：中国医学科学院整形外科医院。

在中国，早期整形与口腔同源，亲如骨肉，后来越分越细，时至今日，口腔科一样担负美容与整形的医疗任务，只不过局限在口腔颜面。这是牙医学的进步与精细。

牙医学的进步与国人对牙健康的要求同步发展。治牙症不能停留在"牙不痛"的水平上，要求牙能用，牙失落后再恢复牙功能。进入现代，要求牙齿洁白，整齐美丽，牙医不只是治疗牙齿，包括舌、颊、腭及整个口腔，改叫口腔医师；牙学系亦改称口腔系，牙学院改称口腔医学院了。

（7）

可惜可叹的是，看病难看牙病更难的现象一直存在了几十年。

尽管精英辈出，尽管人才济济。

中国牙科的起步，中国口腔事业的发展其实很艰难，很缓慢。

中国人对口腔保健一直不重视。在明清以前，农村百姓基本没有刷牙的习惯，晨起用水漱，用柳支条剔牙，如果能在漱口水中加一点盐，算是很讲究的了。

辛亥革命后，截至1946年，全国建立了10所牙医本科与专科学校。

1914年，刘东生编的《中国牙科大事》记载每百万人只拥有1名牙医；1949年后，全国正规牙医不足700人（亦统计为500人）。

1949年到改革开放前期，全国口腔设备不超过1.5万台。医院按行政配置牙科医生，县级医院为1名，地级为3-5名，省级为5-10名。

我国省市龋病病发率为37%，平均每人有2.47颗龋齿，患者占到总人数一半，牙周病约50%。

以江西为例。1949年以前江西与中国各中小城市一样，牙医均以私人诊所为主。九江知名的有左医师、南昌有胡医师，赣州有陈医师。上世纪五十年代，在公私合营高潮中，全国私人诊所民营医院全部进入公立医院，县镇牙科进入县镇医院，小城市进入社区医院，大街小巷再无牙科诊所。江西无例外，左医师进入九江地区人民医院，胡医师进入了南昌市东湖区医院，陈氏兄弟进入赣州市人民医院。他们大都具有家族性，代代相传。四五十年后，其子孙仍有人继续从事口腔专业的工作，赣州陈家孙女就读武汉大学口腔系，获硕士研究生学位，现工作在赣南医学院口腔系，上饶牙医世家的孙子就读于上饶医专，工作在市级医院。

南昌市最正规的口腔科是当年中正医学院附属医院口腔科，1949年由解放军接管。接管者中，有一位东北女性，30余岁，曾就读于日本齿科大学，毕业后回国即参军，随四野南下，到达南昌，回归医疗，任军医院口腔科主任。20世纪50年代末，军医院集体转业，划归江西医学院，命名为江西医学院第一附属医院。她是该院口腔科第一任科主任，叫常铭纲，也是江西医学院口腔系的创始人。2012年逝世，享年92岁。

20世纪，江西医学院各省市口腔科医生均系来自上海、成都、北京、武汉这四地医学院的毕业生，分配在地市级城市。“文革”中又全部下放到农村最基层医疗单位。

那个时期，两头不重视，即，患者不重视口腔卫生；卫生主管部门不重视口腔医学专业。该专业一直在疲软中踏步。

1982年，江西医学院口腔系在江西招收首届口腔医学系学生。1987年首届毕业生分往江西各地，远远不能满足市县级医院要求。经过20余年的发展，江西口腔科医师迅速增加，但还是没有走向城镇，大多数口腔医师留在市区或流向沿海二三级城市。比如，本书传主就是从县医院走向特区，走向沿海，走向大城市。

小县城的牙痛患者怎么办？

（8）

1988年中国每10万人口拥有一名牙医。

欧美、日本等发达国家平均每1000—2000人拥有一名牙医。

世界卫生组织建议：每5000个居民有一名口腔医师。

国家发展目标是2030年达到4000—5000人拥有一名牙医。

患牙病率为97%，牙周病患病率依然为50%，龋病率为37%。

2012年，中国注册牙医11.6万，其中医师9.4万，助理2.3万，其中广州数量最多，为10413人，西藏最少只有105人。百万人牙医配比人数全国平均为85人，最高北京，第二为上海，两地相差3.5倍。

中国牙科市场只有美国的1/10。

中国目前有6.5万家牙科诊所，占全球总量的15.7%。

换句话说，中国还需要大量的牙医和口腔科医师。

有市场，就不断有人员与技术进入。事实上，在中国基层牙科诊所中，有一大批无证者（含助理）在行医，用正能量的话说，即使无证也能从事口腔保健工作，为广大百姓服务。换句话说，无证行医，虽违法违规，照样上诊，照样走街串巷，由于价格低廉，深受农村乡镇百姓欢迎。但因卫生条件差，技术差，留下后遗症的很多，如，拔牙后感染，不良修复体致颡，下颌关节病，口腔癌，口腔黏膜病等。

据综合统计，中国牙科治疗的市场大约600亿人民币。随着生活水平提高与爱牙意识提高，市场需要每年会以25%以上增长。卫生部曾公布了口腔机构盈利能力的数据，专科医院中，牙科医院利润水平排名第四，利润率在10%—15%之间。有一份调查报告认为规模化口腔医院的利润应该高于这个统计数字，达29.46%。

而实际办院的操作中，有偏高，有偏低，也就是说，亏盈均见。一时间，投资者跃跃欲试。

时间进入2015年，到处可以看到牙科就医的广告，到处都可以看到种植牙的宣传。牙科知识尚未认真普及，牙科治疗直接走向高端。到底是生活水平的提高，还是牙科诊所的经济推动？2008年口腔医疗规模市场不到200亿，2017年逼近千亿。

是金钱征服了牙症，还是牙症需要金钱？牙症患者与其口袋里的钱成了许多人，包括牙痛者治牙者与办牙诊所、办口腔医院者心中的结。

（9）

传主是一个最基层的口腔科医师，如开卷第一句所言：穷其一生，与牙为伍。他从低端走向高端。他从口腔医生成为一名医学企业家。从办几家诊所成为口腔医疗界连锁店的早期创建者与开发者之一。怎样让牙痛者口袋里的钱用之合理，怎样让牙痛者花钱后解决痛苦并满意，是这位传主最早的思考。面对这一组矛盾，他想解决，在发展中解开这一个个心结。他是怎样解开这个心结的?

一切从零开始。

他的人生轨迹很简单，走向特区，走向大上海，走进北京城，创建了中国口腔帝国。这条创建口腔帝国的路就是一条征服牙症的路，也就是解决牙症与金钱矛盾之路。

他的背影是一个时代的缩影，他的历程是远去时代的写真；他创造了口腔界的一个奇迹。过去没有出现过，将来也难以复制出。他的事业诞生可以作为一个课题来研究，他创建的团队可以作为一个医疗集团样本来分析，他的企业走向可以让同行思考。

他遇到的矛盾与心结，可以作为当代中国民营口腔办院方向进行探索：首先要肯定的是口腔诊所和医院的诞生与发展的终极目的是为百姓口腔健康服务。那么，如何在为病友服务中得到发展？是服务促进发展，还是发展为了服务?

答案似乎很明确，两个关键词：资本投入。医疗服务。其实，实践中十分艰难。因“三观”有异，理念悬殊，有些诊所或医院因未能处理好几者之间的关系，开办后，短短四年内便倒闭。金融的本质是逐利，企业牢记的是收入高，成本低；医生牢记的是质量高，服务优；病人需要的是效果好，价格惠。这几对矛盾一直是中国牙痛者心中，中国口腔病人心中，中国关注口腔健康的人与中国口腔医院创办者心中的结。

（10）

采访时，我记住了一组数字：

2015年，在中国每分钟会有8家公司诞生（实际是注册），三年内破产倒闭的为80%，大学生创业失败率达95%。

而他，本书传主，一个从基层医院走出来的医生，从租赁一人一椅的诊所做起，发展到全国有213家门店，2789台椅位。可以说，他的创业是成功的，是值得后来者研讨的，学习的。在中国改革开放大潮中，他是一名践行者，获益者，见证者。

传主的传奇人生证明了，只有改革开放才能推动时代向前发展，强大了祖国，绚丽了人生，服务了百姓。一路走来，他向旁观者，同行者及学者展示了他征服牙症路上的两部分：前部分是创业的艰辛与才智积累，后部分是资金投入与医疗服务。严格地说前后是难以分开的。

口腔帝国发展到今天，一个全国关爱口腔健康的机遇发生了，出现了，传来了福音：泰康保险公司进入了拜博。从此后，护齿治牙有了保险，中国人的牙齿有了“专用专款”。中国人的口腔健康有了保险，这还是开天辟地的大事（过去公务员、国有企业员工享受公费医疗时，看牙报销控制得很紧）。这事儿再扩大想一想，如果眼、耳、鼻、喉、心脏病、肿瘤统统纳入保险，医疗与保险联姻，国家再伸手扶助，中国人看病难看病贵的难题破解，会不会指日可待呢？这也许是我下一本书探讨的课题。

本章结束时要纠正的是：“牙痛不是病，痛起来真要命。”这句民谚不是常识，是误导。

牙痛就是病：有牙髓炎，牙周病，龋病，还有牙龈癌。不是恐吓，一些牙病可以致癌，例如残根，不良修复体，即粗糙的假牙刺激舌部或颊黏膜会致白斑，会致创伤性溃疡，而变舌癌，颊癌。牙痛还可以诱发心梗，脑梗，牙周病与糖尿病有密切相关性。准备怀孕前一定要检查口腔，排除潜在的牙病，并进行治疗。

以两个口腔癌患者为例，一是精神分析专家弗洛伊德，61岁，患了口腔癌，位置在上颌，是否与牙齿残根有关不得而知，他嗜烟。现在分析，也不能排除残根的刺激。

二是当代著名作家陈忠实，《白鹿原》的作者，患的是舌癌。舌癌早期是创伤性溃疡。总之，一句话，牙痛就是病。请记住，牙无症，体少病；口腔健康，全身健康。

传主经历了从谋生到为百姓口腔健康而创业的心理过程；在创业路上，他应该是一名成功者。当他选择泰康，泰康选择了他，两相结合，在中国开辟了征服牙症的一条新路。

传主遇到了中国历史上最好的创业时期。他践行的历程，他创业的理念或许能给你我，给看病治病者，给口腔医学创业者，投资者，乃至在人生路上奔波的理想者，生存者都会有一点启示，一点激励。

传主与中国民营口腔事业发展同在。

传主一生与牙相伴。

医海扬帆，以牙作舟；渡人渡已，驶向理想彼岸。

于是，有了这本写他的书。写他创业，写他纠结。

他是谁？

第三排右二是邱蔚六；
第二排左二是王大章，左三是王翰章；
第一排左二是东耀峻，左一是本书作者。

第一章　长城新谣

黎昌仁先生驻足长城，远眺山河

（1）

他早早起了床。天气预报告知今天是三度到零下四度，北风四到五级。寒冷侵骨的力度似乎不敌家乡冬季山谷里的风。家乡冬天的风带着湿气往衣缝里串，透骨钻心的凉。他从小在家乡练成了耐受寒冷的筋骨，到了北京，没有几天就习惯了北京的干冷。他拉开窗户，站在窗前感受了一下气温。

2018年1月28日，星期天。昨夜星辰昨夜风，一如在梦中。

他认定今天凌晨穿一件夹克就可以了。他穿了一套运动服，系好球鞋带，出门，开车，上路了。目标：八达岭，好汉坡。

他知道，每到双休日，长城上总是游人如织，熙熙攘攘，爬好汉坡的驴友摩肩接踵，他得赶一个早市。好汉坡是通向八达岭长城的最高要道，位置在北8楼，海拔888米。此处立了一石碑，上有“不到长城非好汉”的毛泽东诗句。还在学生时代的他就读过毛泽东的诗：天高云淡，望断南飞雁。不到长城非好汉，屈指行程二万。六盘山上高峰，红旗漫卷西风。今日长缨在手，何时缚住苍龙。

儿时，长城是遥远的，北京是遥远的，那都是一个神圣庄严伟大的代名词。

我能成为好汉吗？小学，中学时，他都问过自己。他好生奇怪，自己为什么要这样问自己。这辈子去不了北京，去不了长城。没有想到神奇的后来，一切改变与成功，一切奋进与存在，都在这神奇的后来之中。世界变得真快，后来，居然离开了小城，离开了故乡；后来，到了面朝大海的城市。

面朝大海，果然，春暖花开……

再后来，到了上海、北京，开创了自己的事业。到北京2000多个日日夜夜，去了几次长城？没算过；爬了几次好汉坡？没有，真的没有。长城到了，好汉坡却没有机会，或说没有时间。来到北京已经有五年了，算是读了一届“医学院”。该毕业了。而这五年比年轻人读大学还要忙。没有时间休息，也不敢休息。用一句文人的话说：如临深渊，如履薄冰，战战兢兢……更多的时间用于调研，思考，请教，求助。

今天是过去的未来，一切在梦中；今天是明天的开始，一切在脚下。

昨夜他下了决心，给一个属于自己私有的星期天：爬坡，爬好汉坡。完成这个期待已久的心愿。

他知道天下知名的好汉坡有三处：庐山，长城，武夷山。三处都爬过，独喜长城。谈不出更多更好更靠谱的理由。他知道一点长城的历史，明朝前后历时200年筑成了西起嘉峪关，东抵鸭绿江的明长城，全长8851.8千米（2009年国家文物局和国家测绘局联合公布数据），是世界七大奇观之一，是中国古代文化的象征和中华民族的骄傲。居高临下一望，万里长城犹如一条巨龙，穿梭在群山峻岭之中，有些古城段落有着2000多年的历史，经历了多少硝烟烽火，腥风血雨；送走多少风花雪月，迎来春华秋实。映入眼帘的长城宏伟气势必然会激起人们胸中波涛，必然会令人深深地感叹中华民族的伟大，敬佩那些为长城付出血汗与生命的建筑者。历朝历代的文人赞美长城、歌颂长城，留下了多少诗词歌赋，讲述了多少令人思考的长城故事。一代又一代人用自己的青春血汗甚至生命书写长城新华章。

他看过这样一副长联：

起春秋、历秦汉、及辽金、至元明，上下两千年。数不清将帅吏卒，黎庶百工，费尽移山心力，修筑此伟大工程。坚强毅力、聪明智慧、血汗辛勤，为中华留下巍峨丰碑。

跨峻岭、穿荒原、横翰海、经绝壁，纵横十万里。望不断长龙烽垛、雄关隘口，犹如玉带明珠，点缀成江山锦绣。起伏奔腾、飞舞盘旋、太空遥见，给世界增添壮丽奇观。

长城是一个响亮的名字，她以蜿蜒万里和气魄雄伟享誉世界，她是中国的象征和骄傲，在中国人民的心目中，她已不只是一座建筑，而是一种精神和动力的宏伟象征。登长城，爬好汉坡，举目四望会吸取智慧，勇气。今天，他就是为给自己鼓劲打气而至，扶城远眺，就能给自己找回或找到那逝去的与失去的精神与力量。

到了。可以伸手抚摸长城了。

早晨，寒风凛凛。爬上长城，塞北的风吹在脸上感觉有点刺痛，早到的驴友已经爬上坡了。驴友的脸已被风吹得红红的。长城上的坡度有点陡，他一口气爬到北4楼，走走歇歇，到了北7楼，居然有点激动，疲劳消失了一半。内心充满了力量，他深深吸了一口气，登上了长城。“望长城内外，惟余莽莽”，只是没有“大河上下，顿失滔滔”的景象。此刻的风还真有点凌厉，好在已经热身，额上还冒着热气。

这位大叔身体棒棒哒……有一个小女孩子对他露出甜美的笑。

他对笑容特别敏感，他们集团有一句广告词：让中国人笑得更自信!他对微笑是有研究的。他还发表过关于微笑的主题演讲：爱上微笑，爱上自己。

那是2017年5月21日，第十届品牌女性高峰论坛在北京国际饭店隆重举行。来自各地的政府领导、联盟领导、企业家、专家学者、媒体领袖、品牌经理人等出席了本次活动。他受邀参加了。品牌女性高峰论坛是品牌联盟自2008年开始打造的品牌女性与女性品牌的双重价值展示平台。历经十年发展，活动已经成为品牌领域颇具影响力的女性盛会。这次以“十年引领，柔软力量”为主题，展开了中国顶尖女性企业家之间的交流与对话，传递女性家庭生活与工作事业中的正能量，展现女性柔软力量，表彰女性引领精神。

女性爱笑，有些女性喜欢笑。笑有助健康，展现颜值，爱上自己会有更多的微笑。

他自然回以赞美者一样的微笑：我是大叔吗?

你是！你是棒棒哒的大叔！看你，走得多轻松，笑得多好看啊。

他笑得更自信了，孩子喜欢听赞美的话，其实任何人都喜欢听赞美的话。好话好听啊！去年，他已喝了庆贺进入花甲之年的老酒。按中国的老规矩，他该是爷爷了。他不喜欢有人叫他爷爷，他觉得自己的事业与自己的年龄同在。也许是心理，也许是这一身运动服让他年轻了十几岁，一眼看去，他不显老。没有稀疏的黑发下，是看不出皱纹的颜面皮肤，五官十分得体，有神的双眼，当然是双眼皮，炯炯有神；适中的鼻梁，美容医师认为很标准的男性红唇，颏部微微翘起，五官布局十分得体。年轻时必然是帅哥，同伴常常开玩笑地称他为：资深帅哥。

是吗？他也会开玩笑地回问一句。

笑脸。笑语。用微笑回应一切已经是他的习惯。他很快超越了身边的一队驴友，把自己融入又一群人流的浪花之中。

“开启新征程，共筑百年梦”。2017年的集团总结大会19号才结束，参

黎昌仁先生爬上长城好汉坡

加由集团举办的第三届口腔医学国际论坛的各国、各地口腔医学代表前几天才离京。他与志同道合的朋友们走过了25年，人生能有几个25年啊。酸甜苦辣，坎坷崎岖，只有他最清楚，最明白。

此刻，他双手扶着长城的瓦，脚下踩着的是长城的砖。秦砖汉瓦，古城厚墙，留下了多少坑坑洼洼的历史风云手迹与脚印啊。坚固扎实，稳如泰山长城，孟姜女怎么会把它哭倒呢！那只是一种民心表达！万里长城永不倒！这才是民族力量的象征。他爱长城，爱长城内外的花草树木，每一片绿叶，每一块古砖。

在大千世界里，在历史的长河中，行走在历史征途上的每一个人就像长城上的一块砖，一片瓦，一刀泥，一颗石；每一个人就像这长城脚下的一束草，一朵花，一片叶，一枝丫，承担着自己时代的责任，妆点世界，推动时代向前。砖和瓦牢牢地集聚在一起，就成了牢不可摧的一堵墙，一座城，一道不可超越的亮丽的风景线。

往事，一切已不在梦中；未来，一切都在脚下，在让你展翅飞翔的蓝天白云间，在让你奋进的时代里。

人流里传来了呼唤他的声音：董事长，董事长.....

他转身一看是办公室的小何，什么事？看你急的。他问。

也没有什么好急的事。又有记者来访。他们想问你，与泰康联手以后....

不是明确规定，待新闻发布会后再说吗？如果他们真的好急，请他看看22号我们网上发表的报道。

董事长，他是我的好朋友，他就想利用我这点点优势……

点点也不行。

就此一次？

一次也不行！

真的？

真的。

（2）

网上报道的标题是——拜博春天的盛会：开启新征程　共筑百年梦。

时间是2018年1月22号。

开篇第一句是：1月19日，北京泰康学院群贤毕至，拜博集团又迎来一场盛大的聚会。开启新征程，共筑百年梦：从这里出发！

出席聚会的一系列专家名字结尾后，是董事长黎昌仁致辞：

北京泰康学院盛大聚会现场，右四刘挺军，右三黎昌仁，右二朱正宏

想起25年前，我一个人只身前往深圳发展。25年的时间，拜博从一个人发展到全国6000名员工，从1家医疗机构到全国213家医疗机构，分布在50余个城市。今天，我们共叙昔日友情、共迎新春佳节、共谋未来发展。刚刚过去的2017年，是拜博砥砺奋进、努力拼搏的一年。面对挑战敢打敢拼，积极践行“医者仁心、精益求精”的核心价值观，大胆探索管理体制和运营机制改革，狠抓医疗服务质量和品牌塑造，突出医疗技术和医疗特色创新。

党的十九大把全民健康提到了前所未有的高度，健康中国的伟大战略将全面推进。与此同时，泰康人寿与拜博的战略合作正式启动，为新年的拜博打了一剂“强心针”，注入了“兴奋剂”。同时，与联想的合作进一步深化。我有信心、有决心带领全体拜博人努力发展，让拜博的发展惠及更多人，让中国人笑得更自信，使拜博成为中国走向世界的民族品牌，实现百年梦。

泰康保险集团副总裁兼泰康健康产业投资控股有限公司CEO刘挺军致辞：

非常高兴参加拜博年度盛会，泰康集团与拜博成为长期的战略伙伴，是一个具有划时代里程碑意义的事情。我相信通过努力，将口腔与保险捆绑在一起，会进一步扩大泰康与拜博的影响力，我相信，拜博与联想、泰康的伙伴们，会让中国人笑得更加自信。

联想控股医疗服务投资部执行董事魏凯致辞：

这是我第四次参加拜博年会。2014年联想控股与拜博初步携手，2015年，拜博一路高歌猛进，2016年拜博成为国内规模最大的连锁医疗机构。2017年，行业变化非常大，压力随之而来，拜博团队做了努力和奋斗。2018年一定是不平凡的一年，随着泰康与拜博的战略合作，联想控股的持续支持，2018年将是拜博战略改革的关键之年，制胜决胜的关键之年，希望大家共同努力，期待2019年庆祝成功。

中国非公立医疗机构协会会员组织部王珊主任致辞：

拜博走过25年，这证明了社会办医的前景，协会将一如既往支持拜博的发展。没有冬天不会过去，没有春天不会来临，祝愿2018年拜博的事业发展红红火火。

中华口腔医学会副会长刘洪臣教授致辞：

首先，我们祝贺拜博在过去一年里取得的成绩，与泰康、联想控股的战略合作，将为中国的口腔事业做出很大的贡献。拜博这三年飞速发展，取得的成绩有目共睹。口腔行业是国家的重要行业和产业，希望拜博与泰康、联想控股通力合作下，为口腔发展注入活力。

中华口腔医学会名誉会长王兴致辞：

在激烈的竞争中，拜博度过了2017年，我们始终能够看到拜博不断地发展。虽然拜博未来面对的挑战仍然艰巨，但是我们看到拜博的专家团队、管理团队始终在进步，我们相信，拜博的明天会更好。拜博的路还很长，百年老店的梦想，要一步一个脚印地走过，希望你们每一个脚步都迈得更加踏实，未来的一年，取得更多成绩。

来宾致辞后，是全体高管走上舞台，齐声宣读誓词——

我是光荣的拜博人，我庄严宣誓：

担当让中国人笑得更自信的使命，秉承“医者仁心，精益求精”的核心价值；

用活力与梦想点燃创业激情，用智慧与汗水创造企业价值；

用拼搏与奋斗成就人生理想，用创新与奉献打造企业脊梁；

坚持最高标准，坚定必胜信心；

专注口腔，专家领航，为打造百年拜博基业努力奋斗！

拜博兴旺，我的期望！

拜博强盛，我的责任！

铮铮誓言，掷地有声。庄严的誓词是拜博人许下对未来的承诺。

全体高管合唱一曲《神州大地拜博花开》。

董事长独唱经典曲目《爱拼才会赢》，余音绕梁。

又是一首金曲《拜博欢迎你》，华东大区舞蹈《飞得更高》燃爆全场。

欢乐的气氛一直持续到了深夜，对来年的希望就此起飞。

拜博，怀揣百年梦想，脚踏实地，向又一个25年进发！

又一个25年，他有多大？或说，他有多老？创业路上他不老。他喜欢这段誓词：用活力与梦想点燃创业激情，用智慧与汗水创造企业价值，用拼搏与奋斗成就人生理想，用创新与奉献打造企业脊梁。拜博兴旺，我的期望！拜博强盛，我的责任！

这些文字激荡他的心潮，温暖他的身体。

一个人，立在窗前，面对着夜幕下的华灯，又一次，静静地背诵着。

这夜，他又一次无眠。这世纪，四分之一的人生路上度过了多少无眠之夜啊。

初出故乡，兴奋无眠；第一桶金，激动无眠；开创新天地，又是无眠；

进入大上海，苦思无眠；问一声北京你好，情动无眠……过了知命，过了花甲，应该学会冷静，减少冲动，而今面对新事物，走上新征程，一样会带着激情与期待……想起了王石十分敬重的老人褚时健，这位老企业家，75岁再创辉煌，2008年他们夫妻走进哀牢山，开荒种脐橙。几年后，树苗成材，脐橙奇佳，甜遍京城。众人称之为：褚橙，褚时健培育的橙。那时，褚时健已是年近九十高寿的老人了。生命不止，奋进不息，跟上时代，再创辉煌，这就是一个创业者，一个企业家应有的精神！

夜深了，一辆小车从楼下驶过，留下一首熟悉的歌：爱是不变的星辰，绝不会在银河中坠落，常忆着那份情那份爱，今夜星辰，今夜星辰，依然闪烁。

他听出来了，是萨克斯在演奏《昨夜星辰》，虽然是那么一瞬间，对一件事，对自己毕生的事业的爱，如同对一个人的爱一样，永不坠落。

融入一个时代，每个人可以遇到最好的自己，也可以遇到最坏的自己。他作为一个时代弄潮儿，不能辜负这个时代，是参与者，践行者，也是见证者。回首人生，无悔无憾。

这夜，他决定择一个好日子登长城，冲上好汉坡。

（3）

在业界同人的圈子里，他早已是知名人士，他是中国拜博口腔集团的创始人。在一些患有口腔疾病的朋友口碑中，他是好医生，好院长；在有他开办的医院的城市领导眼睛里，他是一个优秀企业家；在投资者心中，他是一个实干有为的口腔医学专家，又是敢想敢为，创业成功的企业家。在这个信息时代，要匆匆地、粗粗地了解一个人是很容易的，点击一下百度就能知一二。

2006年，他先后获得“时代先锋——第四届全国改革创新百佳人物”“民营企业家”“时代楷模”等荣誉称号；

2008年，他获得由中国发展研究会等五家单位联合授予的“时代先锋——第四届全国改革创新百佳人物”称号；

2009年，获得第五届“品牌建设十大杰出企业家”殊荣；

2010年，获得由“共和国杰出贡献人才”专家评审委员会评定的“2010共和国杰出贡献人”，并授予“中国骄傲”荣誉称号；获得“中国骄傲之星——共和国杰出贡献人物”，并登上北京天安门国庆观礼台参与国庆庆典；

2010年，获得“第五届中华脊梁——共和国行业杰出人物”；

2012年，获得“‘金典奖’推动行业发展最受尊敬十大领军人物”称号；

2013年，获得“‘健康中国梦’全国医疗行业杰出贡献人物”荣誉称号；

2013年，获得“‘金典奖’推动行业发展最受尊敬十大领军人物”称号；

2014年，获得第三届中国财经峰会“行业最具影响力人物”称号；

2015年，10人获“2015品牌中国年度人物”，他名列其中。

2016年，走上第9届健康中国论坛；

2017年，出席第12届品牌年度峰会……

2018年……

还可以读到这样的文章：

2012年11月1日，中国网视频中国访谈：黎昌仁：民营口腔的旗手；

2012年4月20日，《产业周刊》专访董事长黎昌仁：闯改革前沿弄发展大潮；

2013年9月16日，央视网华人频道：董事长黎昌仁专访；

2013年3月1日，新华网：为科学家送健康“科技人才口腔健康公益行动”启动；

2014年9月28日，《中国企业家》杂志：拜博如何两小时搞定十亿投资；

2014年7月31日，新华网重庆频道：牵手联想控股国内最大口腔医疗集团入渝，黎昌仁做客新华网重庆频道；

2014年7月18日，《21世纪经济报道》健康整版专访——拜博口腔医疗集团黎昌仁：与柳传志10亿元打造口腔帝国；

黎昌仁先生获“2015品牌中国十大年度人物”称号

2014年6月23日，凤凰财经——拜博口腔董事长黎昌仁：人生目标是做百年老店；

2014年6月，华娱卫视《微博CEO》：拜尔口腔医疗集团董事长黎昌仁系列报道；

2014年1月24日，《中国医学论坛报今日口腔》：纳天下才，与口腔医师共同成长——访拜博口腔医疗集团创始人、董事长黎昌仁；

2014年2月25日，光明网《名家专访》：黎昌仁——一位“不安分”牙医20载创业路；

2015年3月15日，《新周刊》杂志：黎昌仁缔造口腔帝国，一切刚刚开始；

2015年3月10日，《中国贸易报》乘医改东风拜博口腔医疗集团提速布局；

还可以读到以下这样的文字：

1957年4月11日出生在江西奉新；

1985—1992年，任江西省奉新县中医院口腔科医师及科主任；

1993年辞职只身南下深圳创业；从1993年至今，任拜博口腔医疗集团（更名前为拜尔口腔医疗集团）创始人、董事长；

2002—2005年，先后创办珠海六和医院、江西六和医院门诊部等；

2005—2011年6月，先后设立拜尔口腔医疗集团上海事业部、深圳事业部、江西事业部、北京事业部；

2011年海通开元融资8000万，2012年7月建银医疗基金注入1.5亿元战略合作资金。两次为集团注入资金，为拜尔在全国的规模化高速扩张装上了强劲的引擎，将拜尔引入发展的快车道，并将集团总部从珠海搬迁至上海徐家汇，为拜尔的二次腾飞积蓄能量；

2013年1月将拜尔口腔医疗集团总部从上海迁至北京，带领企业完成了在国内一线重点城市设点的战略布局；

2014年6月获得联想创始人、联想集团董事长柳传志的联想集团10亿元投资，开启拜尔在中国打造口腔帝国的征程。后拜尔更名拜博，其规模与成就成为中国民营口腔医疗机构的航母旗舰；

2018年5月18日，银保监会公布关于审批通过泰康保险投资拜博医疗集团股权的申请，同意泰康人寿出资入股拜博口腔。泰康入股后，将向拜博口腔提供资金、客户、品牌和产品等方面的支持，利用自身优势向拜博口腔提供营销推广、人才培养、学科建设、产品开发等支持，同时整合IT、供应链、物业等资源，向拜博口腔全方位赋能。

泰康与拜博口腔的牵手源于泰康保险集团董事长兼首席执行官陈东升4年前的一份初衷。当时，他到国外考察，感慨于当地发达的口腔商业保险。反观我国现状，仅有不足5%的老百姓主动获得口腔治疗。“大部分口腔治疗费用无法享受基本医保报销，加之口腔治疗多集中于种植等高端服务，个人自费比例相对较高。”市场空白点恰成为陈东升董事长致力于打造“口腔医疗保险+口腔医疗服务”的着力点。“打造医疗保险与医疗服务的闭环，有利于降低医疗成本。”陈东升如是说。

拜博口腔已初步完成全国布局目标，如何进一步加快内涵式能力增长，成为下一个核心发展主题。

至2018年的上半年，拜博口腔医疗集团已在全国拥有213家口腔医疗门店，牙科专用椅位数2789台，医师人数1350人，员工人数6000余人。网络覆盖全国50余个城市。

无疑，“口腔医疗保险+口腔医疗服务”是提高中国老百姓口腔健康的一条捷径，如果眼科，耳科，儿科都有拜博这样的连锁机构，泰康保险逐一加盟，就可以快速形成“××科医疗保险+××科医疗服务”。相信中国老百姓看病难，看病贵的问题一定指日可解。

（4）

中国口腔医疗走向市场的历史不长，建立连锁店是近几年的新鲜事，这种形式存在是有益是有碍？服务是方便？还是烦琐？价格是合理还是虚高？百姓是欢迎还是抵触？市场前景是看好？还是黯淡？的的确确是一个值得研究的课题。

研究拜博由小到大，由弱变强，由诞生到发展的成长轨迹是有趣的，有益的，是有借鉴与指导意义的。

这个轨迹起点的创造者是他：黎明的黎，南昌的昌，仁义的仁，黎昌仁。

他从江西奉新一个小小县城而来。打着背包离开奉新南下那年他36岁。南下时他口袋里装着多少资金？他有无人脉？或说，他有多大背景？

孤身一人，一个背包，1000块钱；用一双腿，一双勤劳灵巧的手与不停思考的大脑，写出了他25年的人生传奇。他获得民营企业家称号那年49岁。

他要将拜博创建为国内一流品牌的口腔专业医院，要打造成世界知晓的口腔帝国，他想在每个县开办一所拜博口腔医院，把他们的优质服务做到最基层，为平民服务，让普通老百姓都能享受口腔健康和全身健康的服务。他的人生历程又励志又传奇；他决心为他的团队建成百年老店而锲而不舍地拼搏。穷其一生与牙为伍，服务百姓，乐在其中。

这是梦？还是现实？是理想？还是炫酷？

信？

不信？

写这本书时，离他的梦还有75年之遥。

远吗！他能看到吗？

当你翻开这本书时，你会觉得世界真奇妙；当你读完这本书时，你会说，我也要做到。希望这本书可以带领你走到他身边，走进他心里……让你思考，让你去行动。

你也会行动……

2016年4月29日，黎昌仁做客中国经济网《财经对话》

第二章　紫竹惊梦

年轻时的黎昌仁先生在奉新中医院

（5）

江西省城南昌以西的奉新县，是他的家乡。说不知名，也算有一点名气。读过历史的人，一定知道《天工开物》这本书，作者是明代科学巨匠宋应星，奉新县正是宋应星的故乡。宋应星是读书人，是古代研究农业的专家，在他的引导下，奉新的耕读文化代代相传，别具一格。县城有宋应星纪念馆可以为证。

懂一点佛教的人都知道“禅林清规”，县内百丈寺是佛教“禅林清规”也即“禅家”的发祥地祖庭。丛林清规，礼法有度；丛林生活，祥和有序。怀海大师倡导“一日不作，一日不食”，大兴农禅之风。大师说：“清规一如戒律，防放逸也。”这就是奉新人有着浓浓的传统文化底蕴的源头。

说远一点，公元前154年（汉景帝三年）奉新县属海昏县所辖。2015年11月，南昌西汉海昏侯墓出土的1万余件文物，让奉新也沾了“海昏”两字的一点热与光。公元943年（南唐保大元年）为表示“弃旧迎新”之意改名奉新。只能说，奉新的历史太悠久、太浓厚了。

奉新县不算大，也不算小；交通还算方便。面积有1642平方公里，人口有33万。县城区总人口10万人，占奉新县总人口的30%。奉新县城东距省会南昌60公里，到昌北机场68公里，北离港口城市九江170公里，西离地区中心城市宜春210公里。

从养老和居住的环境看，这是一个十分适宜居住的地方。且不说周边的青山绿水引人入胜，八潭八瀑，瀑布叠飞，沿山而下，令人流连忘返。漫山遍野的翠竹，摇曳多姿。毛竹之乡的美名举世闻名。建于公元794年的百丈寺，有天下清规石刻、真源石刻；野狐岩、龙蟠石等地的诸多古迹名胜，留下了神奇的传说。那空气的净洁，那饮水的清纯足以让旅游者、养老者尽情享受，乐不思归。

2005年奉新县的一份统计数据：县城里有中心医院2所，社区医疗机构15家，病床657张，卫生技术人员579人。如果他当年留在奉新至今，就成了579人中的一员。退休后或回家养老，或自己创业，或找一个老板，在其手下打工。

一张报纸改变了他与他们家庭的命运。六兄弟因他的事业发展，变换了自己的专业与居住地，改变了人生轨迹，南下参与他的创业。

这张报纸叫《深圳特区报》。

1993年的春节。鸡年。1月24日，星期天，大年初二午饭后。

全家约好到潦河边上走走看看。家乡的潦河分两支，这支源于九岭山脉，静静地、日复一日地在奉新县城边流淌了几千年。几年后，政府开发了

奉新百丈寺

潦河两岸，还发现并推出了从深山里流下来的奇异五彩山石，奉新与潦河石随之闻名于世。用语文老师朴实的话说，千百年来，潦河哺育了两岸奉新人，是奉新人的母亲河。奉新人为了筑好潦河堤防，人人都出过力，流过汗。9年后在修建潦河大道中，黎昌仁与其兄弟捐资10万元，在繁华的潦河路上，修了一座古色古香的黎氏六和亭。这是后话。

听说，要修潦河大道，建潦河花园，将来还要建潦河湿地公园。古老的的潦河要旧貌换新颜了。那时潦河两岸，草儿青青，牛马群群。父亲提出全家来看看潦河，在这春节欢乐日子里，是亲情游，也是家庭聚会。

难得一次全家大团圆的聚会。这个家太大了，一姐六兄弟，三代同堂，近20号人。六兄弟的名字依次是：昌忠，昌仁，昌义，昌德，昌强，昌保。名字自然是父亲取的。父亲没有高学历，他只是儒家文化的粉丝。祖父务农，家庭贫穷，没有读过几天书，受儒家耕读文化的影响省吃俭用，让孩子读了几年书。

那是20世纪30年代初，尽管日本鬼子的战火烧到家门口，识字不多的祖父，带着孩子在奉新山里逃难，环境再艰苦，仍然不忘请私塾先生教书识字。后来鬼子投降了，祖父又让父亲读了“国立中学”，会算术，会打算盘，还懂一点物理化学，在农村算得上一位大知识分子。背过《三字经》《增广贤文》《弟子规》，读过《诗经》、唐诗宋词元曲及中国古典四大名著，他崇尚儒家文化。父亲常告诫孩子们说：忠厚是传家宝，仁义是致富道。父亲怕孩子们忘了耕读之本，希望忠义仁德这几个字扎根在孩子们心中，从小到老一直记住，就把这些字置于他们名字之中了。

祖父种几亩薄田，母亲操持家务，靠父亲的工资不仅养活了七个孩子，而且还一个个送进学校，读完了自己的专业。老大昌忠，老四昌德都是宜春卫生学校毕业的，在乡医院任药剂师；老三昌义继承父亲职业，是会计；昌强曾学化学，后转读医学院；最小的昌保在读大专二年级，学的是管理。老二就是他，县中医院口腔科主任。在奉新县小有名气，县里领导，知名人士都是他的病友。

出门没有多久，大家突然发现老二不见了。

去哪了？来急诊了？没有看见有人来叫他出诊哇？那时没有手机，电话也少。人与人之间联系靠的是骑自行车或走路。那，老二到哪儿去了？老爸问。

过年也忙。说好了，照张全家福。今天少了他这粒芝麻，还真做不好饼。昌保，你去把二哥找回来！

他没有随大流，还真的去了中医院，去了自己的口腔科。他今天没有约病人，也没有急诊。他是去找一张报纸。前天，也就是大年三十的黄昏，他锁好门，下班，正准备去自行车棚取车，突然来了两个人，跑着，叫着：“黎主任，黎主任，求求你，我这牙痛得要命，这年没法过了。想不麻烦你都不行。昨夜痛了一晚，自己吃了几片消炎药，没用。大过年的，真不想给你添麻烦。这会儿还在痛，头都是大的。真是应了那句话：牙痛不是病，痛起来就要命。”

听罢病人这几句话，他明白了，病人患的是急性牙髓炎。靠吃药打针是难以止痛的，要口腔医师作出一个专门处置，叫开髓引流。牙髓腔里有脓，用牙钻在病牙上钻一个洞，让脓液流出来，减轻牙髓腔里的压力。手术简单，但很专业，需要时间。一般医生就会开几片消炎药对付一下，他不会。他决定回诊室，于他，这症状是手到病除。果然，病人坐上牙椅，分分钟就搞定了！

神，神哪。谢谢，谢谢哈！病人顺手塞了一个红包说：“过年了，不好意思！”

他笑着推掉了：“小事，小事。举手之劳，不用谢。你只要交五块钱治疗费就可以。家里等我吃年夜饭哩。”

他匆匆去了车棚，扶出自行车，蹬上车，出南门，沿城脚回家。

守岁一夜，拜年一天，这才发现那张报纸没有带回家。天亮边他还在焦急地想，没有失落在街上吧。这张报纸还是去年一位朋友从深圳带回来的，他看了后，苦苦要求送给他。这位朋友还真有趣，认真地说：那我就当礼物送给你。这份报纸在深圳多呀，很多人买了送给朋友呀。

他也认真地回答说：我一定会珍藏好的。他真的好好珍藏着，装在塑料袋里，塑料袋又放在自己的手提包里。怕掉了，怕弄脏了，怕撕破了。这几天一直放在包里。前天怎么忘了呢？今天一定要找到，一定要向全家讲清楚，自己读了这篇文章后的感想与打算。没有这张报纸，有些话可能说不明白。他自己一笑，那可能就是落到秀才遇到了兵有理说不清的境地。

真好。这张报纸平安地在塑料袋里，静悄悄地躺在抽屉里。他小心翼翼地拿出来铺在桌上，好像部队军人战前审视地图一样，把自己勾画的重点又看了一遍。门外响起叫唤声：哥，二哥。

哦，昌保。正想与你商量一件大事。

什么事？

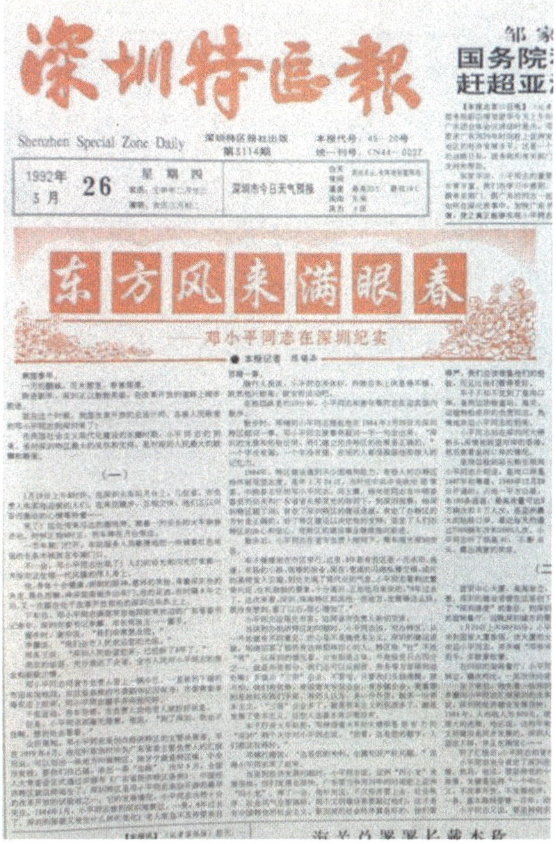

深圳特區報
Shenzhen Special Zone Daily
深圳特区报社出版
第3114期
本报代号：45-20号
统一刊号：CN44-0027
1992年3月26 星期四
深圳市今日天气预报
邹家
国务院
赶超亚
东方风来满眼春
——邓小平同志在深圳纪实
本报记者 陈锡添

黎昌仁精心保存多年的《深圳特区报》

年后，我决定打辞职报告到深圳去……

你乱说，这么大的事你信口打哈哈。

真的，我决心已定。这篇文章我看了不止百遍。

什么报纸？昌保接过来一看：《深圳特区报》。大标题是《东方风来满眼春》，作者陈锡添。

“南国春早。一月的鹏城，花木葱茏，春意荡漾。跨进新年，深圳正以勃勃英姿，在改革开放的道路上阔步前进。”开篇几句就充满了诗情画意，很吸引人。”

“就在这个时候，我国改革开放的总设计师、各族人民敬爱的邓小平同志到深圳来了！”

“众所周知，邓小平同志是创办经济特区的主要决策者。早在1979年4月，他在听取当时中共广东省委主要负责人的汇报后说：可以划出一块地方叫做特区。

“次年8月，全国人大常委会正式通过并颁布《广东省经济特区条例》，中国经济特区就这样诞生了。深圳特区是邓小平同志亲自开辟的最早的改革开放的试验地之一。它的发展情况，小平同志当然十分关注。1984年1月，小平同志曾到深圳视察过。一晃，8年过去了。深圳的面貌又发生了什么样的变化？老人家迫不及待要亲自目睹一番。

“国贸中心大厦，高高耸立，直插云霄。这是深圳人民的骄傲。深圳的建设者曾在这里创下了‘三天一层楼’的纪录，成了‘深圳速度’的象征。到深圳来的中外人士，总要登上楼顶的旋转餐厅，远眺深圳城市的景色。1月20日上午9时35分，小平同志在省、市负责人陪同下，来到国贸大厦参观，该大厦的女职工整齐地站在两旁，鼓掌欢迎小平同志，并齐喊‘邓爷爷好！’，小平同志高兴地向她们招手，并鼓掌致意。在53层的旋转餐厅，小平同志俯瞰深圳市容。他看到高楼林立，鳞次栉比，一派欣欣向荣的景象，很是高兴。坐下来后，他先看一张深圳经济特区总体规划图。接着，李灏向小平同志汇报深圳的改革开放和经济建设的情况。李灏说，深圳的经济建设发展很快，人民生活水平有了很大提高，1984年，人均收入为600元，现在是2000元。

“小平同志说，改革开放胆子要大一些，敢于试验，不能像小脚女人一样。看准了的，就大胆地试，大胆地闯。深圳的重要经验就是敢闯。没有一点闯的精神，没有一点“冒”的精神，没有一股气呀、劲呀，就走不出一条好路，走不出一条新路，就干不出新的事业。不冒点风险，办什么事情都有百分之百的把握，万无一失，谁敢说这样的话？”

他用普通话，认真地一句一句地读着。

昌保笑了，说：你这真是乡下人学官话。咬牙切齿，怪腔怪调，不要吓走人。

我这不是练习吗？今后不遇故乡人，我就不说故乡话了。今后与人交流自然是要说普通话。

望着二哥那庄重严肃的脸，那认真的神情，昌保心情突然感到沉重了：看来，二哥真的是吃了秤砣铁了心。还是问了一句：你真想走？

嗯，走定了。

家里好日子不过，去外面瞎折腾，你心里有底吗？

黎昌仁先生和公司员工在六和亭前的合影

没底。

那你就不要开步走。

读懂了这篇文章，我胆子大了，有点底了。你也读读看。

我没读，我还在校。反正是国家分配，我不想那么多，我梦想分到市里，争取留在县里，确保乡镇，这是我的目标。

你最好还是看看这篇文章，在深圳开一家诊所，一定会比在奉新发展快发展大。我相信通过自己努力，在奉新能做好的，在深圳也能做好！

看你怎么说服父母？铁饭碗来之不易啊！

所以，你要帮我敲打边鼓呀，你也看看这张报纸。这不，我找到这张报纸，要你也读一读，读懂了，就有信心了，就敢哪。

昌保接过报纸，再瞄了一眼，这才发现，不是今年的报纸，惊讶地叫一声：这是去年的报纸呀。

是的，是去年的。这不写得清清楚楚吗，1992年3月26日。昌保，我告诉你，这张报纸在我怀里揣了快一年了，有空我就读，就想，这叫“特区”啊！特区有特殊的政策，特区的人思想解放，我想，我一定能干成。

不就是开一家牙科诊所吗？二哥，你把这事看得太神圣了，太艰难了。不管怎么说，我支持你，不行就回来呗。我们上届的同学很多分到深圳，那儿正需要人才……

（6）

老爸高兴地领着全家等着“潦河一日游”，不算是“泡汤”了，也该是“泡水”了。

昌仁辞职南下的消息，在这寒冷尚未褪尽的早春无疑像一盆冷水浇在父母的心上。尽管初二的太阳高高挂在天上，流淌的潦河水波闪闪发亮。黎昌仁8岁的女儿黎婷算是大孩子，领着孩子们不停地在河边跑着，跳着，玩着向河里打石头打波浪的游戏。十几个大人再也没有心情去看潦河了。

一年四季，这时的潦河最温柔，最美丽，清清的河水，缓缓地流着；绿茵尽染，被去年大水浸过岸边留下的痕迹是黄沙黄泥。两岸的白杨垂柳在春风里渐渐吐绿，岸边长满青草的堤，堤外的村庄是古老的香樟，香樟杨柳排排相连。登高一望，潦河就是从绿色中流过的一条闪亮的项链。春天的潦河真的很美。此刻谁也不会欣赏这种美了。前几年，绿化工作不到位，两岸泥沙堆积，夏季常涨水，混浊的河水夹带着山里的泥沙与枯枝冲向岸边，山洪暴发时，还会翻过堤坝。这么多年来，黎家祖孙三代都来过潦河边，填过堤，挑过土，垒过坝，夯过桩，繁重的抗洪防汛工作，让他们对潦河又是爱又是惧，都愿为修好潦河多出一把力，多流一些汗。

听说要规划一河两岸工程，未来的潦河两岸将要修建成水泥路，竖起高高的电线杆，小小奉新城不就像省城南昌一样了么？想到未来的奉新城，想到要变化的家乡，两位老人心中的结实在没法解开。

是被什么迷了心窍？县中医院有什么不好？多少牙科医生削尖脑袋想进去，都没有门路。当然，儿子是争气的，十年来，赢得好口碑，不容易呀。奉新县上上下下的领导都信任他，县委书记都找他补牙，在县里，这是最大的荣誉和信任哪！儿子和医院领导同事相处得体，还提升为口腔科主任，服务态度好，服务质量好。县里一位领导这样夸奖他：做事见人品，治牙出精品。用中医院院长的话说：你们家的黎昌仁是小城名医，是明星了。这些表扬到哪儿去找啊！

唉，还有什么不满足呢！领导同事知道了他要离职会怎么说呢？真是人心不足蛇吞象！

顺风顺水的日子不过，非要去逆水行舟！

事先也不与家里人商量，还选择在这个大过年的日子里，让一家人心里都不痛快，着实不痛快，丢了铁饭碗吃什么？铁碗好饭，丢了就捡不回来啊！父亲不善言语，一个人嘀咕着。

那时，在政府机关工作的人端的是金饭碗，银饭碗，在国有体制里是铁饭碗，大集体的是泥饭碗。这一辞职，好了，没有饭碗了，吃狗屁呀！

在母亲眼里，儿子已过而立之年，都还是孩子。妈妈爱孩子，离家千里，牵挂在心。出门创业，该要吃多少苦，受多少累啊，无房无亲，晚上睡哪里？白天在哪里吃？有事找一个助手，找一个说话的朋友都没有。在家这里多好，一家人，有事可以商量，做什么事都会有一个帮手啊。

哥嫂弟妹们想到自己的事多一点：二哥走了，看病也不方便了，找医生看病也没有一个牵线搭桥的人了。二哥人脉好，他成了县里的名医，成了黎家的一张名片。这一走，名片也没有了。

人群里只剩下孩子的嬉笑声和叹息声。还是老爸先提问：为什么要辞职？总得说出一个合情的理由吧？待业青年南下找工作，农民南下去打工，你是一个主任哪！

医院领导给了你小鞋穿？患者给了你气受？

你这样做对得起院领导的信任吗？对得起奉新县病友的信任吗？父亲这几句话问在理上了。

老爸没有从离开体制上去指责他的行为，而是以理谈事，以情感人。没人应和。

他应和了。先是微微一笑，说：爸，今天正好是全家团聚的日子，我不就是抓住这个机会，特地听听父母、兄弟们的意见吗？再说，我也不是一时心血来潮，我这叫深思熟虑。我都考虑一年了。去年，报道了小平同志南方讲话，我在看，在调查，在想么，想了一年，终于得出了结论：趁我还年轻，还是跟上时代，到外面闯闯的好，深圳是改革开放的前沿，我为什么不选南昌，宜春，不选南京，不选广州，偏偏选深圳，总是有道理的。

我们家兄弟多，不像人家家里独生子女，我离开了家，还有兄弟姐姐，可以奉待父母。现在交通方便，有事，叫一声，我就回来。我还年轻，总不能一辈子窝在小县城哪。他说。

你爸窝在小县城，也把你们几个兄弟养大了，也没有成为讨饭的！你祖父窝在山里，也把我养大了！怎么了？窝在小县城里就不光彩，就无能？你不是年轻人了，过了而立，已到中年。女儿也快9岁了。

不，不，我绝不是这个意思。我是说，过去有户口，我们哪儿都不能去。现在政策开放，哪儿都可以去闯。我外出闯闯有什么关系呢！

奉新不开放？一样开放。你弟弟考取大学那年还要带粮票，今年就不要粮票了。去年，县城除了领导家里可以安装电话外，谁都不能装。今年也开放了，打报告，邮电局审批就可以了，你要看到奉新也在进步……改革开放没落后啊！

爸，我没说奉新落后啊！

你想走，不就是嫌弃落后吗？

唉，你扣的这个帽子也太大了一点。我只是想看看试试我自己有多大能力。

你自己想明白，我是不赞成的！你们有谁举手的？有谁同意的？大家都默默无言，只有潦河水流动的声音。

爸，真的没有商量余地吗？

你知道吗？你这一走，就失去了铁饭碗，就再也找不回来了。几千几万人盼这只铁饭碗呵，你要是铁了心，你就走。

我还是想走！也定了要走！

想走？你真想走？你滚！……说罢，老爸一甩手大步离开了这群孩子。孩子们漠然了，从来不发脾气的老爸，今天怎么了？今天，还是过年哪。大家把目光投向他。他十分冷静，他与昌保耳语了几句，拔脚追向父亲。

全家人看见他与父亲的背影，缓缓向前，尔后是他扶着老爸的手，走向河堤，一家人跟在后面。他已向昌保交代，中午他请客，全家到奉新酒店用餐。

过去，春节期间，奉新的酒店大都不营业。改革开放后，外出工作的人回来一趟不容易，为节省时间，家里很少开火，找一家店饮酒品茶，相聚叙旧，卡拉OK，打打牌。奉新还真的是在变化，这几年来，春节期间，酒店热闹多了。

他机敏过人。他预测到，这辞职的事一出口，家里就会如发生地震一样。这地震如何平息呢？俗话说，知子莫如父。一样，知父莫如子。他要以欢乐和谐的方法解决。他理解父亲，一辈子辛苦构建这样一个大家庭，实在不易，孩子们都已安居乐业，学习工作有成，作为父亲真的心满意足了。他感谢改革开放，感谢这个时代，祖辈世代务农，由于读书用心，做事尽职尽责，农转非，进入了体制内，谋到一份职务。他出生那年，祖父还是以务农为生，家中有几亩薄田。学校放假时，他还回乡习农，这一代人经历了太多的风风雨雨。

和全国百姓一样，他们家经历了下放农村，回城择业，子女升学，就业诸多过程。下放那年，姐姐18岁，到了要出嫁的年龄了，昌忠14岁，昌仁11岁，昌义8岁，昌强还只有两岁，抱在怀里，大的牵在手上，小的坐在一辆拖拉机里，跌跌碰碰地送回老家。回到潦河边上一个叫黎家的小村庄里。11岁的他能爬上牛背放牛，能赤脚下得水田插秧割禾。像祖父重视他父亲读书一样，他父亲也重视孩子们的学业。乡镇小学刚刚开办，父亲就把昌忠、昌仁、昌义都送进了学校，看到还没有回城的希望，他遂又生了一个，全家高兴。

当接生员告诉他们，又是一个男孩时，那一刻，他父亲心情激动万分，这真是苍天赐给黎家的礼物，积善有德，六个男孩，六六大顺啊！保佑全家，平平安安，遂取名昌保。

中国传统文化对数字内涵与外延表达了特有的思维模式，一南、二气、三阳、四喜、五福、六和，七星、八宝、九宫、十美。五行生六和。六和指东西南北上下即天地四方，或指天下宇宙。古人认为六象征顺利，易经的坤卦有三个阴爻，重叠而成，是三个六，组成的纯阴之卦。《坤传》“坤道其顺手”，《说坤传》“坤，顺也”。坤卦代表顺利，也就有了“六六大顺”之说。遐想与期望并没有止于顺利之说，佛教中，六和还演绎出更多的宗教哲理与和谐理念。六与八在中国视为最吉利的数字，中国传统文化六六顺，六合彩，六和拳，六和散，在杭州西湖有六和塔，在南京有六合区。

公元970年（北宋开宝三年），在西湖之南，钱塘江畔月轮山上，建六和塔。父亲知道六和文化源自佛教，他特地去了百丈寺，烧香敬佛，请大师讲述六和内涵，他净心静听，他知道佛教里六和表达的是修身修性。

黎昌仁先生六和塔下感悟六和文化

第一和，见和同解；第二和，戒和同修；第三和，身和同住；第四和，口和无净；第五和，意和同悦；第六和，利和同均，六和在心。

一和的见，即意见，见解，家庭如果见解不一样，那就有矛盾，协调才能达到一致。二和的戒，没有规矩不成方圆，规矩就是戒，大家必须遵守，一起遵守就如同修炼，也就是现在的“制度管人，流程管事”的最初条文。

三和同住，原则是各安其分，各守其则。四和无净，就是不要语，不恶口，做正语，说实话，不乱说话。五和做到心理行为一致，以善待人，胸怀坦白。六和说到财产利益，做到共同繁荣富裕。同均并非平均分配，而是共同分享，分享苦难，分享希望，分享成果。

孩子们大了，父亲的言行潜移默化地向孩子们传授了六和思想。现在叫六和文化，已有六和禅院和书院。他悟性高，也领悟得深，父亲没料到的是，这六和文化在创业之中运用自如，他在珠海不敢说淋漓尽致，也可以说是恰到好处。从珠海的六和口腔医院创办到江西，上海，形成的六和连锁，都融进了六和文化。

父子双方都喜爱并深谙六和文化，什么意见和矛盾都可以在六和文化里获得和解与统一。

一声爸，我理解你。让爸心软了。你也要理解我呀。

黎昌仁先生在杭州六和塔下感悟六和文化

两人从“见和同解”，很快达到“意和同悦”的境地。

爸说：你就不知道，我会想你吗？他知道爸是快60岁的人了。爸怎么会不理解他呢？六兄弟中他对新事物特别钟情，特别愿意接受。喜欢新，敢出新，想创新。在奉新这小县城，他第一个穿西装，系领带，第一个会唱卡拉OK。听人说，他唱得十分精彩，就像歌星一样。他不抽烟，不酗酒，不赌博。男人的一些坏习惯与他无缘。他脾气绝对好，从不生气，生人熟人，都是笑脸相对。他笑得真诚善良，从小，爸就相信他是一个有出息的人。

他沉默后说：知道。我工作有眉目后，我会回来接你的。我把兄弟们都接出去。

你做梦啊。

我相信自己。

你落脚的地方都没有，这不是大白天说梦话吗？

万事开头难。爸，你让我开一次头吧！说不定，我开好了头，对兄弟们，对我们村、我们乡，甚至奉新县都有影响呢！

儿子，你还在做梦！你呀，心比天高！下一句，眼高手低，他没说，他知道也理解儿子。他是追求上进的青年，最早到省里参加学术会议的医生。老爸换了一句说：要脚踏实地哟！

丢了饭碗，创业又不成，你回来吃什么啊！

看着爸爸语气渐渐缓和，他小心翼翼拿出了报纸说：爸，你是一定读过这张报纸的。只是忙，没有去多想。我事少，多想了一些。小平老人家提出的特区，这特区才打动了我的心哪。爸，你是敬佩小平的，没有小平的改革开放，我们一家人还在种田，我们兄弟哪有机会读书，现在特区允许私人开诊所，开医院，办企业，我去显显身手，下海试试水，无非是多含几口水。

老爸接过了那张《深圳特区报》。

不戴老花镜，他看不清，爸爸是老了。他亲切地在老爸耳边说：我不是胡乱选择，我不是迷途羔羊，爸，我念给你听。我是找了到过深圳的同学朋友们调查了的。分析了深圳情况，也分析了自己，还学习了六和文化才作出这个决定的。去深圳、珠海、海南的人很多，我不是第一个，也不是最后一个。有位运动员说得好，人生能有几回搏，你就让我搏一回。

老爸打开了报纸，看到了日期，看到儿子对这报纸的珍爱的心情与珍藏的动作，心里明白了几分，动了几分情，心想，看来儿子是有心的，有心栽花花不活，无心插柳柳成荫。希望儿子这次有心能栽好花，插好柳。

钱带够了吗？钱是男人的胆，没钱就走不了四方。

够了。我有点私房钱。

这是你的秘密，我不多问了。

在爸面前，我能有什么秘密，我一个月省10块钱，一年120块钱，10年1200块钱，我带1000元钱足够了。

爸，我到了深圳，给你买一根高级钓鱼竿，退休了，没事，就坐在潦河边钓钓鱼，这也是快乐。

是你喜欢钓鱼，别往我身上挪。你自己挣的钱，自己用，也别寄回来，保证老婆有饭吃，孩子有书读就行了。

我钓鱼也是向你学习的呀。我学钓鱼的目的是磨磨自己的性格。钓鱼除技术外要靠忍耐，坚守，我是在培养自己养心修性啊，有定功才会真成功。

儿子唠唠叨叨地说着，潦河在他们脚下静静地流着。父亲抬头望望蓝天，望望远方，问：深圳是不是好远，好远，靠着香港？

是的，好远，好远，坐火车到广州才能到深圳。

一片朦胧的远方渐渐地，渐渐地清晰，清晰到如月儿般明亮，太阳般闪耀，他才敢这样大胆提出“背井离乡”。

深圳。好远，好远哪。爸爸念着，声音有点呜咽。

那时候，还没有这句诗：生活不只是苟且，还有诗和远方。

在他心中，眼前没有苟且，远方还在寻找。他听出了爸爸对儿子的钟爱与关心，一切尽在不言中。他觉得自己的眼眶有点湿润了，爸，走，吃饭去吧！他们在饭店等我们啦！今年是你的本命年啊！在家乡，本命年视为人生一道坎，跨过这道坎就会有美好的未来。为了顺利度过本命年，家乡习俗都给孩子系一根红腰带。小时候，父母就给他系过。一个人在外，如何度过本命年呢？他懂得爸爸的提醒，是做金鸡独立，雄鸡高唱，还是成了人家酒桌上的“鸡爪子”呢？

坐在饭店里的兄弟们不是焦急，是担心。他们催昌保去看看这对父子，交谈会有怎样的结果。昌保胸有成竹地说，请相信二哥的能力。连这点本事都没有还闯什么江湖。妈还是不放心，叫昌强把大姐、大姐夫也叫来了。这里作一个小小说明，同族里有个男孩叫昌祥，两人名字读音总分不清，要改名，妈找人算了一命，算命先生说，这孩子叫单名更有出头之日，黎昌强就改名黎强，成了黎昌仁的得力助手，无论是管理还是医疗技术，那真叫强！

姐姐是家中老大，这年已是43岁了，大昌保20岁，大他7岁。尽管文化程度不高，年龄在那儿，坐在妈妈身边，妈放心。妈心疼的还是今天这餐饭的钱，家里有鱼有肉，有酒有饭，请客是多此一举，这钱花得妈心痛，儿子都大了，大人们的话也没人听了。这不，说走就走，他不会听大人话的。她不糊涂，她深知，最后丈夫会屈服的。这场争论的结果必定是以儿子辞职而落幕。

果然，父子俩走进了包厢。

老伴虽然面色不悦，还是开了口，你们两个也来了。也好，也好，是团聚会，也是，也是，送别的聚会。这句话，她没说出口。

服务员上菜！昌保大声地对外叫了一声。

他像什么事也没发生一样，向父母敬酒：父爱如山，我代表我们七个姐弟，先向爸爸敬一杯，没有你就没有我们，没有你的付出就没有我们的今天，我们人人都知道，我们吃饭，我们读书，我们所有的花费都是你用血汗换来的，是你从牙缝里省出来的。爸，儿子会记住你的恩德，会为你们争气。这杯酒我先干了，你慢慢饮。

我要敬妈一杯，儿行千里母担忧，儿女永远是妈妈的心头肉，不管走到哪里，妈妈都会牵肠挂肚。妈！我们从小到大，没有离开你，鸟儿总要飞出巢，鱼儿也要游向大海，你就放手，像春天的风筝那样一松手，我可能飞得更高更远……

黎氏家庭部分成员
2006年春节合影

兄弟们这下亮眼了。大家忙，虽然是一家人，有了自己的小家，各自为工作孩子奔波，很少相聚，很少聊天。他的这两杯酒，这几句话让姐弟们开了眼界。看来二哥也是交际场上的一把好手啊！他知道兄弟们心里的结与老爸一样，一个铁饭碗丢了怎么了得。既然老爸没有再开口，兄弟们也不多言了。他从各人脸上可以看见众人的内心，他毕竟是一个看脸看口的医生啊！

"让中国人笑得更自信。"这是他创业后的一句广告词，不过，从这天开始，他的笑的确是更自信了，这自信来源于自己的努力和奋进，还来源于这张报纸。应该把这张报纸给家里人看看。他放下酒杯，说：我请姐姐、哥哥、弟弟们看看这张报纸吧。昌保笑了，你免开尊口，还是我来念吧！你的普通话好难听。昌保打开报纸大声念：深圳特区报，1992年3月26日，东方风来满眼春……

全家人似乎在听昌保作报告……

（7）

全家人都以为他会在家乡过完元宵节走，没想到，他选择离开的日子是初八，1月30日，星期六。

他说了两个理由，一是过了正月十五，汽车火车站是人山人海，上学的，打工的，返城上班的；二是早一点到，好找工作，也许开年开张正缺人哩。初二的团圆聚餐，就算是告别了，似乎没有很多的话说，他背一个旅行袋，装的是春秋装，棉袄他都没有穿，上了车。到了深圳还需要这些棉衣吗？一切从简。再一次检查了身份证，医师资格证和钱。有了证就可以找到工作，有了钱就能生存。

路上少不了吃，到了深圳也不知馆子店价位有多高，昨天花了二元一角钱，买了6包方便面，算一算，少了，听说深圳的方便面要比奉新贵几角钱。晚上又跑到食品店买了10包，共花了三元五角钱。说好了，亲朋好友不来送行，就算是一次出游吧，一早老婆上班去了，他准备看一眼女儿，女儿的床是空的，是不是上厕所了？那时家里没有厕所，只有马桶痰盂，一般在室外上公用厕所，细心的父亲伸手摸摸被褥，不热！那就是下床很久了。他匆匆走出门口，他听见了亲切的叫声：爸爸。

啊，婷婷，你在这儿干什么？

妈说，要我送你。一定要送你，妈说，今天没有人送你。女儿声音有些呜咽。

婷婷，爸爸外出创业，是好事，是喜事。啊，婷婷别难过。小时候我教你唱过一首《创业》的歌，记得吗？青天一顶星星亮，荒原一片篝火红……爸爸现在去的地方是城市，没有荒原，没有篝火，有大海，有灯光，爸爸安定后，就回来接你。好吗？

好的，爸爸记得来接我哈。

爸，昨晚你出去了，奶奶托叔叔送来了一瓶腌菜、腌萝卜和豆腐乳。奶奶说，你吃着，吃着，就会想起我们家，想起婷婷。

爸爸不吃也会想婷婷，婷婷乖。

爸走了，爸爸要赶汽车，到南昌，还要赶今天的火车，再见，婷婷。

爸爸，婷婷也有礼物送给你。

他一惊，女儿还准备什么礼物。昨晚真不该外出，让女儿久等了。女儿从书包里拿出来12个信封，信封上写着：江西奉新县中医院黎昌仁转黎婷婷收。

爸爸，你一个月给我写一封信哈。这下，他眼泪真的止不住了。婷婷，爸会给你写信，会给你打电话……爸走了，再见。

我要送爸爸到汽车站。

你一个人回来，爸爸不放心。

爸，我会靠右走的，我要送你去车站！

朦胧晨曦中，他牵着婷婷的小手，父女俩向汽车站走去。

婷婷眼尖，很远，很远就看见了昌保叔叔的身影。

你怎么在汽车站？不是说好了，不送吗？

算是例外吧！昌保小时候，二哥带他到潦河边钓过鱼，还筑拦捉过鱼。渔具都是自己做的，鱼竿、鱼篓、挖的蚯蚓做鱼饵。那时钓鱼、捉鱼完全是为了解馋。小鱼油炸，大鱼煮煎，妈妈做的酸菜辣鱼汤是孩子们最喜欢的菜。后来，工作了，手上有点钱，钓鱼才有讲究，自己配鱼饵，而这时二哥钓鱼的目的不是为了解馋，而是修身养性，让自己的性格能静下心来沉思，后来，昌保到萍乡、宜春读书了，二哥工作也忙，上潦河钓鱼就成了奢侈的事了。

我上了越山，帮你做了两样家乡竹制品，一是你喜欢的钓鱼竿，折叠的最新式的，你看看，用豪猪刷做的漂，不知深圳那儿可不可以钓鱼。反正，哪有江有河，有溪水，可以钓，你就去钓。还做了一个竹笔筒，放在自己办公桌上，是笔都可以往筒里放。我还刻了几个字：奉新越王山，是家乡的竹子，你闻闻清香。

读书时，每逢春天老师会带同学们游越山，那儿山清水秀，还有许多故事。

越山是奉新人的称呼。地图上、书上称之为越王山，这里有一段历史传说。公元前494年，吴王夫差带兵打败越国，越王勾践被迫俯首称臣，在吴国为夫差养了4年马，做了4年马夫。公元前491年，勾践回越国，卧薪尝胆，励精图治，经过了10多年的治理，越国强大起来了，勾践亲率大军进攻吴国，吴王战败自杀。吴国灭亡。

勾践灭吴后，想成就春秋霸业，统率大军攻打楚国，途中听说奉新地区有座山，适宜屯兵，遂带兵来到这山上，发现这儿山泉清澈，汇流成湖，可解决兵马饮水，山顶地势平坦开阔可操练兵马，山势险峻，山林茂盛，列兵防守，于是在此筑城，此山遂命名越王山，此城叫越王城。清代诗人徐运启咏越王山：

越王山上月轮收，翠黛青螺近欲浮。霸业尽随莲院水，云旗犹带土城秋。点军坪上松杉老，走马仑前鹿逐游。我欲登临问兴废，晴岚如许远峰头。

——（清·徐齐通）

这山以竹闻名，毛竹之多，竹林之深幽，居奉新之首，其他各乡、各山也有竹，奉新遂得名毛竹之乡。

弟弟攀山取竹，一周之内请朋友为他制作两样纪念品，这手足情的热潮涌上心头。

昌保，你带婷婷回去吧！车要开了。

昌保一手牵着黎婷，一手挥着。

售票员上车了，车门关了。倒车，拐弯，长途班车离开了，司机一踩油门，汽车加速。

越山的竹子

奉新，再见了。

婷婷，再见了。

昌保，等我的好消息哈！

他坐在车里，刚刚湿润的眼睛还未干，这会儿又湿润了。他并不知道，女儿一样含泪看着车子消逝在远方。

昌保和女儿也不知道，他的心情是激动地向往远方，又是依依不舍地回望故乡，泪水却紧紧含在眼眶里，没有流下来，他戴上了墨镜，不让人看见他红红的眼睛。

（8）

从南昌到深圳的火车是晚上10点发车，离发车点还有12个小时，他不会浪费这么长的宝贵时间。计划好了，沿着八一大道往北走，不是去逛街，是去“逛医院”。

南昌，他是熟悉的，学习、进修、参观来过多次。南昌古称豫章，洪城，洪都。这儿是八一起义的地方，南昌人自豪地称之为英雄城。城中心有八一广场。每次来，他都会在那儿坐一坐，看一看，感受一下八一广场的激情与热烈；市南郊有八大山人纪念馆，他去过。那是一座道院，在青云谱，历史悠久，相传在2500年前就建在那里。后来因明末清初的画家朱耷居住于此，其号八大山，此道观遂得以闻名于世，1957年定为省级重点文物，1959年改为八大山人纪念馆。1985年八大山人被联合国教科文组织命名为中国古代十大文化名人之一，八大山人纪念馆名扬天下，走向世界，成为江西的一张名片。

赣江边的滕王阁因王勃写的《滕王阁序》知名度似乎要更高一筹。滕王阁屡遭战火，屡毁屡建，至今已有28次了。1989年滕王阁再次重建，千百年来老百姓渴望国富民强，家和民安，他赶上了好时代。

登上滕王阁眺望，真能看到“落霞与孤鹜齐飞，秋水共长天一色”，“渔舟唱晚，雁阵惊寒”的景色。“望长安于日下，目吴会于云间”“关山难越，谁悲失路之人；萍水相逢，尽是他乡之客”“老当益壮，宁移白首之心？穷且益坚，不坠青云之志”。每次到此，他有这样的壮志，没有这样的悲情。他还年轻，更多的是胸怀“雄关漫道真如铁，而今迈步从头越。”“不到长城非好汉”的气魄，“自信人生两百年，会当击水三千里”的壮志。这个点，这短短的时间，他去“逛医院”就是受这雄心，这豪气的驱使。

他很清楚南昌各大医院的布局，几乎都集中在这条八一大道上。听说，前几年卫生部一位领导在这儿视察工作，开玩笑地说：你这儿可以叫医院一条街了。火车站附近是铁路医院（现改名为南昌大学第四附属医院）。只要走一站路，就是南昌市第二人民医院。往前走两站路，过了八一广场是省妇幼保健医院与江西医学院第二附属医院（现为南昌大学第二附属医院）。他曾在这些医院学习过。二附院对面的福州路上是江西省口腔医院，那是他向往的一家医院。口腔医院后是江西医学院第一附属医院（后改称为南昌大学第一附属医院），走到八一大桥头是江西省人民医院。每家医院都有口腔科，每家医院的口腔科都有自己的特色和强项。江西省口腔界最好的专家与最好的设备都在这一条街上，他曾立了一个心愿，要到每家医院去看一下，体验一下，学习一下，也算是见见世面，就好比刘姥姥去大观园一样。在家乡中医院，一年365天，总是忙。一个人，一张牙椅，想歇三天都找不到机会。

那时，没有双休日，夫妻在一起就没有探亲假。五一节、国庆节两节只休息一天，春节也只休息三天，就是“看一下”的想法都难以实现。

十年时光过去了，由于挤不出时间，这个小小的梦都难以圆。

一附院的口腔颌面外科在江西口腔界是领头羊，口腔肿瘤的手术治疗与术后修复排在省内前列。二附院的口腔颌面创伤急救病例最多，忙时加床。学术会上，他听过这些教授老师们的演讲。口腔医院的大楼开始接纳病人还只三年，虽然时间短，他们的修复，正畸，牙周，牙体，牙髓疾病的治疗都是他想学习的技术知识。能到口腔医院进修一年是他梦寐以求的事。

有句话说，贫穷常会限制一个人的想象力。他望着口腔医院的高楼，想到的是学习。根本没有，也不敢想象后来的自己能去创办一家或几家口腔医院；再后来，竟成了中国民营口腔医院界最大航母的领航人。那时刻，他想到的仅仅是去深圳，去办一家属于自己的小诊所，能展现自己的技术，能用自己的技术和爱心服务牙病患者。后来时代给了他一个机遇，他抓住了这个机遇，成了弄潮儿。后来，多么让人回味思考的后来啊！

走在八一大道上，他想得很多。他在南昌学过修复（俗称镶牙），学过正畸（民间也叫矫正，就是把不齐的牙骨通过科学、力学的方法排整齐）。口腔科不仅仅是拔牙、补牙、镶牙，还有口腔颌面肿瘤，创伤颜面畸形整形，口腔黏膜疾病等的治疗。他知道自己这辈子不会从事口腔颌面外科这项工作，有机会看看也好啊。他一直叹息，在口腔肿瘤诊断和颌面外科手术上，他是弱项，有些甚至是空白。真的需要学习啊。到后来，他还在为自己补课。这两年，卫生部举办了种植牙学习班。他很想去，通知只发到省市医院。修复、正畸，他都学了，回到奉新县却很难开展，他遇见一个中学生，她想矫正自己的牙齿，是牙齿不齐，向外"飘"的那种，她找到他，他乐意接诊，只收300元。因为奉新百姓收入低，这样低的价格，她父母都不同意。300元相当于一家人四五个月的总收入。对于农民，是半年的收入。一年也没有几个这样的病人。即使学会了种植牙，恐怕在奉新也难以开展。

他有想在基层为百姓解决牙病问题的心愿，然而一些老百姓对牙病认识不足，常说嘴里牙齿多，拔一颗牙没关系。他也只能做一个"口头革命派"，说说而已。

在基层有这样的说法，拔了不镶是农民，痛了要补是市民，要镶牙的是万元户，要补牙能报销的是公务员。要求整牙矫牙的小妹的妈妈说，你又不要当演员，又不去做空姐，要那么漂亮干什么？也许，父母也有道理。他是医生，不是营销员，他要用技术展示自己，他要用技术服务病人，他要有一个舞台（现在说的平台），到哪儿去找？去宜春市？去南昌市？都不适合他。最后，他选择了深圳。

沿着八一大道行走，他走进医院，上楼，一个科一个科，一扇门又一扇门。走出医院门，伫立在医院门口。仰望着这些大医院，似乎有一种仪式感。这次是告别家乡，告别家乡的口腔界。如果，如果不离开家乡，那一定会常到省里来参加学术会，会向专家们请教交流。

现在，现在向南方，去深圳，再见了，同行专家们，后会有期！

（9）

在火车站餐馆解决了晚餐。

排队登车了，尽管春运高潮尚未来临，火车站已是人满为患。

绿皮火车是那个时代留给长途跋涉者的最深的记忆。最远的路可以在车上坐七天七夜。从东到西，从南到北。南昌到北京是两夜一天。到深圳叫快车，也要24小时。这些绿皮火车没有空调，夏天是焖罐子，冬天是冰箱。每到一站，打开窗户，车站上总有售货员推着小车，喊着：盒饭，有吃盒饭的吗？

这几年从每盒2元，已涨到10元。车厢内也有服务员堆着餐车叫着：香烟、瓜子、八宝粥；啤酒、饮料、矿泉水。来，腿收一下。这时节，在这拥挤的世界里，不是腿收下，推车就可以行走，是只能工作暂停，看不到推车，听不到这熟悉的叫唤了。

踏上火车，对人多的感受更强烈了。坐的地方没有，即使躺在座位的椅子下，也得有好心的人同意。躺着，你不能动，他的双脚也不能动。一不小心，他脚落地就会踩伤躺着的人。他靠在车厢连接部找到了一个安置自己的位置。昌保送的鱼竿肩背着，他担心肩靠车厢壁会折断，取下，抱在怀里。旅行包当椅子，垫在屁股下坐着，妈妈做的腌菜、豆腐乳与女儿送的信封放进书包里，背在肩上，抱在怀里，不能让礼物受伤。旅途中，不要损害一件，也不能失落一件物品，带去的都在深圳要用的。他觉得安然无恙，才放心地蹲下，坐在旅行包上。就这样一个姿势都很难维持24小时，沿路又有上车的人，又越来越挤，挤得蹲不下去了。蹲着，大有被掩埋的可能。只得站起来。几乎是背靠背，胸贴胸。

那时，在邓小平南下讲话后，又一次掀起南下的热流，叫“淘金潮”，叫“去南方”。向南，几乎成了创业者必由之路，深圳、海南成了创业者的圣地。真要去“圣地”当然要不畏艰苦，要忍受得住饥饿，要不畏寒冷，还要能憋……

要有什么都能憋着的功夫，想饮水，等等；想拉尿，等等。离开了这个位置，就很快失去了自己站立的空间。这里只容纳不能随意动弹的一个人，想从袋里拿一块饼都要说一句：对不起，我要动动。不过大家还是互相迁让着，即使被踩了一脚，“对不起”后的回答是“没关系！”。

人与人之间没有多余的空隙，拥挤着；没有争吵，没有熙熙攘攘的声音，只有车轮与铁轨的撞击声响。昏暗的灯光下，偶尔传出鼾声。这真是一个奇妙的世界，站着，挤着一样进入梦乡。车上每个人都有自己的梦，肯定是好梦，似乎都在积蓄待发，准备到达目的地大干一场。有路就有远方与诗，这条路的目的地很清楚，车上每个人都想奔向圆梦的地方，其实安静与安稳，和谐与和美，并不需要什么过高的外部条件，更不需要什么外部巨大压力。每个人都有梦，都是追梦人，只要有一条圆梦的路，再艰苦，再艰难，大家都愿意去求索，去探索，去奋斗。都愿用自己的青春与人生去拼搏，直到圆梦的那刻。

这是1993年春节后的一个春夜，绿皮火车载着圆梦的人开向深圳。

在中国，在这个鸡年，这个冬夜，这个点，有多少人奔波在圆梦路上啊。

上海，第九人民医院是中国口腔界的领头羊。继华西口腔学院后，她培养出了多少专家精英啊。这是沈刚大学毕业后的第五年，正为准备继续出国深造而努力着。

这夜，刚工作一年半的孙春燕医生在大连口腔医院值班。她一样在思考着自己的未来。

这夜，在昆明已经考入昆明医学院口腔系的梁娜同学，为自己成为一个大学生而高兴。这是入大学后的第一个春节，她还没有来得及去想未来，梦在哪里？她还要考研究生哩。

在吉林有个女孩叫许曼，在河南商丘有个男孩叫高大鹏，在江西丰城有个青年叫谢正新，在大理还有只有一岁的沈雪萍……

他们当中有的在襁褓中，有的在读中小学，有的在准备考大学，有的刚刚入大学，他们都有自己的梦想，谁也没有想到，一个鸡年过去了，又一个狗年过去了，在他们后来的日子里，他们离开了家乡，与这位正在绿皮车里站着做梦的他走到一起了，走到他搭建的平台上，携手共圆人生梦。

人生的列车会开向何方？谁也无法判断？奇妙之缘，往往会奇妙地让几个不相识的人伸出手成了知心的朋友，他们都走进了六和、拜尔、拜博，共成长，共同成了拜博人。

夜深了，车轮响声似乎更响了。

（10）

天亮了。沿途有些旅客下车了，又上来了一些寻梦的人。大家一样谦让着，轮流上厕所，轮流走到车厢连接处伸伸腰，用微笑相视，用微笑面对。

即使站着，腰很累，双腿很酸，大家坚持着，相安无事。

他利用到站停车、有旅客要下车时的短暂停顿进行移动，尾随人流缓缓向厕所移动身体。他看见一位母亲用塑料瓶给三岁的儿子接尿。他主动伸出手说，我给你带走。在厕所门口排队排几分钟，完成了早上排泄、洗漱工作，而这个移动的动作需半小时，或更长。与车上旅伴一样，站了一夜腰酸背痛，他们用手搂肩，擦腰、擦擦双腿，活动四肢血脉。车窗外晨光跳动，望望车外，有点饥饿感，想移到热水箱前，泡一碗方便面，很难移动，拧包，背着书包，还有怕折断的鱼竿都在身上。他为自己有点小聪明而庆幸了一番：他购的饭碗是有弯柄的，在这奔驰的车上站不稳，有柄，端着就稳多了。热水箱前旅客也在排队，轮到他，接水，盖好，转身离开。昨晚站姿入梦的地方早已换人了，走到车厢相接处，车身厉害地晃动了一下，握紧，怕烫，松手怕摔掉了，怕浪费了一碗面。他忍住了烫，站稳了双脚，一碗面总算没有脱手。要感谢绿皮车上的一位茶炉工，他借给了他一块擦锅布。这是绿皮火车的特有工种，他每天要保证旅客的饮水，开水用煤烧，他关好煤炉，路过这儿扶了他一把，递上这块破布，托着。就这样一个小小的动作，一块小小的布，让他感到人与人之间的温暖，让他节约了3角5分钱。那时，在夏天，1角钱可以买两根冰棒。

粉红色的晨曦在窗外一闪而过。进入了隧道，窗外一片漆黑，车厢内，灯亮着，有旅客问：进了广东吗？

一位旅客说：过了隧道就是广东。

另一位旅客说：这是湖南境内的隧道，刚过衡阳。

你到哪？

深圳。

你呢？

深圳。

韶关，有下车吗？

清远，有下车吗？

没有人回答。

大家相互会心地一笑。挤着吧！可以抱团取暖。

车窗外，晨光透亮。真正天亮了，如果再没有隧道，该是走过了粤北山岭。其实，还只是6点多钟，南方天亮得早，透过车窗可以看见南方的山山水水。这山，是湘南或是粤北的山呢！

在车上还有十几个小时，在这双脚不能移动的空间里，该如何度过啊。

那时候的人没有手机，坐下后，就开口交流，说天南地北，讲五湖四海，闲聊叫“侃大山”，相互之间没有戒心，不用警惕。20世纪80年代末到90年代初，人人心里都珍藏着奋进的激情。

大家站着，站累了，就请人让让，蹲下或坐下，还有些年纪大的人，挤在车厢走廊上请坐票的让半个座位，椅上两座位成了三座位，三座位成了四或五座位，这一让过道里稍微可以转身了。礼让之后，是交谈了，话匣拉开了，精神也振奋了。

看你，是回单位吧！

是啊，我在深圳工作好几年了。这次回家是办老婆调动的事。

你们早来好啊！我们还得找关系。

早来早吃苦。第一批来的人睡工棚，吃盒饭，挺苦的。

你是什么专业的。

建筑的，你呢？

医生，儿科。

嘿！这我就熟悉了，深圳就缺儿科医生，都是来自全国各地的移民。结婚生子，谁家孩子不是个宝，各医院都准备增设儿科，要儿科医生。

又问。你的老家在哪里。

湖南。湘雅毕业的。

热门货啊。湖南湘雅和北京协和，是名牌呀！我不是医生，我都知道。你不愁找不到工作，这名校就是找工作的名片。很多医院在招聘。

深圳、珠海，包括广州把你们统统称为“江湖”医生。哈哈，不是那个“江湖”哈，是江西，湖南，湖北的湖。我是江西人，我们内地经济不发达，医生哪，工人哪，一些干部呀，都想往深圳、珠海、海南跑，江西，湖南，湖北来的医生最多。民间戏说“江湖医生”。家乡穷呗。这儿是特区，政策顶好的。工资嘛，当然比内地高，高几倍啊！

他听到这位建筑工程师是江西人，心里特别温暖，小心翼翼地插问一句：请问，你知道其他科医生缺吗？

据我所知，妇产科、骨科都缺。女性看病，车祸外伤呀，都要找医生。

这位老乡偏偏就不提口腔科，他急忙问一句：口腔科呢？

什么口腔科？五官科吧？

不，是口腔科，通俗地说就是牙科。

啊，街头巷尾开业的多。良莠不齐。知识分子大都去医院，工人，尤其是建筑工地的临时工，还有工厂招临时工人大都去低档的诊所。不过，我也见过高档的牙科诊所，他们主要接诊的是香港来的病人。不管怎么说，内地看牙总比香港便宜。就是高档也便宜，香港客特别多！

我还想多问一句，这些诊所在什么地段？

罗湖区火车站附近；市区内福田区，大都是高档的私人诊所。

呵呵，谢谢，谢谢。

你是牙科医生吗？

可以说，是吧！

提问。简答。交换信息，消磨了时间，充满了乐趣。像绿色火车一样慢慢的节奏，载着旅客慢慢地度过一日的时光。这样的聊天，成了坐绿皮火车人的一代记忆。几十年后，回忆起来，虽有艰苦，更多是温馨和亲切。不像现在坐车，相视无语，沉默起始。

终点站到了，是深圳罗湖火车站。

深圳火车站资格老。1950年它就是一个孤独的三等小站。两条轨道，四条长凳，晚上靠煤油灯和蜡烛照明，主要存在于罗湖口岸。20世纪80年代广州与深圳的火车相连，简陋的火车站才得以改观。到深圳一律从广州站转乘，下火车后，换火车或改坐长途汽车。听早到深圳的朋友说，那时火车每天只开三趟，路上最少要用两个半到三个小时，坐汽车更苦，路上以泥土与石砂路为主，路程不长，因为路况不好，有时却要花掉一天的时间。

现在好了，火车直接进深圳市。这真是前人种树，后人乘凉，享受到开放政策的成果。绿皮火车停了，静静地停下来。他早早就收好了行李，一个旅行包是衣物，一个书包是证件与人民币，还有女儿的信封和妈妈的几瓶腌菜，背上有弟弟送的钓鱼竿。到了，心情反而安静了，不挤，不用挤，跟着人流出站。

车站新建不久，1992年10月才投入使用。一切都是那么干净，整洁，条理分明，服务员，列车员都带着微笑。

哗啦啦的人流涌向出口，在车上聊天的几个旅客早早地融入人流中，很快不见了。与其他的旅客相比，他的行李算是简单的轻便的，本想问问找旅馆的事，算了，找不到就在火车站过一夜，看看夜市，看看罗湖口岸，看看香格里拉与福田大酒店，也是乐趣。

出了深圳火车站转身一望，出口大门上是清晰的“深圳”两个大字。

这两个字是邓小平的手书。当年任深圳市委书记兼市长的李灏到北京请小平题词时，老人家出于对特区的期望，决定不单为火车站题词，而要给深圳人民题词，因此少写了一个“站”字。他并不知道这其中的奥妙。回首一望，算是向火车站告别。

夜深走在深圳的大街上，灯光闪烁，还能听到酒吧的歌声，歌词听不懂。用粤语唱的旋律很好听（他以为是粤语），歌词不懂：及习西记嗯曼晚叹，及习落撇嗯曼胆寒，那倘西克嘿茫，每立醉茫茫，莫魂吾特亲秋丢草郎，盈星可比系海凶泼龙，吾细克吾细落，河蚊排蚊总嘛叫克刚来，沙分梯租爹，七分可怕拜，爱拜加七呀！

他自己也没料到刚到深圳听不懂歌词的这首歌曲，竟会与他相伴后半生。

他将在这儿亮出自己的翅膀。

能飞多高，飞多远呢？

20世纪90年代的深圳已初具繁华都市的面貌

第三章　鹏城亮翅

2018年摄于深圳火车站

（11）

昨夜，深圳留给他的记忆是什么呢？人流？灯光？广告？高楼？什么都不是，什么都没有。拖着疲劳的双腿，离开了车站，往前走，不敢随意打车，也不知道打往何处，两边的酒店，不敢进门，口袋羞涩。在车上就听说车站有两大景观，一是邓小平题的两个字，见证与预示了将来；二是火车站前那棵百年大榕树，已经见证了深圳火车站的历史，还将见证深圳火车站的未来。他会意一笑，也许字与树也见证了他的到来。深圳的一切，于他，是陌生的，新鲜的，充满希望的，是朦胧的，是看得见的，闪光的。此刻，似睡非睡的深圳仍是那样充满活力。

回望，留在记忆里的是夜空小平老人写的“深圳”两个大字的闪烁，向前望百年榕树，葱茏墨绿，充满生机。从火车站出来的人流，向前涌动，渐远渐稀，稀到最后只剩下他一个人如一滴水珠在朝前缓缓地滚动着。

他希望能找到一家便利的旅社，睡一觉，明天开始找工作。今晚睡好觉是第一重要的任务。

心里的梦想与脚下的现实毕竟有距离。睡觉是眼前现实的事，醒后再去找目标，距离有多长，有多坎坷，他还真不知道，步步走稳，总能走到自己心中的远方。第一家，看看外面价格表标间80元，他默默地走了，走进一家旅社，标间3人，60元，他还是嫌贵，又向前走。

向右拐是支路，也许支路会有小店。果然，灯亮着，店名很好：平民小店。一问，一间四铺，每铺25元。他毫不犹豫地缴费，像捡到宝贝，担心失落一样的感情，果断递上了百元大钞。这是离开南昌后第一次使用百元大钞。

请问：有热水洗澡吗？

对不起，先生，我们店小，热水只供到晚上10点，冷水24小时供应。

就冷水吧，一身臭汗，总得抹抹洗洗，臭气难闻啊！一双脚封闭了36小时啊，也该放放风了。找到自己的房间，房里三位旅客躺在床上，两位在抽烟，一位已进入睡眠状态。他走进房，礼貌地向先来的客人送上微笑，就出门找水管。供冷水的地点在室外，有点冷。他看看，厕所里有个水龙头，不高不矮，可能是供清洁工接水用的。为了御寒防冷，他选择用厕所的水管，他先运动了几下，让身体发热，裤子未敢脱，蹲下，扭开水龙头，哇！我的妈呀，这水，还真有点冰凉。还好在厕所里，若在室外，这晚风吹一阵子也够受的。千万不能感冒，他拼命地用毛巾擦背，擦擦四肢，说是洗澡，不如说主要是防寒，快速用力擦擦皮肤，尽快发热。

他感到四肢胸背发热了，疲劳感降低了，忙穿好了衣服，奔向房，推开门，一股烟味扑鼻。他不抽烟，也不喜欢烟味。有点混浊的空气不好闻。但是，但是，他还得走进去。肚子还饿着呢，得找热水泡一碗方便面吃吃。明天真正开始迈出“下海”“创业”第一步。

没有热水，面也吃不成。躺着，就干啃方便面，不要让胃空着，咬了几口，干咽，有点难，饮用水也找不到，睡吧！

闭上眼睡不着，气味难闻，被子的气味，烟味，脚臭味，与被子的汗水味，搅和一起，耳边还有阵阵的鼻声。25元，只是25元啊！一分钱一分货，也许这家旅社好几天没有换被子了。自己命令自己，睡吧！快睡吧！他下决心想让自己快点睡着。这个决心没有用。似乎，更兴奋，更清醒。

不命令自己了，干脆把背靠在墙上，就这样靠着想着。想着明天第一步的路线，在车上买了一张深圳地图。只是在车站看了一眼，此刻，没有灯光，只能默默地回忆，还是按那位老乡的讲述去寻找吧！车站附近不是有好几家牙科诊所吗？一家、一家地问，只要能收留他，让他打工，落一下脚，再想第二步。

这一想，越来越兴奋了，深圳的诊所，未来的诊所，中医院的诊所，都呈现在眼前。

离开家乡还不到三天，怎么突然想起了家乡，想起了南门外的中医院，属于自己的那块小小诊所，在那里工作10年了。每天忙碌着，接诊治疗，治疗接诊。这诊断能力、技术的提高，就是这样锻炼积累出来的啊。口腔科医生还真是靠技术吃饭，在小小一颗牙上，要磨出精巧的洞，要把所谓“虫牙”蛀坏的部分，全部磨净，还要形成倒椎形的口子，填上药物，封死洞，加固补牙的材料。后面大牙有三根像绣花针一样细的管子，学名叫根管，要一根一根疏通。手不巧，还真干不了这活。拔，补，镶他全能完成，用行话说，是一个全科口腔科医生。也正是因为有了这门技术，才敢南下自谋生路。在奉新患者眼中他真不错。他没有沾沾自喜，没有故步自封，不一样的病人，不一样的病情，不一样的治疗，尽管有10年磨炼，比老医师，比省城的专家还差一些。他有自知之明。他不由想起了几个自己诊治的病人。

有天清晨，拖拉机送来一位年轻姑娘，张不开嘴，吞咽困难，发热。在乡镇中心医院打吊针一周，高热不退，当地诊断为急性扁桃体炎。因张口困难，耳鼻喉医生没法检查，请他会诊，排除口腔疾病。根据病史和年龄，他怀疑是急性智齿冠周炎（也就是民间说的长了“尽根牙”）合并多间隙感染，病程有10天了，已进入化脓期，只要找到脓腔，就得及时切开引流。这只是他的看法。

外科医生说，不能排除破伤风。理由是张口受限。

五官科医生说，可能是化脓性扁桃体炎。理由是吞咽疼痛。

中医说是瘰疬，要贴膏药。理由是颌下淋巴结肿大。

听谁的？

他冷静果断地说：先查查血常规，再照一张颌骨侧位片。那时还没有曲面断层片，即现在说的全景片。

这两项检查很快有了结果，尽管用了10天的抗生素，白细胞依然高。超过了正常值，侧位片上看见肿胀的地方是一颗横向生长的大齿，医学上叫智齿，俗称尽根牙。

他大胆地提出建议，进行一下穿刺。这事，只能由他来操作，没有谁愿意。说句实在话，基层医师也不敢，这里有丰富的神经和血管，害怕出意外，害怕医患纠纷。大家有一句话没有说出来：最好尽快转到南昌市省级医院去。

穿刺前进行了消毒，他触摸了颌下，有的组织软软的，进针，向里，向外，有一个突破感，然后回抽，有脓，还是脓，他更坚定了自己诊断的信心，抽出5CC脓液。姑娘说话了：舒服多了，吞咽也舒服了，疼痛减轻了。当大家都同意切开排脓引流时，他又反对。他冷静地说，这是一位姑娘，如果颌下切一刀，有疤痕，她一辈子都有心理阴影，我麻烦一点，颌下挂一个负压引流瓶，天天引出脓液，速度慢一点，但没有疤痕，一天两次，我给她抽脓，再继续用抗生素，她可以张口了，我从口内切开放脓。就这样，他耐心、细心地解决了这次感染问题。姑娘可以张口时，他帮助她拔除了这颗阻生齿。

说他是好医生，还有谁去投反对票呢！

这不是第一例。一位老人，患了下颌肿瘤，下颌骨切除了一半，没有牙齿，每次吃饭十分痛苦，完全是囫囵吞枣。父亲舍不得花钱，不愿再去省城南昌进行后续治疗。老人的儿子向他求助，并再三声明不要与父亲谈多少钱的事。农村老人舍不得花钱。他自行设计了半口修复，按教科书上的要求，有点“违规”，但能让病人获得咀嚼食物的能力。用老人儿了的话说：这比没有牙活得质量高得多。那时老人说，活得一点意思都没有，想死。看到好食物吃不了，越活越没有味。牙做好后，他直接跟这位老人进行了交谈。

他问老人多少岁？

老人告诉他刚过古稀。

老人问他要收多少钱？

他笑着说，算是送给你的生日礼物。你能吃饭吃饼我就高兴。

后来他去南昌学了正畸（矫正牙齿的一门技术），回到家乡想开展，但是在县城，在贫困的山区很少有人接受。议论的多，行动的少，都因为费用过高，周期过长（需两年多），不愿意接受这种治疗。尽管有些女孩想矫正牙齿，父母却一票否决。一年难得有几个这样的病人来问问，只是问问。这几年百姓生活水平提高了，口腔病人多了，询问正畸的也多了，把口腔美与颜值连在一起的人也多了。家乡明天会更好，他没有在家乡等明天。他来到了深圳。

想着想着，他迷迷糊糊睡着了。

他睡了，深圳没有睡。

深圳的灯亮着，路上的车在跑着，这时的火车站传来了车鸣声。

在迷迷糊糊的状态里，他耳边响起了熟悉的歌声，是一支什么歌，想不起来了，在哪儿听见过，也记不清楚了。只觉得这旋律有点熟，在家乡，没有听过，在南昌没有听过，这后一句歌词提醒了他，这不是昨夜在火车站听到的“粤语”歌曲吗?

今天，这歌声就在房外，唱得铿锵有力，吐词也还清楚。他出门一看，这是那位有BP机的室友，用的是假“粤语”，在室友解说下，他渐渐听懂了歌词：一时失志不免怨叹，一时落魄不免胆寒，那怕失去希望每日醉茫茫，无魂有体就像稻草人，人生可比海上的波浪，有时起，有时落，好运歹运，总要照样工作才会行，三分天注定，七分靠打拼，爱拼才会赢。

他喜欢这一句：爱拼才会赢。他边听边学，一首歌让两人交上了朋友。

这句话，千真万确啊！来深圳就是来打拼的，只有爱拼才会赢，埋怨、牢骚通通没有用，起床，做事才是第一位。

今天会找到一家怎样的诊所，如何开启工作?

（12）

按照昨天的计划，上街，找工作。大街小巷，人海茫茫，何去何从？第一站，罗湖区，火车站。

走了几百米，他突然回头，往后走，决定先去看国贸大厦。

他已打听清楚了，国贸大厦就在罗湖区人民南路与嘉宾路交点东北侧，离住的旅馆也只有两三站的路程。在车上听江西老乡说，这两年，他每次来深圳，或家里亲朋好友来深圳，落脚后，第一件事就是来国贸大厦。这幢楼代表了深圳的精神，深圳的速度，三天一层楼。这种深圳精神与速度，享誉中外。大楼53层（其中地下三层），160米高，那时已经投入使用7年了，依旧给人壮观神奇的感觉，这是中国第一高楼啊，山外青山楼外楼。那时，还找不到比这楼更高的楼。听说楼上有旋转餐厅。他想，什么时候挣足了钱，带着一家人，到旋转餐厅去参观享受一下。到了，他站在十字路口，人来人往。果然，伫立逗留的人很多，都在抬头仰望并议论着，大都是外地人，不认真听，不知说什么，他选择了一个最佳位置，仰头望着。深圳人常以此自豪。他听见身边一个中年人引领着几个小伙子说：我参加了这座大楼的建设，那时候多少记者来采访，多少人来参观啊！这深圳速度，说的就是我们建的这幢高楼啊，言语里充满了自豪。

深圳的天空湛蓝湛蓝，早春的阳光有点耀眼，大厦巍峨地耸立着。去年的这个早春时刻，深圳人清楚记得是1月20日上午，邓小平在大厦上说：她是诞生“神话”的地方。她的“矗立”本身就是神话。

希望来深圳的人也能写出神话。他给自己许下了一个美好的心愿后，转身返回走向火车站。

这是昨天走过的路。今天才知道叫春风路。他相信春风路能给他带来惬意的春风。走上楼梯，在罗湖区火车站周边先转了一圈，由地下到地上，上天桥，真有不少的诊所和门诊部。他没有开口询问，只是楼上楼下的跑了一遍，看看规模：牙椅有多少，诊所面积有多大，消毒的方法，资质是否齐全与真实。这一切，只看在眼里，记在心里，做到心中有数。他发现诊所规模都是以一个椅位居多。所以，只能叫牙科，难以叫口腔科了。很多商业区还有综合门诊，有内、妇、儿、皮、五官科、眼科、性病科，牙科夹杂在其间。去的第一家，就是综合门诊，在二楼呈U字型最后一间隔处，约六七平方米的大小，放了一台牙椅。他抚平了头发，走进了这家诊所。诊所位于拐角处，隔壁是服装百货店和一家小吃店，人流不断，生意应该不错。拐角一扇墙是透明的玻璃，正对着通往火车站罗湖口岸海关检查入口的马路。人来人往，商店琳琅满目。换句话说，这儿来往的人大都是进出香港的客人，除两地中国人外，还有很多老外进进出出，有人流量，就可能有病源，他首选了这家。

推开门，没有看到医生。

他问了一声：有人吗？出来了一个中年人，没有穿白大褂，不像是医生，开口问，看牙吗？口腔哪里不舒服？要不要洁牙？

他真有点不好意思，微笑地说：我是牙科医生，是来找工作的。你诊所需要医生吗？

不需要，对不起。

他并不知道这位没穿白大褂的先生就是口腔科医生。几天后才知道，老板在休息室看股市行情，9点半开盘。他把病人约在早上9点前和下午3点后，其他时间，他找了一个无医生资质证的朋友打点应付。

既然老板不要人，他也不多话。抱以歉意地微笑说：对不起，打扰了。需要时，我再来。

刚拉开门，这位先生追上来说：帅哥，慢走，你有什么联系方法吗？电话？BP机？他都没有。是啊，有事怎么联系呢？老板大概看到他尴尬的样子说，不要紧，早点找到工作买一个BP机，有事CALL你方便。

回见。谢谢老板提醒！

转向一楼，那儿还有一家。他如法炮制，推门询问。

老板摆摆头，想想，又客气地问一句：你从哪里来的？

江西。

哦，江西？江西来的人太多了，你到别家问问吧，听说福田区增加了几家门诊，你去看看。

他转身出门，又让老板叫住了：帅哥，你是硕士还是本科？

大专。

呵，那就还在罗湖区找吧！那儿是高档店，学历要求也高。

谢谢老板。

他背着书包，去了深圳东门步行街。这儿诊所也不少，几次询问未成，急了，见是诊所就推门询问。一天下来，一无所获。这一天，送出了多少微笑，回报一概三个字：不缺人。

他走进了四人间的小屋，今天趁早洗一个热水澡，尽管毫无收获，还是愉快的，这儿诊所条件并不比家乡的诊所高档多少，打工的医生虽说来自全国各地，真的还是以江西及两湖为主，他觉得自己完全能够胜任。只是没有赶上那班车，就像等电梯一样，跑到门口，电梯已经开了，要等下一班。这又不像等电梯，不能站在那儿等待。第二天，他想想，去了福田区。也许那儿缺人。在福田区盲探了一天，一样是送出了多少微笑，收获的依旧是三个字：不缺人。

熬过了第三天，他急了！这不行，100元就这样睡掉了，每天25元，加上一日三餐，这口袋里的钱还够花几天啊！他不由地又走到国贸大厦，仰望高楼，仰望高楼以上的湛蓝湛蓝的天空，深圳每天都有人来来去去，这城市该有不少奔波客啊，有多少是盲流，有多少是暂住呢？我是坚持，还是返回呢？他选择前两个字：坚持，坚持到身上一贫如洗，到那时，再说，再说吧！

这晚，太累了，没有吃方便面，买了一份盒饭，回到房间，打开一瓶泡辣椒，一瓶豆腐乳，真香，没吃一口饭，先咬几口泡辣椒，又夹了一块豆腐乳，放在饭上。唾液似乎也多了，这盒饭很快就进了胃。似乎还没有饱，看看两瓶家乡菜，走到行李包里掏出一包方便面，犹豫了片刻，自言自语说了一句话安慰自己：身体要紧，不能饿坏身体。今天多吃一点吧。

家乡的辣味，旅途的面条，这几天的饥饿，似乎这下子才填饱。他想静一静，给女儿写第一封信，写什么呢？告知平安，到了。真不好写什么。他洗了脸躺在床上，想着明天的计划。这时，同屋的室友告知了他一件喜事。

那时候座机只刚刚进入百姓家，手机更是奢侈品，买“呼机”进网要2000元，他口袋里只有几百元，呼机当然是奢侈品。好在，他室友是一位江西人，有呼机，每次沟通后，他留下室友的“呼机”号。呼机响了，他室友知道了，要晚上才能告诉他。那个年代，春节晚会有一部小品很火，就是郭冬临的小品《有事你呼我》，成了几代人的回忆。接到呼机号，旅社的室友冲着他叫：告诉你件大好事，火车站有家店约你去谈谈。

这家店面，他见过，也问过，在二楼。店主是一位北方人，他自己是皮肤科医生，租了一个门面，把店面隔了好几间，分别办成了皮肤科、美容科、按摩科，后来加了口腔科，出租给来深圳打工的口腔医生。他的诊所营业栏里没有口腔专业，据说过去来寻租的医生大都是医助，也有无证的游医。北方籍的店主认识上面的人，有人查，就关门，无人查，就开张。想请他承包，知道他有口腔医生资格证，他再慢慢请卫生部门添加口腔专业。天上掉下了一个馅饼呀！他犹豫了片刻，没有承诺。对方没有资质，这个牙科诊所就是违法的，这种违法的事不能干。他礼貌地回了一声：我想想后再答复好吗？

执照上无资质，属于无证行医，是违法违纪的，他拒绝了。即使饿几天肚子，也要拒绝啊！

第二天一早，他又去了火车站，向这位邀请他承包的北方老板说明了不接受的缘由。

老板怎么想，他不去推测，他很明白自己要走的路，我是来创业的，不是来打一枪换一个地方的，不是绕过法律法规来赚钱或骗钱的，做人有底线。

这天，他从第一次自报山门的那家门诊前路过，老板眼尖，认出了他，推门喊了声：小帅哥，找到工作没？

昨天掉下来的不是馅饼，今天掉下的还真是饼。老板请他走进诊所，说：你就在这儿为我打工，先试一个月，行吧！包吃包住，不过试用期工资不高，500元。业务好，态度好，加工资，或是基本工资加提成，一句话，不会亏待你。

500元？他心动了一下，比家里工资当然是高，比深圳的是少啊，但这是来到深圳的第一个展现自己的平台啊！而且，而且，可以节省那25元啊！他停顿了几分钟，就答应了，明天来上班吗？

终于有了一个落脚点。春风路上感受到了春风的暖意。

他高兴地回旅社捡行李，他高兴地唱起了已学会的新歌《爱拼才会赢》。

（13）

一曲《爱拼才会赢》的歌曲，把两个人拉近了。老板是福建晋江人，已过不惑之年，是一个有证的“游医”，一直在城市里闯荡，用他的话说，一直在“打拼”，这几年他租下了潮州人的这个诊所，才算稳定下来，才把家人带到深圳了。伴随他漂泊生活的是《爱拼才会赢》这首歌。

你是福建人？老板问。

不是呀！

你这支歌唱得字正腔圆，与我们福建人唱得差不多。

嘿，我一直以为是粤语歌曲。初听时，粤语闽南语我们江西人真的分不清。

他老实说，是我一位老乡教我唱的，我就跟着学，学会的。老板告诉他：这是闽南人写的，是闽南歌。要用闽南语唱才过瘾。

你知道这位闽南人是谁吗？他叫陈百潭，人在台湾。他祖父是我们晋江人，没有他的努力，就没有闽南语歌曲的流行，小帅哥，你也喜欢这支歌？

喜欢哪！有几句歌词与我的想法一样啊，人要想成功，想向上只有靠拼搏。

这歌你唱得很好听，很像我们闽南人唱歌。你头脑灵活，口齿伶俐。你一定是一个想做事，会做事的人。这店，交给你，我放心了。

我会好好照料的。在江西我也是一个人，一把牙椅，病人多得忙不过来，上厕所的时间都没有。

好哇。你身上有人缘，有财气，你来经营，这个小诊所就会发，发，发呀！

最近，我忙一点，我会走动一下，我相信你。

福建老板最近迷上了股票，炒短线，赚了几把。干脆，招一个人经营，自己做二老板，安心去炒股。面对这不好属于青年、也不好属于中年人的男子汉，老板乐意称他为“小帅哥”，那温文尔雅的样子，就只三十出头嘛。

他不能辜负老板的信任，上班的第一天，还真有点激动和紧张。毕竟在一个新城市，进入一个新环境。面对的会是什么样的患者呢？他们讲粤语，不懂怎么办？

开门后，没见一个病人上门。这种寂寞不比一个人坐在诊室或坐在家里看书好过。自然产生焦急焦虑情绪。没有病人就意味着这只饭碗迟早会失落，或者碗里装的不是饭，是白开水。

人流多，不能说明人流中有好多看病的需求者。

又一股人流向前移动，是刚下火车的，从香港那边来的，他透过玻璃窗看着一个个行色匆匆的人。

也许是来深圳采购，也许是来探亲访友，一定也有求医治病的，治牙病的。他知道，深圳治病价格比香港便宜，这会儿可能有人推开这扇门……他这样想，也坚信有这样的事。

果然，有一对女性轻轻推门，颈上挂着的项链闪闪烁烁，一看就知道是香港的女士。该怎么叫呢？女老板？不妥。小姐？年纪又大了点。大妈？香港人似乎没有这样叫的。不能再想了，他走上前，帮忙扶住门，笑着开口了：请问两位女士，是要检查口腔吗？

走在前面的那位开门见山地说：这几天吃饭老牙痛，说是虫牙，要做根管治疗，香港太贵了，过来找你们啦，先看看你们的价格。

他为她俩各递上一杯开水说：哪位先看，请坐，请坐椅上。

说牙痛的这位女性给同伴表示了一个歉意的笑，说：我痛得厉害，先了。对不起，你先说好价格，不能做了再说钱。

价格嘛，要我检查了才能说。我们这儿不收检查费，不要挂号费。看完后，需要治疗，经同意后，才治疗，才收钱。

你这是方便百姓，诚实可信哪，那我就坐上了。

清静的诊室一下充满了生气。治疗牙痛，这是轻车熟路的事。他理解病人的心理，再简单，再清楚的疾病，他都要认真问几句，都要认真检查，这些问话和检查是让病人放心。何况，这是自己在深圳的第一次开张。南方人特别讲究“开张”。到这儿人生地不熟，这开张不仅仅是技术，还在于沟通。也就是语言交流，这是最主要的功夫。

他仔细进行了视诊，探诊，叩诊，证明真是“蛀牙”。要不要做根管治疗？那要摄一张牙片看看。为了解决语言沟通存在的障碍，他用病历纸，画了一颗牙齿的解剖图，细心解释：你对自己的病很了解，这是虫牙，民间叫蛀牙，医学上叫龋齿。他特地写出这两个字，就是细菌腐蚀了牙齿，长期腐蚀让牙齿有了一个洞。每颗牙齿由三部分组成，最外面的叫牙冠，是由釉质构成的，在香港叫法瑯质。里面没有神经，到了牙本质，就感觉到酸痛，再往深处是牙髓腔，有神经与血管。如果虫牙烂到这里，洞就很大很深了，牙齿就会剧烈疼痛。“牙痛不是病，病起来就要命。”说的就是牙齿的神经外露了。你看，我们刷牙方法不对，也会让神经外露，那就是把牙冠下的牙颈“锯断”了，刺激牙本质，牙龈萎缩，还会露出牙根，牙齿就会松脱掉。你先照一张牙片，好吗？

多少钱？

每个首诊病人，摄牙片都免单。看了片子，我为你设计治疗计划。

哇！你这解释跟我们香港英国人诊所一样耶，清清楚楚，不过，他们收费十分，十分的贵，你这儿呢！

根据病情，老幼无欺，诚信第一，来，先照一张牙片。

这是家综合门诊部，牙片机安置在放射科。没有技术员，医生自己操作。他熟练地完成了摄片冲洗，在灯光下看了，心中更有底了，这是中龋，可以垫底试试，不必做根管治疗，当然，这还决定于自己的技术水平，在磨牙，除软龋时，不能除掉牙釉组织太多，行话说不能“底穿”。他小心翼翼地开始了操作，停下来问，痛吗？

不痛。

好，我继续。清除了软龋，上药，垫底试补。为了谨慎，他试补好后说：你这次治疗到此结束，不疼，你下周来，完成治疗。

要做金属牙套吗？

不要，因为我为你保留了牙神经和血管。

哎呀，你真是好医生！为我保了牙齿，又为我节省了钱！你来，你快上。她对自己的同伴说。

这位女士可能是一个口腔病的老患者，不然，他怎么知道要做“根管治疗”，要做“金属套”呢！还知道有“黄金”，贵金属的材料，那要多少钱哪，如果这样治疗下来，至少五千，甚至接近一万。他对女士的解释没有白费劲，其实，他完全可以为第一个女士做根管治疗，收费要高出三倍，仍然比香港便宜。诚信比什么都重要啊！今天，收获的不是治疗费，是信任，是诚实。

女士走下牙椅，赞声不断：小帅哥，你补牙一点都不痛，技术真是顶呱呱。上周我去了福田区另一家诊所，他们也是说要做根管治疗，每管300元，三根900元，还要加钱做金属套。你只收我400元，还免做金属套。你不顶呱呱，谁顶呱呱呀！来，来，你快上来看。这位医生真不错。不要小看了这小门诊部。

第二位女士的主诉是牙龈出血。

张口一看，前牙全是金灿灿的黄金贴面牙，抽烟久了，牙齿、牙冠发黑，厚厚的牙垢，还有几颗松动，牙龈肿胀，他用镊子动了一个，就出血。

他还真要为她们科普一下：你这牙病，叫牙周病，这牙齿的脏物叫牙垢。

我们家中热水瓶里用久了内壁有好多黏着的斑块，这牙齿上的黄斑就是那种垢，时间久了，把牙龈压迫得萎缩了，发炎了，出血了，说话也有口气了，有味道了。治这种牙的最好方法，是先洗牙，你今天愿意洗牙吗？就是把牙齿上的垢和脏物全洗干净。

不洗，听说越洗越松，会把牙齿洗坏。洗一次少一颗。

他笑了，这是误解啊。一些人不理解，或者是有些人操作不到位，解释不到位。洁牙只会让牙齿干净、稳固，你看看，我牙齿干净吗？整齐吗？

大妈笑了，帅哥的牙齿也挺帅的。你是自己洗的吗？谁帮你洗的？大妈有点心动。望望同伴，同伴充满信任地说，一看相就知道他是个好人。你问问多少钱？问好了就清洗。

他脸上始终挂着微笑，轻声地说：第一次找我看，就不要多谈钱，你找我看病是对我的信任，对我们诊所的信任，我一定让你满意，一定要解决你牙病的问题。你认为我们诊所好，我医术好，为我宣传，我还要感谢你！来我这初诊的病人，为了表示感谢，我都只收成本费。劳务费作为我对你们的感谢，你们信任我，你们就带自己的亲朋好友来找我看牙。

做完治疗，他把病人送出大门，又叮嘱一句：记住啊，这儿是春风路。春风路上的诊所。他希望让病人感受到春风的温煦。

他在家乡行医时，完成病例后，有一个习惯，记下病人的地址，做好治疗后的随访工作。那时，没有电话，他就托人带口信或纸条，问问，牙病好了吗？补的牙脱掉吗？镶的牙好用吗？一是对病人的关心，也是检查自己的医疗质量，是好？是坏？坏在哪里？要不要改进？

到了深圳，完成了病例后，他会在自己的本子上记下病人的联系方式。一样送去问候，他统计了一下，今天初诊6个，复诊4个，都是老板原来的病人。他接诊后，认真地完成了治疗。治好一个初诊病人，交好一个朋友，往往这个初诊病人就是你的“市场营销员”，你的“宣传员”。他们会把你的服务态度与技术传播给他的好朋友。这就是口碑。

他发现一个有趣的事，香港已婚女性的名字都是四个字，第一姓是丈夫的，第二个姓才是自己的。那么今后称呼，怎么才算是正确的呢？入乡随俗，这些小事他会去请教老板。

两个香港女老板的姓名，他已经牢牢地记住了，她们一个叫陈阮蜡梅，一个叫范曹冰花。

这两个女士不失信用，她们的亲朋好友，一个个真的都成了他的病友。

这晚，他决定起笔给女儿写一封信，来深圳后的第一封家信。

沟通是一门学术，包含对疾病治疗的解释，包括自我推销。也许，当时，他没有理解，没有提升到这个层次，但他有这个理念。他在家乡用自己的技术与态度，建立起口碑，用现代的话说就是营销，自我营销。他第一次营销很成功，一周后，两位女士感受了他的技术与态度，不但自己来，还带来了自己的孩子和邻居。那是他对牙痛女士解释龋齿时，另一位女士听进去了：刷牙与龋齿关系很大，尤其是小朋友，刷牙不认真，口腔沟沟隙隙里的细菌清除不净。我再重复一次是细菌，不是街头巷尾说的‘虫’。是细菌，有名有姓的细菌，名字叫乳酸杆菌与变形链球菌。细菌产酸，滴水穿石，天长日久，这酸就把牙齿腐蚀了。小朋友的牙齿发育不好。很容易患虫牙，轻则让孩子牙痛，重则影响孩子颜面发育和美丽。要预防，一是刷牙，二是检查，小洞不补，大洞吃苦……这就是龋齿的祸害……女士记住了。

福建老板没有想到，就这几天，病人竟开始增多，已经有坐在门口候诊的病人了。中午这小帅哥只有吃盒饭的时间。多时，一天近20个病人，从早到晚，干到第20天，老板笑得嘴都合不拢说：小帅哥，我要给你打赏，加工资了，500元，加！你看加多少。

当然是老板说了算。

加一倍？

可以呀！他心想，老板真会精神鼓励人，刚刚来就加工资，还加一倍！

少了！

他笑了，你说少，我当然同意。

老板也笑了，说：一倍！再加200元！每月1200元。

他心里一惊，但脸上只露出微微的笑，说：谢谢您，老板。

这天又拖班，高兴。一台椅位，少了，面积6平方米，小了。没有办法发展扩大，只有加班加点做呗。

他想把这个好消息早点告诉家里人。写信费时，打电话，家里没有电话。想到老三昌义了。昌义虽是会计，当年他曾经以带徒弟的形式教过昌义。昌义学会后，他们卫生院也设立了口腔科。最初的目的是希望为山里农民解决一点牙痛疾病，慢慢昌义对牙科也感兴趣了，努力学习后掌握了不少基本功，在卫生院一人两用。

他既在仰山卫生院任会计，又承担一点牙科病人的治疗。因为管财务，有一间办公室，桌上还有一台手摇的座机。通过仰山镇总机可以转到他办公室。

抽空去了街边公用电话亭，他简单把好消息告诉了昌义。

这激动人心的事，很快传遍家中。

在深圳干上一年就可以成为万元户了。在其他地方，万元户可是一个让人惊讶的称呼啊！在贫困的山区，这样的收入可能要农民干一辈子啊。外出还没有一个月，就获得了家庭的点赞。不过，父母不太相信这事的真实性，深圳这地方，天上真会掉下馅饼吗？深圳那里真是有一个大金矿吗？不是全国一盘棋吗？特区也不能太特了啊！

是不是儿子用好话骗父母，好让父母安心哪！

儿子没有骗家乡的亲人，老板实在。时间到了，如实兑现。他第一次接到了500元工资。找到工作后，口袋里家乡带来的几百块钱，还没有动用分毫，算一算省吃俭用还可以用几个月，这500元做什么呢？在大城市，没有联系工具太不方便了。他决定给自己添置一部BP机。他到邮政局门口，那儿聚集很多人在卖二手BP机，好说歹说，500元成交了，又交了120元的入网费，口袋里没有几个钱了。不怕，已不是刚到深圳的他了，吃住老板承包了。那时，江西医学院第一附属医院人月均工资是114.29，而他下个月工资是1200元，放心了。有了BP机，也许，还能改变他的生活方式，发现新的机会呢！这500元就是对新生活向往与寻觅的投资。

BP机买来没几天，真发挥了作用，一位老乡CALL他，他在街边公用电话亭回了电话，老乡告诉他东门步行街有一家门诊部的牙科，想找人合作，条件是对半分成。牙科不大，也是综合门诊部门的一部分。关键是对半分成。他自己可以当半个老板，他去了。他没有暴露身份，他到门诊部周边转了一圈，算是“调查”或“侦察”。

这家综合门诊部不同于火车站附近那家，是铁皮屋，临时搭建的，也叫板房。现在了解板房的人多了，那是2008年地震的时候，灾民居住地过渡房。通过电视照片，全国老百姓认识了铁皮盖的过渡房的名字与样式：板房。在1993年的春天，这样的临时铁皮屋还挺耀眼，挺实用。简易，美观，只一层。缺点是冬天冷，夏天热。

那时，深圳猛地增加那么多人，工人，老师，公务员，而公办的医院完全不够用，催生了深圳东莞等地民营医院的诞生。

这家铁皮屋的门诊部是一个潮州人盖的，他看到这医疗市场的商机，盖起了各类型的简易门诊部，如，牙科、妇产科，更多是综合门诊，很有灵活性，有儿科医生就设儿科，有内科、中医科医生就设内科、中医科。这样的铁皮屋简单，就像刚开始的超市，一个大仓库，堆满了货，消费者进去闲逛，看见满意的就自己拿。那时没有监控，没有保安，只在门口设几个财务人员。也许是简单设施，触动了潮州老板，铁皮屋的简易综合门诊应运而生，科室与科室之间没有隔板，只备桌子，椅子，心电图、超声波、简易X光片机等检查设备，妇产科例外。桌子写着科室与医生的名字，综合门诊开业了，医疗服务对象主要是外来打工的人，基层临时工，和周边的居民。一张门诊部或诊所开业证，一张桌子，一间房，和村镇医院的设备差不了多少，就出租给有行医资格的医生自己经营，门诊部老板派出的财务人员设有统一收费处，统一药房。在这样一个200平方米的空间里，口腔科面积小了一点，只有六七平方米，一台牙椅及需要的附属设备，小小的高压消毒锅，器械柜，没有配合的护士，完全是单干。他绕医院走了几圈，决定与这位潮州老板进行交谈。

自己管理，年底与老板分成。这无疑刺激了他的兴奋点。管理就是给自己一个锻炼的机会，虽然有风险，他不怕风险，不经历风险，哪有风光。不是说“无限风光在险峰”吗？

他决定辞去春风路火车站牙科的工作，转向东门步行街。

真的要走?

真的！老板，我感谢你的信任。

你这儿还要这么多好好的病友，等你治疗啊！

福建老板对他还真有点依依不舍：你说走就走，我这儿怎么办?

我会再找一个顶替我的医生后，让他适应了，我再走。

人要有感恩之心，他做事不会这样绝情。他说：你是我到深圳落脚的第一站，这辈子我都会记得你。

言过了，言过了。

这钱你收下，老板给了他半个月的工资。好来好走，以后，我们还会有见面的日子。

无功不受禄，这个月我只做了10天，我只收10天的钱。

他坚守诺言与信用，又招了一名医生，他把自己的病人交接给了新来的医生，让他熟悉了环境才离开。离开春风路，离开了这六七平方米的诊所，走进步行街六七平方米诊所。那是意义与担当完全不一样的六七平方米。

走的那个下午，福建老板握着他的手，自豪地告诉他，福建人有一个最不服输的个性，他们相信打拼，有韧性，能吃苦，很勤劳。后来，他真的找到了一份说明福建人爱拼的数据。

全球华人富豪榜100强，福建人有23位，台湾富豪前十位中有8位是福建人。在国外，新加坡富豪榜前十位，有8位是福建人，马来西亚前10位富豪榜中，有7位是福建人。菲律宾有7位福建富豪，十几年后美国竟有福建籍的后代要竞选美国总统。厉害呀！福建朋友！

我愿与你这个爱打拼的帅哥交朋友啊！他说。

临别时，两人合唱了一曲《爱拼才会赢》。这是与正宗闽南人唱的闽南歌。

创业初期的黎昌仁先生

（14）

深圳。东门。步行街的一家综合门诊部。

牙科又换了一位医生，病人并不知道，这个简易的牙科诊所又易主，是一位从江西来的帅哥。门诊部的同行也没有向他投来异样的眼光，好像已习惯了这张椅位的医生换来换去。后来，他才明白，这位潮州老板，十分看重这张牙椅，要价十分高，他不是第二个，也不是第三个，这次他签了合同，又能工作多久呢？

周边其他科医生都这样认为：又来了一个“临时工”，就像工作流程一样，常规反应地回了他一个微笑。

老板这样向他介绍他的前任：这小子，不按规矩办事，我炒了他。

而他听到的是，那个医生说：有技术走遍天下，此地不留爷，自有留爷处。我走了，是主动辞职的。

后来，他知道了，这个椅位上已经换过几次“江湖医生”，没满试用期，就走人。没有一个人是工作到半年的。是谁炒谁的鱿鱼，谁也说不清楚，有一点很明确，双方都是利益之争。

大家说，老板条件有点苛刻。他将心比心地想了一下，老板提出这些条件，也没错啊。

条件是，总收入减去房租、人力、运营成本后，纯利润两人对半分成。也就是说，三个成本的资金是承包者的基本工作量，如果没有达到，要倒贴，也就是亏本经营。如果口袋里没有亏本的钱，老板可以在半年内垫付，半年内不计利息，半年继续亏损，连本带利息一起计算。他口袋里只有几百元吃饭的钱。要想承包只能由老板垫付，他的任务是半年内转亏为盈或持平，坚持不下去的，就走人。

他分析了各种能成功的因素，他坚信一条，质量、态度、诚信是迎来病人的保证，深圳这样大，人口这样多，每天人来人往，总会有牙痛的病人，总会有人来看牙。中国人对口腔卫生认识欠缺，当牙有病时，医生不仅是治疗，还要进行口腔保健的科普，让病人懂得爱牙，愿意治牙。他的信条是：看一个病人交一个朋友，多一个朋友多一条路，有了朋友有了路，什么事都能办，都能办好！

他不是一时兴起冲动，也不是想找个地盘试试身手的那种人。他做事一般是经过了深思熟虑，至少可以说，他做了细致的调查。与春风路诊所进行了对比，规模一样，设备差不多。春风路的优势是收入有保证，只要自己做，每月工资存银行，几年后在家买幢房子绰绰有余；这边，完全靠自己经营。两边病源不一样，民营习惯叫客人，客户。春风路客户有保证，对面是香港，火车一响，“港客”一串，一阵人流总会走进几个病人。上午病人多一点，下午会少一点。保底不是问题。而且客户的消费理念与水平偏高。春风路的客人都是有备而来，为什么要拔牙，治哪颗牙，花费多少，客户都心中有数。已经工作了40天，结识了一些病友，可以继续扩大自己的影响力。应该说春风路诊所的工作生活是稳定的，是会越来越稳定的。

20年后，他返回深圳春风路，看见福建老板那家店还在那儿，还是20年前那样大，每天平静有序地接诊病人。每个人的价值观不一样，当年的福建老板喜欢追求的可能就是如“绿色车皮”那样慢节奏、半休闲状态的生活。而他，心里充满了拼搏向上的激情，不远千里来到深圳，就是想打拼一番，只要有机会决不会放过。或者两人“爱拼”的理念不一样。从农村到深圳安家乐业也是一种拼，而他是另一种拼。

步行街的短板多了。

服务对象不一样。最大的难点是病源水准不一样，首先是职业与经济水平的差异，实质是消费水平。到铁皮屋门诊部来看病的人大都是“移民”和来深圳的临时工，他们对口腔保健价值观不一样，对牙齿的重要性认识不一样，消费的积极性不会高，对消费的选择会偏低或放弃。

客户大多数是有了症状，如疼痛，肿胀，张口困难等，影响进食睡眠，影响工作与生活才会来就医。当症状缓解或消失后，后续治疗的客户要求很少。比如拔牙后缺牙的修复，开髓止痛后，放弃了根管治疗。在深圳，刚刚进入“时间就是金钱”的境地时，谁也不愿意把时间花在治牙上，一句话，难以接受牙病慢速多次治疗。来看病的人大多数要求医生有“短、平、快”的一“技”之长；拔牙的费用很低，收入自然也低，整体收入，也就是病源的后续治疗要靠医生的第二次开发。

开发的能力在于细心、耐心，诚心。这是他的长项，花在沟通上的时间要长，要多，他乐意也善于去与病人交谈。口腔基础的治疗技术他十分娴熟，这里的口腔病人大体是常见病、普通病！龋齿（蛀牙），牙周病（火牙），急性冠周炎（智齿发炎），以拔、补、镶为主。这当然也是他的长项，因为有居民点，有建筑区，客户总量比火车站多，开发得力，病人总量决不低于春风路那边。实质是，总收入不会低于火车站那边。来深圳的目的是创业，不是单纯赚钱，要找机会锻炼自己，步行街获得的就是管理机会，要自立、自律，要会经营，会管理，要善于与病人沟通。自己要白手起家，想要平地起高楼，就要从一点一滴做起。

他落笔在合同上写了自己的名字：黎昌仁。他知道，这一签，就是一个人要埋头苦干三年。

两天后，他满怀信心地走进了铁皮屋，这家潮州老板办的综合门诊部。迈进后他照例与内科、儿科、妇科、皮肤科、性病专科医生送上了亲切自然的微笑：你们好，今后我们是同事，请你们多多关照。

穿上白大褂，怀着虔诚之心，坐上诊察椅上等候病人。在这小小的6平方米诊间里，一坐就是三年。若不是这个地段拆迁改建，他还会继续坐下去。

他没有炒老板，老板也没有炒他，他们之间合作愉快。后来他还是以这种方式，与又一个潮州老板在深圳合作了6家诊所。以深圳为起点，他带领兄弟开始走向远方，远方不是诗，是实实在在的口腔医学，6兄弟中有人在读医学院口腔医学系，女儿也准备学口腔医学。他带上自己的家庭成员，一家人从事口腔医学与管理，从深圳迈上了自我发展的道路，可以说，鹏城亮翅，深圳步行街的铁皮屋诊所是拜博的起点。

20多年后，他回忆起这段生活，是这样开始讲述的：那是我人生中最艰苦的日子。一个人，一间6平方米多一点的诊室，一天工作近14到16个小时，或更长的时间。当医生、当护士、当消毒员、当清洁工，承担各类角色的全部工作。为了节约成本，一天的每一个时间段，承担每个角色的每项任务。6点钟到诊所，吃毕早点，当护士；迅速准备开诊所需的用品，再晚也要准备消毒第二天的器械工具，守在消毒器前，安全第一，一早要取出来，准备明天使用。要与病人沟通、治疗，完成治疗角色时是医生，调配药物时是护士，中午是护理员，趁病人不多时，洗涤已用过的器械，如拔牙钳，补牙的充填器，洗净，凉开，供晚上打包消毒，处理医疗垃圾。

中午吃盒饭或叫一碗面，匆匆填饱肚子，因为有些病人下午要上班，利用中午休息时间过来看牙治牙，或帮他们开髓止痛。铁皮屋里没有午休的概念。下午接诊预约病人。五点半后又是洗涤器械，擦净，打包，准备消毒。晚上有时还有急诊。晚上最主要的任务是完善白天的病历，写随访信，想给女儿婷婷写一封信，写了又止，止了又写。那思念的情感总觉得找不准词汇来表达，总不能每封信都写，婷婷我想你，爸爸很好，请放心。有时看到父母陪孩子来看牙，尤其是女孩子，那瞬间，特别想女儿。我会情不自禁地扶她们或抱她们上牙椅，寄托自己的情思，说：我女儿也这样大了。人家父母陪女儿，而我远在千里求发展。我将怎么向女儿支付出自己的感情呢?

落笔时，真的好难过，好难过。有时，字没有落在纸上，倒是一滴滴泪水先落在纸上。又是情不自禁地自己念着：婷婷，婷婷，爸爸真的好想你，你好好读书啊！

晚上完成了清洁工消毒工的任务后，才能躺在牙椅上小歇一会儿。还真不是歇，是在想，想今天的事做得有哪些不对，明天该有哪些改进。有什么没有准备好，特别是在认真想消毒。

觉得准备已妥，才回到自己的出租小屋去睡觉。

日复一日，如此轮回。最担心的是两个字：亏损。

工作无疑是繁重的，心情压力更是沉重的。他知道自己没有能力亏损，而病人又不是可以上街拉进诊所，价格也不是随意可以提升。只有通过自己的优秀服务让客人心甘情愿地走进诊所。没有病人时，一天长似一年。

临近月底，在汗水和泪水交替的晚上，他悄悄地做了一次结算，哇，还差几百元才能收支平衡。否则，自己要掏口袋，他有点急。又过了一天，他又算一次，还差几十元，最后一天的下午，来了一个病人。终于，终于这第一个月的收入，收支持平了！几块钱，他为自己的不懈付出感动得流泪。他决定请客，庆贺南下深圳，转移铁皮屋成功迈出的第一步。

请谁？孤身一人。想想，请一起南下的老乡，这老乡不只是小小奉新

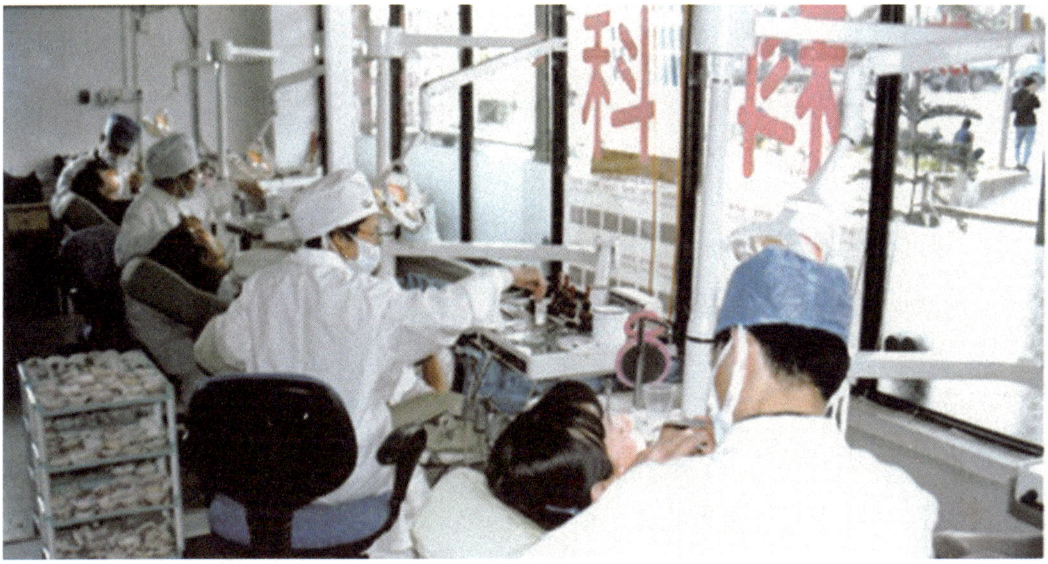

黎昌仁先生在深圳承包的第一个牙科诊所

的，有宜春的，南昌的，整个江西的，也不仅仅是医务人员了，有口腔医生，有中医，有药剂师，有建筑行业，新闻行业，茶艺行业……

老乡都伸出拇指祝贺他，都愿为他提供病源，更多的人希望他从一个打工仔变成创业者，开玩笑地说，当你建立公司时，我来做你市场部经理。

这是酒话？还是真话？

那夜，夜深了，他在醉意朦胧中，放歌了一曲《爱拼才会赢》。人生第一回醉，朋友扶他回到宿舍，他似乎没深醉，高兴地说：各位好走，我会请你们来当经理的。

（15）

深圳没睡，他也没睡。几乎将每天2/3时光留在铁皮屋的诊所里。不是他忘记了时间，是时间忘记了他。

那时，中国老百姓计时靠的是手上的表，座上的钟。无表无钟的家庭靠的是看天和问人。戴表的人不多，问时间成了戴表的人很玄酷的事。

问者：同志，请问，现在几点钟？后来“同志”变成了“老板”，又变成了“先生”。戴表的人习惯把手一举，撩开袖口，把手臂一横，亮起腕部手表，低头看看，微笑地回答：X点。问时间的客人也微笑地回一句：谢谢。有表者望着远去的问时人，摸摸腕上表，自豪感油然而生。

在家乡，他是手腕上最早有手表的人之一，是“土表”。“土老俵”，江西人这样称呼自己。土表是指江西本地生产的手表，叫“庐山牌”。在当时的江西算是名表，要凭票购买、限购。他是县城名医，很容易得到一张优惠券：庐山牌手表，南昌手表厂生产。他一直没有换，那是他调入中医院后受到了表扬，自己奖给自己的礼物。他一直戴到深圳。在中国不是名表，虽是“土”，但计时很准。

每天病人多，他手表就不能戴在腕上了，医生有一个与众不同的地方是洗手。每看一个病人要洗一次手。如果做手术，这手要洗过腕关节，直到肘关节。手表就只能系在裤腰带上。这一挂，病人一多，操作不停手，时间忘了，医生记时间的真正原因是肚子饿了，到吃饭的时间，饿了，才知道天要黑了，猛探头一看，哇，华灯已亮多时。

晚餐，他吃了四个馒头，夹腌菜的馒头，一杯白开水放在桌上。味道太淡，又夹一块豆腐乳，太咸，加喝一口白开水。四个，吃完了，饱了？还是没饱？自己也不敢问自己，开始了扫地，打包消毒的工作。一天的病人列表登记，做完事，洗了手才看看表，哇，10点半，到了该锁门，走人的时间了。

诊所本身的作息时间就是上午9点到晚上9点。只不过，他常拖班。不拖班，谁帮忙，一切工作都归自己，只有多做，分成时才会增加收入。

深圳的公交车不是每路都会昼夜流动，有的线路一年四季有开点止点。通往他的住宿地夏季最后一班是22点，秋冬季是20点。现在已开始执行秋冬季时间了，最后一班车已经赶不上了，只有步行。步行已成了习惯，春天的夜晚，有时他刻意选择步行七八里地，快走只要半小时，步伐慢一点45分钟，深圳的路宽敞，春天一路树绿花红，且行且唱，还真有点浪漫的感觉。

新换的住处离铁皮屋门诊部不远，不到五公里，这是来深圳的第三个住宿地，第一夜是25元的旅馆，4人间，第4夜去了老板包吃包住的出租房。这次是分成，不管吃住了，自己找到了一群宜春老乡共同租住的房，也是铁皮屋。不是在一楼，在四楼。不是真的四楼，是假的四楼，在一家三层楼的居民用房上的平顶处搭建的。深圳人口急剧增多，大概是经过了建筑部门同意了，这幢楼在顶层加盖了几间铁皮平房，设立了公用卫生间与公用厨房，可以临时解决城区一些外来人的居住问题。条件虽差，谁也不讲究，不追问。简陋的房，配简陋的家具，床是学校那种高低上下双人铺。他和一位宜春市铜鼓县来的老乡住在一间屋。都是来深圳找工作，同甘共苦，十分融洽。铜鼓那位年轻的中医睡上铺，他睡下铺。他大那位中医十余岁。那时节，大学生国家统一分配。小伙子分配在乡镇医院，努力工作了几年，仍不中意，干脆辞职来深圳。小伙子看中了深圳的高工资。中医院病人不太多，病情也不复杂，没有特殊情况，他总是准点下班。

这个点，这位年轻的中医早躺在床上睡觉休息了。

而他还在铁板屋的诊室里。工作结束后，出门望望星空，看看车站人群是拥挤还是稀少？他大多数时间是选择走路回到住宿处，有没有潜意识的省钱？他回答，不是。有时等不到车，到了目的地，这车还没有进站。为了节省时间？也不是。读书时候耳边常响着这样一句话：苦不苦，想想二万五，累不累，想想老前辈。以苦为乐，以苦为荣，习惯了。来深圳不是拼搏么，为什么总想到苦和累呢？何况这不叫苦啊！

星空灿烂的夜，行走在深圳大道上自是别有一番情趣，遇上倾盆大雨，雨雪交加，那才能用“苦不苦”“累不累”两句话来安慰自己了。

经历过多少风雨之夜啊，想一想，自己也算不清了。

第一次夜间行走的日期，只记得是清明后的第六天，那是周日，还有三天是谷雨，间断的春雨已开始冲洗着深圳的大街小巷了。周日的病人很多，忙完了，走出门才知最后一班车已过去了半小时。春夜的气氛是温馨的，这是来深圳的第一个春天，感到特别惬意轻松，在家乡，再忙，也得抽出时间到山上给祖辈做清明。

今年是人生第一次远离家乡，也是第一次没有去山上祭祖，没有祭拜。他是受传统文化教育熏陶长大的奉新人。现在，离家千万里，在清明前几天，他还是记得到公用电话间，给兄长打了电话，拜托他们为先辈烧香，他会在远方叩拜。清明过了，这天是星期天，每逢周日，病人总是最多的。父母会带孩子来看牙，休假的工人会查牙痛的原因。周边的居民听说这位牙医服务态度和质量都不错，愿意在这儿候诊。于是，诊室门口出现了排队的现象。属于他的时间没有了，如何把更多的时间留给病人，成了他要运筹的一个课题。诊室办公桌的玻璃板下压着一张年历卡，住处床头挂着一本日历，就是要自己记住日子，翻卷起一张又一张，忙起来，真不知道初一与十五了。

每天，他跑回四楼铁皮屋，不先进房，而是到屋顶坐坐。铁皮屋只占了房顶的2/3，还有1/3是平坦的，在浇了混凝土的房顶上站着或坐着仰望星空，深圳的夜星星点点，有些人家屋顶上还有好多鸽子笼，夜里还能听到鸽子的咕咕声。晨起可以看到一群群白鸽在蓝天下飞翔，这儿真正是天高海阔，白鸽振翅，深远悠长。这时，夜晚的天地相接处，分不清星星与灯光。

仰望星空，思考什么呢？每天这样忙碌就是人生吗？房不高，远处有比这还矮的房顶。仰望星空时，这楼房显得逼仄，人生不能逼仄啊。他有点累。

他走向床头，卷起日历，一看，是4月11日。啊，这天正是自己的生日！对，清明后的六、七天（因为有农历阳历之差），是自己的生日啊，过了今天，自己走完了人生36年的历程，三十而立而未立，四十不惑，自己正在与自己解惑。

这惑，能解吗？他问过自己。一时间找不到准确的答案，还只是埋头做事呢。家乡有一句话，叫低头拉车，抬头看路。他不是一根筋，虽然当下无暇去找答案，他一直在仰望星空。这几个月的“拼搏”生活，他感觉自己老了，老成了！他想想，在日历上留下了两个字：拼搏。又取出纸给女儿写了封短信：爸爸的日子过得很实在，很有规律，安定好后一定接你和妈妈、爷爷奶奶来深圳看这儿的高楼大厦，看蓝天大海……爱你的爸爸。

还想起了老爸的叮嘱，今年是自己的本命年。用什么样吉利的物品与自己相伴跨过本命年呢？今年还真是“一穷二白”了。

这夜生日当然没有家乡的寿面，方便面也吃完了，碗里是自己做的烧烤的馒头片，准备饥饿时吃的。一碗白开水。拿出几片焦馒头，夹着家乡的腌菜、萝卜和豆腐乳，迎来了37岁。这天生日叫苦尽甘来，他安慰自己说，也许艰苦是最好的护身符。

炎热的夏天来了。接到昌保的信，暑假里，他要来，说是考察考察。就是玩玩呗，读了几天大学，咬文嚼字了。如果在现在，发两字的微信：欢迎。他没有时间写信，又得跑公用电话亭，他跟昌保说：定好车票后，给门诊部办公室来个电话，我去接你。

年轻人都有梦想，一下火车，昌保被深圳的繁华震住了。车是晚上到的，出车站，上天桥，昌保停下了脚步，看人流车流，灯光如昼，霓虹如织，感叹地说：二哥，你的选择是对的，我毕业也来深圳打拼，能做一个深圳人多好啊！

你站在天桥上说梦话，不怕醒来掉下去？

这不是梦话，是实话，我向你学习，向你靠拢。

行，那，回到我们住的地方去，看看你的适应能力有几分？

他知道弟弟比自己娇气，老小嘛，家里父母兄弟总会让他，任性一点，娇惯一点。要来深圳创业，首先是要敢吃苦，能吃苦，能坚持。

他带昌保走到住处。果然，昌保惊讶地说了一句：这是你的宿舍呀！

是呀！

比我学生宿舍还差啊！

到了吃饭时间，他有意不请昌保上街吃，两人一起吃了盒饭。

又是果然：二哥，你每餐都这样吃吗？

是的！每餐！

这怎么行，身体怎么吃得消？

他没有回答昌保。

两个夏夜他与昌保随行，游了游深圳，对于他，这也是第一次。

游完深圳那夜，他还是“狠心”地请昌保去吃了一次西餐。

虽然是家人，他还是客气地说了几句话：真的希望你能来深圳一起创业，趁我们还年轻，身体还好，做好我们自己想做的事，如果我们兄弟齐心协力，一定做出一番事业来。昌保还转达了昌强的愿望，他也想来，他也是一个喜欢挑战的人。

他欢迎昌保、昌强一起来创业。

送走了昌保，也送走了他来深圳后的第一个夏天。

大家都说深圳的秋天没有寒意。然而，在他记忆里，那个秋夜，寒气袭人。雨大，风大，秋风秋雨秋煞人。

一件白衬衫全湿透了，风从背后吹来，雨滴打在背上，薄薄的衬衫紧紧贴在背脊上，很冷，秋风像一双手推着他往前跑，两步变成了三步，雨水冰冷刺骨，跑动了，发热了，冒汗水，才感到寒气少了一点点。背上是雨水，也是汗水，耳边是雨声也有歌声，似乎有人在唱“爱拼才会赢”。在深圳似乎无处、无时都能听到这首歌。他不由地跟着唱，步伐也有节奏了。

他知道今夜风大雨大，他本想在铁板房的诊室里过夜，四壁封闭不通风，这样的雨天秋夜，还有小虫爬进屋里，那时还不知秋虫的厉害，他被咬过几次，现在信息流通，才知道严重时会致喉头水肿，过敏致死。不知是虫变形了，还是人敏感性增强了。那时，自己手脚都肿过，还得上班。现在想想，还有后怕。住处的铁皮屋在望，四楼，在这风雨寒冷之夜，才感受到是自己的住房，是临时的，是温暖的家。

到了铁皮屋，自己住的屋，他爬上四楼，开锁，进门。那位年轻的中医同乡还没睡。不是在等他，是在研究深圳地图：福田、罗湖、南山、龙岗、盐田、宝安区，关里，关外。不知他是在问谁，还是自言自语？他说，是我选错了医院，还是医院错选了我。大概是听到门响，补充问了一句：老兄，你能回答吗？

他进了门，冷。他急于想洗个澡，擦干一身雨水，换一件干衬衫，这位中医的提问，也像这场瓢泼雨一样，有点突兀，他来不及脱衣服，反问：你遇见不高兴的事了？

年轻的中医躺在上铺，背对着门，没有看见他落汤鸡的样子，问：老哥，你说，我来深圳是为什么？一位老外说，人生从青年走进中年时期，不要与身体过不去，不要吃最无营养的食品，不要干最累的活儿。我们中国人恰恰是这样，在年轻时，干最苦最累的活，吃最没有营养的食品。你的焦馒头啃完了吗？老哥，你这是在享受生活吗？这种日子，让你早早进入亚健康状态呀！

老弟，等我洗个澡，我们再聊。现实一点吧，我有点冷，出门在外，病不得，没人照顾，喝碗热汤面都没人端，对吧！

中医这才转身一看，大叫一声：哇，你这是经历了暴风骤雨的洗礼啊，必有后福，有后福！快快，快，快，去洗热水澡，秋雨最伤人，我帮你烧热水，我这里还有生姜，用姜擦擦背，擦擦脚板心，擦涌泉穴，足三里穴，大椎穴，上护大脑，下暖脾胃。来，我教你。我可是行家啊！

中医跳下床，走进厨房，帮忙打开煤气炉，烧热了一壶开水，你提去用。我再烧第二壶。

是不是碰着钉子了？他问。

没有。只是没有什么病人。业务上不去，收入就上不去。不像你，病人多，你是手艺活，操作多，操作好，就可以多收钱。我们中医靠拿脉，靠开中药。药又便宜，一天下来，病人不多，伙食费都赚不了。有人要我改行，搞什么针灸减肥，针灸美容，这个来钱快。用我这个中医大学的牌子可以招来客户。我自己都怀疑，这针灸怎么美容减肥？我能去干吗？他们说不要我干，只要用我的毕业证、资格证申请开一家这样的店就行，这行吗？我不懂。

能这样干吗？

我不会去。我自己没懂，我怎么让病人懂。他明白了，这位中医在自问自答。

他们虽然不是同一个行当，面对市场各种诱惑与冲击，他俩的观点完全一致。他们一直保持住自己的底线。那个秋风秋雨秋煞人的夜晚，他俩谈了很久。

深圳是移民城市，对中医的认识不深，接受者不多。

广州人相信食疗，信任中医的古老传统。到南方来，中医不要定位在深圳，要选择广州周边。

他说，我有几个老乡在珠海、在东莞，还有的在佛山，江门，都活得不错。我建议，你挪一下。人挪活，树挪死，挪一挪就活了。

我想过，一个熟人没有，盲流啊。中医在上铺说。

我到深圳也是盲流啊，流啊，流啊，就有熟人了。这不，这儿小区都是我们宜春地区的“盲流”。

两人都不愿回到家乡去。应了现在的那句话：回不去的是故乡，走不到的是远方。

而他坚信，每个人都有自己的故乡，都能走到远方。

“盲流”只会是一阵子，不会是一辈子。

两个人都来自江西。来自江西绿色山水，毛竹之乡；铜鼓是红色故土，毛泽东当年秋收起义的所在地，总指挥中心，现在又是“绿色生态孤岛”，都是好地方，好家乡。作为年轻人总耐不住寂寞，总不愿一辈子困在大山里面。外面的世界很精彩，外面的世界也无奈，面对无奈时该作何选择呢？选择也许就是人生。

秋雨在铁皮屋的顶上敲打着，发出有节奏的响声，在改革开放的深圳，有多少这样简陋的民房，住着多少胸怀壮志的青年、中年人，他们希望在深圳这片土地上展开自己的翅膀飞向蓝天。飞向自己想去的地方。若干年后，他们也许是经理，是董事长，是厂长，也许依然在盲流。人生剧本的编剧是自己，有一个美丽的梦想，艰苦的行动，何时出现高潮，何时会是尾声？

尾声决定自己人生的选择，没有选择，每月1200元的工作。有选择，1200元只是起点，还会继续升值，比起家乡应该是好，好多了！

他已选择了分成，分成的远方会好吗？几个月的经营证明，收入明显增多了，这增多的钱积蓄起来做什么呢？这铁皮屋的诊所会是他的止点，或是又一个梦的起点吗？年轻中医代替他回答了这个问题。

我看你也是盲流，你工作在铁皮屋，住的铁皮屋，不知哪天这铁皮屋全部拆掉，你又去哪儿？深圳每天都在变，不断向外扩展。你背着钱包去找工作吧，我决定转移阵地，另寻门户，我看你心中也该有个小九九，梁园虽好，不是久恋之地。你要为自己在深圳落脚扎根，瞄准一个方向，找一家好诊所干下去。你看你，这个铁皮屋，横竖也不像一家医院，赚了点钱，淘了点金，走人吧！

中医走了，真的走了。是到了顺德，还是到了佛山中医院，一直没有联系。那时，没有手机，只靠公用电话，忙起来谁去打电话啊，人是有缘的，相信在茫茫的人流中，总有见面的一天。

他还留在四楼的铁皮屋，又换了房友。也许人生真的是匆匆过客，在拼搏中选择，在选择中拼搏。

每个人都知道路在脚下。

这夜，走在四楼铁皮屋已是11点了，为了不惊醒室友，他拧了一桶水，在室外擦洗了一下。这夜，无雨又无风，无星又无月。铁皮屋里冷冷热热，又过了几个月，冬天到了。这一年，正如那首歌一样，外面的世界很精彩，他的世界不无奈，只是孤单。他算是半个“文青”，唱歌、跳舞不说是高手，也是里手。

这年娱乐界的确很精彩，张学友唱的《吻别》唱片卖到400万张；香港歌星“四大天王”红遍内地；内地歌手也不示弱，毛宁一曲《涛声依旧》扯动了多少恋旧的心；那英的《雾里看花》让一代人看清了远方。其实，这首歌是为了打假而作。而今，假已泛滥成灾。25年后的今天，人民日报发表评论文章《中国所有的保健品都是骗人的，没有例外…》，重唱《雾里看花》，不得不《一声叹息》。1993年的电影《青蛇》出世，李连杰主演的《方世玉》与《少年黄飞鸿》吸引了那时节年轻人的多少眼球。而这年，在海外，粤语歌曲开始没落。在国内，《沧海一声笑》无论如何敌不过《爱拼才会赢》。

这年中国“申奥”失败，侯宝林去世。

这年的北京大学，发生了一件不大不小的事，将600多米的南墙推倒，改成商业街。榜样的力量是无穷的。一时间，全国各地大中小学都开始了撤墙经商，校门口生意人笑口常开。这年，一些成功学开始转向，通俗文学兴起。“实话实说”开始策划。诗界也发生了一件大事，年轻诗人顾城将妻子砍死，然后自缢身亡。

张国荣主演的《霸王别姬》，余华的小说《活着》改编成了电影，姜文指导的《阳光灿烂的日子》接踵推出，并从国外传出获奖的消息。那年一个叫李亚鹏的中戏学生向父亲借了800元钱，每天带5个肉夹馍、8个学生四处找人拉赞助，拿到了97000元的赞助费，请到了“唐朝”“眼镜蛇”乐队来到乌鲁木齐演出，获得了几十万的回报。

似乎中国许多名人都是从1993年起步的。

似乎好多事都是从1993年开始的。

1993年就要过去了，他又到签合同的时间了。他埋头走自己的路，一点都不知道外面世界的精彩。在一个冬日的下午，在深圳的铁皮屋诊所里，他落笔又一次写下了自己的名字。

（16）

有时，成功的条件或失败的原因往往发生在出乎意料的事件里。

从春风路过来时，正是开春，铁皮屋在春天里还是惬意的，四壁的窗户撑开，通风透气，阳光照射进来，暖暖的。医患关系就像室外春风一样和谐，到了夏天，医生用满头大汗来形容是远远不够的，一身大汗淋漓，全身湿透。那时空调没有普及，每个工作间配了一台电扇，隔两个桌子远的是一位内科医生，年纪偏大，可能是退休后南下打工。那天病人奇多，都围着他，护士要大家排队，有个老人要求照顾先看，说：受不了啦，再排队我就会晕倒。这时，老病人没晕，这个老医师倒是有点晕，脸色发白，他很清醒地说：让，让，我到急救床上躺一下。

一个病人大叫：快来救命呀！医生倒了。

医生说：不要紧，给点氧。

他在旁边，这一切看得很清楚，他一个箭步冲过去，扶着老医生躺上了床，解开衣扣，叫护士给他挂上了盐水，就在这时，那个老人也说头晕，他又赶快把老人扶到自己诊所的牙椅上躺下，给他量血压，测心率，叫人通知医生过来接上心电图仪。一切有序进行。病人也平静下来。他对病人说，我会找门诊主任，来安排医生为大家看病，感谢大家的信任与配合。

那时刻，整个门诊没有出现慌乱。

门诊主任来了，老板也来了，两位领导看到他在现场协助，病人有条不紊，病人没有躁动。他一直守着这个老人身边，叫护士喂水，打针。老人情绪稳定。这天，他忙到半夜才回家。

事过之后，老人还给他写了感谢信。

门诊部主任和老板，还有同行医生都为他点赞，要门诊部职工向他学习：爱院如家，爱病人如亲人。他坦诚地说：不是不给自己戴高帽子。这是一个医务工作者应该做的事，不是小同行，是大同行，不能视而不见，见而不理。医生要担起自己的责任。

他事后说，直言，真不要用“爱”的帽子戴到头上，那时年轻，真是想干一点事的年龄，是想学习知识，有这个机会，自然上去做，就能学到，何乐而不为呢！

生活随时都会提供机会，就是看每个人愿不愿意接手或出手。门诊部不远有个集市，有次发生了争吵，一个中年人被一位小伙子一拳打伤了下唇，出血了，打脱了牙齿，门诊部没有设立外科，因为牙齿掉在地上，好心人捡起来，送到牙科诊所，希望能种植上去。扶他坐上诊椅，他把牙齿浸泡在盐水里，又用盐水清洗皮肤，找到撕裂的口子，用细针细线缝合好，止血，对合平整，减少疤痕，再看看，牙槽骨是否有骨折，如果没有，用细钢丝固定结扎好，有成活的可能。

因为处理及时，受伤的中年人没有出血，牙齿复位，外观没有“破相”。

这个病例完成，为伤者解决了痛苦，给予了安慰，在这个小区小小的门诊部里，他实际是给自己做了广告，用现在的话说是一次“营销直播”。

这年，他没有休息过一天，深圳的海在哪个方向，他都不知道。什么公园，什么广场，他不知道，就是火车站，要他再去，他也分不清东南西北。又累又苦地过了365天。一年下来，收入可观，没有请清洁工，没有请护士，没有助理人员，成本极低，利润自然十分可观。老板对他刮目相看，合同继续往下签。当老板的毕竟是要赚钱的，看到收入高了，提出的要求更高，交纳基本金，自然提高了几个百分点，就是要他每年再多交几万块钱。这时，很多年轻人拒绝签合同，盛气走人。他没有与老板争论，新合同还是一样照签。他反而感谢老板对他的信任。根据工作需要，他提出添购光固化机及其他一些设备器材，老板都没少。

敢签，最重要的原因是他开发了病源，不再只是低档消费人群，有了“港客”，有了“老板”，有了土豪及其朋友子女这些高端消费人群。他们认可他的技术，相信他的为人，尤其是对他的价格点赞合理，总结只有两个字：信任。有了他们来消费，第二年他的毛收入，肯定可以上升一个台阶。

福田有那么多高档诊所，罗湖区也有不少比这儿好的口腔门诊部，客户为什么都会选择他？又有几件发生在他的诊所里的事，情在之外，理在之中。

第一年的那个盛夏，尽管很热，他照例打扫卫生，洗器械，包好送消毒，准备下班。因为诊所灯亮着，一辆小车停在门口不停地响着喇叭。他出来了。是一辆宝马，车内主人也迅速开门出来了，问：对不起，还看病吗？

你怎么不舒服？

牙痛！受不了的痛！你看吗？

呵，进来吧！不过诊所没有空调，很热。

不怕，总比牙痛好！能立即止痛吗？

看看吧！他没有打包票，他担心是其他原因的牙痛。

病人坐上牙椅，他检查后肯定地说：可以，完全可以。立即让你止痛。不过先要打一针麻醉药哈。

病人躺好，张开口，他检查一下，认真消毒，是右下第一颗牙，再次确认，便小心翼翼地给他注射了麻药。

不痛了吧？

他用高速涡轮机为他“开髓”，即打开牙齿的髓腔，把脓液放出来，减轻压力，疼痛立马减轻，肿胀感也好转。

他说：老板，今晚别喝酒，好好歇歇，麻药醒后再不会痛了。

第二天中午，一个小伙子突然进了他的治疗室，给了他一个信封说，我老板叫我送给你。

他正忙，也没在意。中午吃饭时打开一看，竟是1000元人民币。他吓了一跳，第一次收红包，这么多钱，他有点紧张。告诉这儿老板？不妥，还以为他显摆，或是有其他什么想法，比如疑惑自己老收红包。他决定退回。因为他叮嘱过这位老板要来换药，要做根管治疗。

老板来了，他请老板坐上牙椅，换药，根管冲洗，消毒，扩大根管后，说：这样处理要三次，你看看什么时候有时间，我们再约。

行。你把费用收了。

不用，我还要找你500元。

你说什么话？我找你看病，你还要给我钱？

不，不，不是这样的。那天晚上，开髓的费用只要20元，你给了，你又叫司机送了红包。我不能收红包。帮你治疗是我的职责，医生就是为病人除病的。

什么1000元？我给你的？这1000元的事，老板的确是淡忘了。谈生意时，多喝了几杯，生意谈成了，又多喝了几杯。他生意多，说忘了并不假。而他，却是忐忑不安。开髓只有20元，我怎么能收1000元哪。

是你给的！如果说你要感谢我，请你叫你的亲朋好友找我看病，就是对我的感谢，对我最大的信任。这500元钱，一定要还给你。

你这小兄弟太不够意思了。告诉你，我打了几天吊针都没有止痛，吃药也没用。我还加大了量，这药钱都花了近千元。我急于要牙齿止痛，我要谈一笔生意。不瞒你说，几万元的生意，牙痛，不能吃不能喝，谈什么？脸还肿着，你帮我搞定了牙痛，我就能搞定生意。你帮了大忙，送你一千元，毛毛雨呀！小意思哪！收下，你不收，我就不找你看牙了。

老板，这样吧！这钱我收了，你叫你孩子、太太到我这里，我帮他们进行一次口腔检查，好吗？有牙病治牙病，无牙病我帮他们洗洗牙，维护口腔健康，这也是小意思，毛毛雨呀！

一言为定！

不是他思想觉悟有多高，道德多好，不是。他说。我在家乡之所以能受到上上下下老老少少的尊重，就是诚信求实，对穷人同情，能少收就少收，对富人决不巧取，用自己的技术赢得口碑，到了深圳，更是要坚守这个诚信求实的底线。所以这1000元我一直放在自己包里，随时准备还给老板，不还。心里不踏实，很不踏实。

这位老板与我成了朋友，一直在交往，他的朋友、员工几乎都是我的病友。他说。

他有一个独特的想法，一个医生服务态度好，质量好，总会有病友找上门来，病人总会希望找一个好医院把自己的病看好。所谓好医生不是满脸堆笑，不是花言巧语，即使是心地善良，没有技术，不能为病人解决问题，那他算不上好医生。

这年秋天，突然有两位女士走进他的诊所，亲热地叫一声：黎医生。

他抬头一看，一惊一喜，是她们。还记得我们吗？两个女士问。

他很快想起了写病历时他们的名字：陈阮蜡梅，是龋病，范曹冰花是牙周病。

他叫出她们两个人的名字。她们要与他握手，他双手戴着手套，正忙：坐，请坐，有事吗？

看看你。

谢谢啦，她们坐下等他。她们放眼四下看了一下说：这儿没有火车站好哇。你为什么离开？你走了，我们看牙不方便了。今天过来，看看你，请你帮我俩看看牙，我还带来了几个邻居，她们购物去了，等会儿你也帮助看看。

香港的病人不请自来，这两个女士的热情与信任，引来香港朋友一个又一个。

虽然只是家简易综合门诊，不大，有五六个科，内、妇、儿、牙、性病、皮肤，不管是门诊部的同事，还是就医的病友，都与他们和和气气。门诊部的同事同仁也是他的营销员。这就是和气生财的道理。一切是意外，一切又都在情理中。小时候，他在家就接受过“六和”的教育，与外人家人都要见和同解，在一个单位在老板手下工作要做到戒和同修，和同事在一起要身和同住，做人实话实说，同和无净，意和同悦，在经济上利和同均。他自己又总结几条，要主动做事，要善于做事，要天天做好事，不要胡乱惹事，才能做到事事如意。

他常给自己提出一个问题：一个诊所的兴衰，一个医院的繁华靠什么？

靠的是客户的信任。

北京、上海、广州、武汉、成都等知名老医院，全国各地的病人为什么会不顾千里之遥，不怕千辛万苦，像朝圣那样去求医呢？

是这些老医生几十年，百余年积累下的信任。“百年老店”这个词汇，其实很早就在他心中萌动，任何一个诊所，一家医院不是靠匆匆而上，临街一呼就能成名，医生面对的是人，是一个个活生生的生命。

在家乡中医院大门口，就有隋唐孙思邈的名言名句：人命至重，有贵千金，一方济之，德逾于此。他说再多我背不了，要看书了，孙思邈的书是这样写的：“凡大医治病，必当安神定志，无欲无求，先发大慈恻隐之心，誓愿普救含灵之苦。”

他最记得这几句：若有疾厄来求救者，不得问其贵贱贫富，长幼妍媸，怨亲善友，华夷智愚，普同一等，皆如至亲之想；亦不得瞻前顾后，自虑吉凶，护惜生命。见彼苦恼，若己有之，深心凄怆，勿避险巇、昼夜、寒暑、饥渴、疲劳，一心赴救，无作功夫形迹之心，如此可为苍生大医，反此则是含灵巨贼。

这段话展示了中国古代医学大师高尚的医德情操。

他虽然离开了奉新，离开了中医院，而中医院门口展示的中国古代医德之警语他没忘，这是他要做的，也是他的制胜法宝，是他能成功的根基。这是情，是理。

（17）

每逢佳节倍思亲，在外打工的人是无论如何要回一趟家的，尽管路远人多车挤，花费高。这是传统习惯，是剪不断的思念。他给父母买了两瓶“洋酒”，给妻子买了几瓶化妆品，给女儿的礼物当然多一点，夏天的裙子，冬天的大衣，一年四季都想到了。几个兄弟空手相见。他给兄弟的礼物放在心里。他心中有一张理想图，对谁也没说，也没法说，说出来了人家笑谈是吹牛。这张理想图需要兄弟们抱团努力。自己先踏实地干，用业绩说话。这次，他动员兄弟跟他一起来深圳，至少要来一个。大哥稳重，目前思想不会随意改变，小弟在校读书，五弟四弟，自己感到自己的事业进入理想境地，最理想是叫昌义。带个头，他有条件，曾经跟自己学过几年口腔医学，目前在镇卫生院当会计，换一个环境，换一个活法，先跟班做技工，打下手，日后再提升。如果能干得好，再带几个兄弟出来，不仅仅是多挣几个钱，是改变自己的人生之路，甚至能改变一代人……

这个梦是大了一点，不是自己说走就走，是家，别人的家，妻儿子女，要大家说了算。

聚得欢喜、惊讶是意料之中的，今年没有去潦河，还是他请客，还是去年的那家酒店，主角还是他，话题改了，去年是去不去？今年是继续去，谁去？

看来，再去的问题上，家庭会议上没有更多的反对意见了。他的礼品，他的收入，他对未来的解说，让人心动。

过完了初五，他和昌义准备第二天启程。

这夜，昌义带来了三个朋友：二哥，明天，他们和我们一起走。

欢迎，欢迎，准备到深圳干什么？

心中没底，想托你找工作。

托我？！

是的。

我也是自己盲流出来的，你们要把希望寄托在我身上，那就只得盲流一辈子了。你是什么专业，热爱什么专业，熟悉什么专业，你就去找什么工作。我的体会是，深圳这个地方不需开后门，凭本事吃饭，你有真本领就大胆地毛遂自荐，大胆地自报山门，一定有人用你。如果要选择自己最理想的工作，那应该是先达到第一个目的，等挣了钱后可以再发展，可以再选择。来深圳开始肯定不是幸福的，不是张开嘴等天上掉下馅饼的，一切都从零开始，从苦开始。昌义的工作我已经联系好了，你们把联系方式给我，我可以为你们代劳。你们怎么去找，我也可以教你们。一句话，吃得苦中苦，才能成大事。有的工人买了大电饭煲，合伙做饭做菜，白手起家，能省一点是一点。每天九点准备上班，我有CALL机，你们有事CALL我。

昌义向三个朋友介绍二哥在深圳的苦日子。

二哥一分钱都舍不得花，饮水自己烧，吃的是馒头加方便面，就是从家乡带来的每盒3角5分钱的那种。

听了他这话，几个朋友十分不信，问：你二哥不是每月挣几千元吗？还吃方便面？

他们无论如何不会相信昌义的二哥在深圳会这样苦，如果真苦，他二哥春节后还会又回深圳么？

昌义说：我二哥说了，在深圳他可以做好你们的“导游”，为你们服务。至少，不像他初到深圳，下了火车不知往哪儿去。那真是盲流。

四楼的铁皮屋已住满了人。想到春节后，昌义要来深圳，他帮昌义先找了个地方落脚，在市郊区联系了一间农家屋，二楼，8平方米，没有窗户，比他住的铁皮屋还要简陋，简陋得打地铺，房子里只有四把方凳，供放餐具用的。

到了深圳，他把昌义及其朋友们引到这间房，真是一瓢冷水浇在他们四个人身上：这是人住的吗？

二哥，你住在哪里？昌义问。

比你好不了多少，要不，换换，我来住。

不，不，还是我们住吧！

昌义说：我二哥从不打谎。我会与二哥同甘共苦。

他相信二哥，尽管很多事他想不明白，他不懂。二哥为什么能这样吃苦耐劳，这样克勤克俭。

第二天早上，大概是七点钟，二哥就带上他们四个人到了国贸大厦。

你们数一数，53层，160米高。

昌义仰望时感到帽子都要掉下来：二哥，还真没白来，这么高的楼房，真没有看过，哪天，你带我们到里面去看看。

好哇！深圳这么多人，这么多高楼，也不是一夜冒出来的，万丈高楼平地起，都是干出来的。

唉，要是能在里面睡一个晚上，那算是没白到人世间走一遭。

昌义，你这个要求也太低了吧！我们累死累活就是为了到那高级旅社睡一晚？

一点小小的想法，只是一点小小的想法。

昌义，我们努力，一定要在深圳站住脚，成为深圳人。

二哥，我真的希望你能在深圳买房子咧。

靠我一个人不行，还要靠大家，努力！一定会实现。

一切在三位老乡意料之外，吃住没想到的艰苦。每个人来深圳有每个人的目的，挣钱自然是第一目的。是吃苦挣钱，还是地上捡钱，心态不一样，挣钱后是去享福还是用钱做点事，再发展，目的不一样。

半个月后，一位回家了，一个月后又搬走了一位。坚持下来的只有昌义和另一个老乡。

昌义回忆说：当时与二哥说，先买一个床吧！长期这样睡，会得关节炎的。

这里是地板哪，没有潮气，垫一床棉絮，勤晒一晒，就可以了。二哥不同意。昌义在这个环境里睡了两年有余，直到两兄弟都到了深圳，集体租房，才住进小区。睡的也只是学生的上下铺。

昌义看到二哥一个人管一个诊所，年薪1.5万（那是1993年的钱呀），后来还要换一家环境更艰苦的诊所，拼死拼活地干，收入高出了两倍，人瘦了两圈。足够回家盖房、女儿读书的费用了，再干几年，可以回家享清福了。

二哥的苦让他心痛。从来没有进过馆子店，有次说闻闻鱼香，嘴馋，最多在路边店里吃一碗米粉，加一盘炒田螺，喝一瓶青岛啤酒。平时，一日三餐，不是盒饭就是馒头、榨菜、腌萝卜。

第二年夏天，小弟昌保大学毕业，分配在奉新县上富镇政府工作。报到上任后，不到一个月，就申请停薪留职，来到深圳和二哥、三哥一起打拼，一样睡地铺，一样吃盒饭。他也提出了买床，一样遭到拒绝。刚毕业的大学生，喜欢这样一句话：一个会工作的人也是一个会享受的人。二哥会钓鱼，来深圳从没有摸过鱼竿，会唱歌的人，也从不进卡拉OK，像苦行僧一样过着清贫的日子。昌保不适应，也看不惯。

回想第一次来深圳，自己表示一定要融入深圳，做一个深圳人。是羡慕深圳的生活，难道羡慕这样清贫的生活么？

昌保想，如果留在奉新，从基层做起，会改变自己的人生么？不过，他还是听二哥的，他小心翼翼地与二哥一起工作。这儿竞争激烈，朝九晚九辛苦地工作，睡地铺，吃盒饭。

二哥吃苦，带头吃苦，感动了他俩，他们清楚，创业是艰苦的，捞足第一桶金，积累足够的钱，才能租下一片能自己管理的诊所，自己创业，才能创办属于自己的门诊部。

创业就是这样累，累，累；苦，苦，苦；钱，钱，钱。何时才是尽头呢？想不通的时候，兄弟之间也有抱怨与争论。

二哥总是畅谈未来，用未来给他们信心和力量，给他们向往和追求。未来有多远？理想在哪里？

在乡镇工作时的工资是每月200元，深圳的工资是1000余元，相差5倍多。何况将来有自己的门店，发完牢骚，吐完槽，累与苦减去了一半。想到收入的积累，心情还是愉快的。昌义还留恋故乡情谊，想到家乡的青山绿水，他们希望眼下工作轻松点，手头活一点，精神压力小一点。昌保希望边工作边享受，苦涩的咖啡有甘甜才是生活，咖啡里加点糖才有滋味。他们没错。

二哥知道靠省吃俭用成不了富翁。然而，二哥又太能吃苦了。

赚钱的目的是什么？人生的路朝向何方？对二哥的思维与行为很不理解，就会问他，与他说理。

后来明白，站的高度不同，看到的是不一样的远方。

做一个人要有高度，也要有生活的温度，要求实际地行动，也要有具体实施方案。

空对空永远是不行的。二哥没有与他们争执，更多是讲例子，讲身边人成功的故事。

同事、病人对二哥十分尊重，大家都说二哥温文尔雅，有儒雅之风。不悲情，不作势，不刻意表现，谈吐有度，进退自如，在军，为儒将，在商，称儒商，在艺，是儒伶，在医叫什么？儒医？子曰：克己复礼，为仁。

克己就是能克制自己，战胜自己，不可以任性，为所欲为，即理，要讲合理，也讲道理的。那时，他们对克己的理解只在约束自己的境界上。

一间铁屋，一个人，一张牙椅，每天埋头苦干。是仁吗？那时，他们难以想象二哥会做一个老板，拔一个牙收费30到50元，去掉成本盈利是多少？“补”一颗牙是50元，修复一颗牙是100元。材料费，消毒，洗涤，损耗费，到年底与老板分成，累弯了腰，累白了发，所获盈利也不如买对一次股票。

二哥有自己的目标，坚信自己能够成功。有多少人相信他能成功呢？

他心中一直有一个属于自己管理经营诊所的梦，他想用自己的技术和理念为患者行医。

人来到世间有两种境界，一是生存活命，他已做到了，在深圳生活下去没有问题。二是做自己想做的事，在追求自己理想的过程中，享受自己的成果，完善自己的人格，如鲁迅所言：我们当务之急是，一要生存，二要温饱，三要发展。

路在远方，需要选择。

路在脚下，需要行走。

前途很远，也很暗。然而不要怕，不怕的人面前才有路。

尽管不信二哥能当老板，昌义、昌保愿意跟着二哥朝远方的路走去。

（18）

看病贵，看病难的呼声，应该始于20世纪80年代末。随着呼声迭起，民营医院慢慢地出现在街头巷尾。

1949年以前，中国已有民营医院与私人诊所，还有教会医院。一些地区的老板富翁也会投资医疗卫生事业，办起了医院。

自20世纪50年代初通过公私合营，兼并改造等形式，中国民

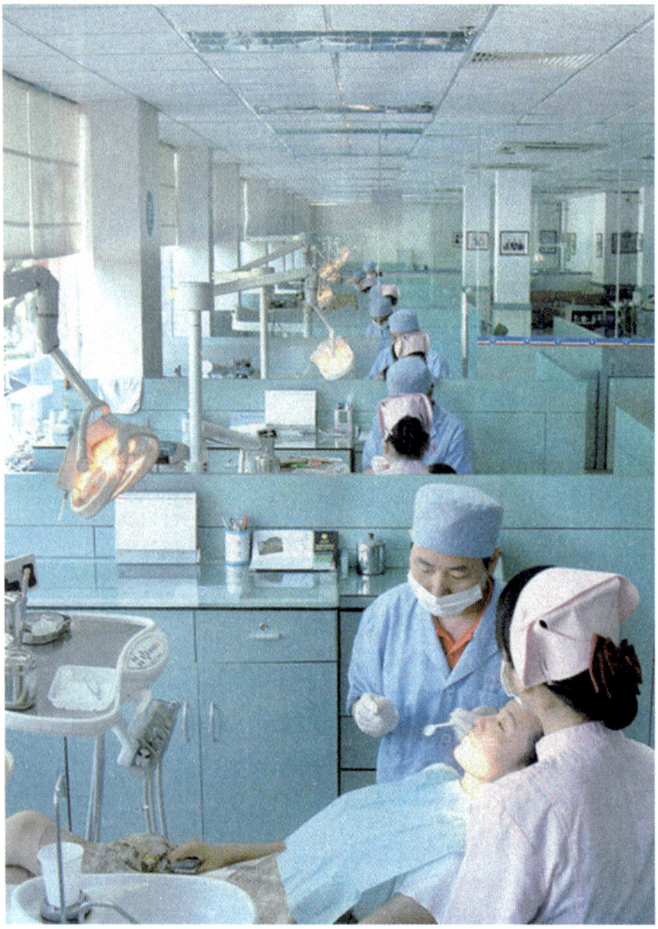

黎昌仁先生在深圳的牙科诊所很受牙病患者的欢迎

营医院没有了，教会医院兼并了，都是国营管属的医疗机构。公立医院对国家干部和事业企业一律实行了公费医疗，农村有合作医疗，各乡各村都建立了卫生所，医院国有化了，盈利医院消失了。

20世纪80年代国门打开后，人口开始了流动，虽然有户口，要粮票，可以揣着一张临时户口或介绍信，带上粮票出门在外打工。小生意不能做，那时叫“投机倒把”。随着改革的深入，乡镇卫生院逐渐被个体承包，农村外流人口的增多，合作医疗难以管理。比如，收费农民长年在外打工，几乎无法交纳费用，合作医疗名存实亡。城市社区医院，也出现了外租或外包，城里人口急剧增多，加上人口流动，自由度增大，患者都希望得到专家的治疗，都来到大城市大医院就诊，一时间大医院人满为患，而乡镇、社区医院门庭冷落。

城市公立医院完全不能满足患者需要。首先从医院内部改革，以调动医护人员的积极性。20世纪80年代中期，江西医学院一附院口腔科要求“补牙”的病人要半夜3点钟排队，每位医生只限6个号。当时，口腔科“补牙”的医生只有3位，只能挂18个号。当时政策是，补牙进公费医疗，镶牙一分钱都不能报销，拔牙又害怕。知识分子对牙健康的知识了解较多，南昌市“补牙”号几乎都被大中学校老师垄断了，要求拔牙的患者几乎都是农村的农民和基层百姓、工人，镶牙的都是离休老同志，职业职务分类很清楚。医院为了解决“补牙”难的问题，实行了总收减总支，有余提存的分配制度，先是超出的提存10%，后提高为15%，直到20%。要求医生不要限号，随到随看，可以预约。果然，病人排队挂号没有了，虽然有排队，时间不长。医生很累，口腔科“补牙”的医生收入明显增多了。这期间，国家政策放宽，允许开办民营的口腔诊所，在内地一个城市的诊所屈指可数。南昌最早下海的口腔科医生都是“厂医务所”的口腔医生，在“下岗”的日子里辞职开业，公立医院医生一般都不会辞职。

当沿海民营经济已成气候时，也就是20世纪90年代初，吸引了大量的湖南、湖北、江西的医生南下。而这时的沿海城市，包括广州、深圳的投资者也看中了医疗市场的商机，纷纷投资办医院。东莞的几家综合医院，各二级市的各类民营诊所纷纷挂牌，以口腔、皮肤、妇科、眼科、性病为多。深圳因外来人口多，其综合门诊部特别强势。那时，在沿海城市能办到一个诊所或门诊部的营业证，或自己经营，或出租给医生是极快极稳的生财之道。

当民营诊所、门诊部、医院纷纷出现在市区时，大医院看病难的现象的确是有所缓解。民营医院在相互竞争中生存发展，也有被淘汰转手出租给他人的可能。

只有搞清楚了这个大背景，今天的读者才知道，传主为什么敢于南下创业。他理顺了自己的思路，知道自己应该走或说选择怎样的一条路。

最初的选择与最后的选择不会是重叠的，是在不断调整中进行完善。

他如果只看到眼前挣的钱，他就不会看到第二、第三步该走的棋。有时退一步、两步，是为了跳得更远。他懂这个理。

每当他在合同上落笔写下自己的名字时，他就想到了，这份合同可以持续多久。深圳变化日新月异，深圳的速度，一日千里。这城中城，这铁皮屋不会长久。哪一天，这铁皮屋一拆，他到何处去？又开始盲流吗？又到火车站去找“爱拼的”福建老板吗？他来这儿的目的很明确，积累经营经验，积累人脉，看一个病人交一个朋友，是他的原则，也是方法。香港的两位女病人，送红包的大款都是他的朋友了。难的是经营管理经验。将来自己办诊所，需要哪些经验；他心中已开始有数了。人、财、物的管理，比如，将来自己开店需要多少员工？每一个员工干什么？怎么干才能算好？他干过了，知道了，心中有数了。每一个角色的目的，工作方法，操作顺序，他明白了，这叫制度和流程。

一个人可以克服，两个人可以互助，四个，五个，一个门诊，一个门诊部，就需要管理。管理，管理，管在理上，这三年的工作就是认识这个理，找到这个理，有了员工，就要和员工一起遵循这个理。

很简单的事都有很简单的道理。比如，每晚他要把医疗垃圾收集在一起，倒在指定地点，由卫生部门派人统一拉走。过早，居民还在活动，污染环境；过晚，拖拉圾车已走，快天亮了，走在路上也是污染，要严格遵循时间，地点，规格。这些操作无须人指导与监督，全靠自觉，自律。

在这夜深人静的时候，在这独自一人的时候，消毒，处理医疗垃圾，他要自律，要自觉。

一个创业者，不仅仅是胆识，是“异想天开”，还要有脚踏实地的精神，更要有对社会负责的担当与良知。三年的铁皮屋的独立工作，三年铁皮屋的互助生活，使他心中埋下的那粒自主创业的种子在含苞，更多的是伸出了自律、自尊、自我奋进的绿叶。

铁皮屋门诊据说要拆了。

铁皮屋门诊部的医务人员都已开始谈论自己的未来，很具体的人，很具体的事。拆迁后，何处去？内科医生决定回原籍，妇科，皮肤科，性病医生决定留在深圳。有的已联系到了医院或门诊部，甚至签了合同，这边一拆，那边就开始上班。而他，还处在选择的境地。

潮州老板已看中了他，也问过他，准备去哪里。像他这样能吃苦耐劳、能忍辱负重、能热情服务病人的医生，谁当老板谁都喜欢。

然而，谁都没有看透他的心，他会这样一辈子安心打工吗？在当时，在深圳潮州专做医疗市场的这帮老板们，已知道他的名字，已领教他的为人与能力了。

来深圳的三年积累，他完全有能力自己开一家小店了。与潮州人合作，在经济上水涨船高，尽管他有能力把蛋糕做大做好，而最后他自己分得的部分毕竟太少，付出毕竟太多，不管是为潮州人，还是为福建人打工，他想改变这种不合理，想有一天能独立自主。然而，在深圳办证是一个难点，他还得采用租他人的店面这种模式继续工作下去。

他心中有块地方：罗湖商业城。那里有可以容纳四张椅位的空间，对面就是罗湖口岸，每天都有香港客人。然而，商业城里几乎没有空间，都已出租，有皮肤科，性病科，有眼科，妇产科，还有中医肿瘤门诊。他去商业城转了几次，人流，来来去去的人流。

然而，上天总会钟情有心人。就有那么一天，就有了这样一个机遇，他在合同上签上了自己的名字。地点：罗湖商业城。

当潮州老板再次敲定要找他做合伙人时，他已现身在自己承包的罗湖商业城诊所里。让人难以置信，这是在深圳租金要价最高的诊所，他竟敢拿下？

在罗湖区，在火车站附近，熟悉的环境，他可以利用他已有的人脉，他积累三年的经验，包括半生不熟的粤语。

罗湖商业中心，二楼。人流不断，虽然人流“凶猛”，购物者决不会带牙痛来购物，实际的热闹，是自己虚拟的病源，购物者只是投来好奇的眼光：看看，问问。

真正坐下来，看病，治牙的一个都没有。因为是商城中心，地价昂贵，房租奇贵。与前两家不同的是，很多人承受不了这昂贵的成本，看看就走了，或在试用期尚未到，就一走了之。这城中诊所还未形成品牌效应，都对这家诊所持观望心态。他租下后，朋友都相信，他能改变这个状态。他是干事的人，他也相信自己能积累效应。他不急于求成，在西方，一天建不起罗马；在中国，一天也吃不成大胖子。病人是靠积累，积累来自病人对医生的了解与信任。了解信任又来自医生的服务态度与医疗质量。经历了深圳三年风雨洗礼的他，口袋里收获的已不只是钱，那时节，口袋里的钱增加了他的胆量，经验提高了他的眼力，有了胆识和胸怀，他已不是只有几百元的那个奉新帅哥了。他也不是因一月收入持平激动得请客的探水者了。口袋里的钱经得起敲打支付，经得起担当和负重。他不嫌诊所大，只嫌诊所小，他不嫌担当多，只嫌担当少。

有人以为他已拥有一家诊所，就会拒绝合作或承包。他有了自己心仪的诊所，并不拒绝潮州老板伸出的友谊之手。经历三年风雨，双方都已了解，潮州老板欣赏他的管理方式与技术。欣赏他的人品。当然，那时候他并没有感受自己的管理有什么独特之处。他只是扩大病源，善待初诊；在复诊中，与客户进行有效沟通，交往，保持正常联系。这一点一滴未经总结的实践，就是民营管理的核心理念，包含了成本核算与市场营销。潮州老板们觉得这个帅哥有底气，每次洽谈合作条件时很少讨价还价，心态十分稳定，他总会在短路、无路中找出出路、生路，走上自己的路。

他本人并不知道，这就是潮州人称赞他营销好有套路。潮州老板希望与他扩大业务，潮州人不急，准备一步步与他交往。

这是来到深圳后的第三个春节，从故乡回到深圳后，罗湖商业城二楼的诊所开业了，有4张椅位，这是进入深圳后的第一家4张椅位，也是人生路上第一家4张椅位。他内心激动，情绪冷静。他打开门，走进去，望了一眼，又走出来看看走廊，看看这儿的通道和人流。谁也没有注意谁，他又一次走出去，拉动了电源，一台又一台试试牙椅的性能，昌义与他一起参加管理，再招一个医生与一个护士。只有开张，只有看到医生在诊所里行动，才能吸引、引导病人，一切其他的广告都不如直接开始行动，他带着昌义、昌保在商场走了一圈，发现没有标识，包括路标，从大门开始到二楼，没有人知道这儿有牙科。

仅贴几张指路标有用吗？他发现了一个大问题，偌大一个商场，顾客走累了，竟难找到一个歇脚的坐处，他找到管理部门，诊所愿意掏钱增加椅位，唯一要求是写几个字，二楼牙科，牙病请约。兄弟俩不得不敬佩二哥的独到之处，硬就是在商场里找到一个显示自己的可以合理置放的牌子的地方。在诊所门口写上“请进，牙科为你服务”。还在窗口外也挂上广告，就是让来商业城的人都知道，这儿有牙科，能为你治牙病。

他又到周边走了一圈，看看社区居民住房有多远，有多少，知道这些居民的背景，针对这些情况设计了宣传单，考虑通过什么渠道把这些宣传品送到客人手中，让他们知道，了解，并认识相信这儿的诊所。

说简也简，说繁也繁。这是他到深圳后的第三家工作的诊所，也是深圳成本最高的一家诊所。那时，他还不太理解“转移成本”这一说。有人背后说，他羊毛出在羊身上，再高的成本，他还是会从病人上身上“压榨”。他能吃亏么？这话当然会传进耳朵里。他没有解释。更不会回答。病人是傻子吗？病人会甘愿把自己口袋里的钱转到医生口袋里去吗？可以骗一次，不能骗几十次几百次，可以骗一个不能骗一家，他有自己的理念，成本的损失将通过病人的增量得以补偿。不管工作在哪家，他牢记质量与态度，这是他的从医之本。此外，他还不忘民营的一个要点，正因为对“民营”的失信人多，那更要取之于民，怎样让别人相信呢？那就是无时无处地营销自己，推出自己，推出自己的品牌，用医疗质量与态度证明自己，也许这是潮州老板们看中的他身上的亮点吧。这一个个亮点给了潮州人信任与期待，当然，最主要的是给了病人信任，以信誉获数量，这就是法宝。

（19）

这位“老南漂”讲述了这样一件往事，这件事让他俩相识相交，这件事让第二家店顺利开张，并成了被香港客人称为呵护自己口腔健康的驿站！这驿站就是他的第一家有4台椅位的诊所，深圳最高价的诊所店面。

讲述者叫李振龙。

我在企业宣传这个行当里摸爬滚打已好多年了。我与董事长的初识，可以追溯到20年前发生的一次“招租”事件上。

1996年春，我奉职于深圳郑文友中医肿瘤医院，这是我从遥远大西北来深圳的第一份工作，在院宣传部任副部长，主编院报和负责院内外的宣传工作。这天，医院的昌副院长把我叫到他的办公室，说：有个事需要你做，我院在深圳火车站旁的罗湖商业城“香港通道”口处开办的“肿瘤门诊部”……

我插话：是不是深圳边检站那个地方？昌副院长点了下头继续说：周惠珠医生、护士李秋菊在那里坐诊三个多月了，患者甚少。地理位置这么好的地方，国际友人、港人如流，每天10余万人路过此处，居然无人问津，不可思议啊！院长的意思是把它租出去，不造成浪费啊！让你来写一部分招租广告，写好后你亲自骑自行车在火车站附近的罗湖区街道张贴。

第二天，我骑着自行车沿着深圳火车站附近的春风路、建设路、深南东路等地走，我来深圳不久，对这片热土地移民城市很好奇。一边看着如潮的人流和彩色楼林群厦，一边张贴广告。窃喜，那毛笔写的“招租”广告，就等于在满街展览我的书法杰作啊，这种从未有过的自豪感、荣誉感从心灵深处油然而生。那时的深圳城管还不是很严，加之我这个“游击队员”灵活机动，有空就钻，空间大的就贴毛笔写的大张广告，空间小就贴打印的A4纸小广告。连续一个星期的奔忙，让我过了一把制造城市“牛皮癣大王”的瘾，值得庆幸，还没有被城管抓住罚款。三个星期过去了，“招租”广告贴出去了300多张了，只有几个人打来电话问了下价格，连个联系方式都吓得不敢留，原因是租费的确有点昂贵，好多租户退避三舍。“招租”广告贴出去的第七个星期，一天，郑文友老院长叫我到医院办公室，大声批评我：现在房子还没有租出去，你的广告怎么张贴的，如果再有一个星期租不出去，我炒你的鱿鱼。

我擦着额头上的汗，急匆匆从院办里跑了出来。连续五天，骑着自行车，照常拎着糨糊桶和刷子，夹着一沓厚厚的“招租”广告，心里窝着气，暗自骂老板不近人情，是疯子，其实老板没疯，我却像疯了似的拼命张贴广告。第六天，我偷偷打听到，电话问价的不少，但还是没人来租房子，我彻底绝望了，准备走人啦！也不知多少天过去了，这段时间里，我心里七上八下，忐忑不安，等待被除名，走人。又是新的一天，郑文友院长亲自到宣传部找我。我等他下逐客令，只见院长笑呵呵地说：小李，“香港通道”的房子已租出去了，前段时间你辛苦了！我喜出望外，激动地问：院长，是哪位英豪，何方神圣来租房的。

老院长说：听办公室说，是一位牙医，姓黎。这个黎医生很有魄力。不用想，他一定有独特的经营思路，不然不会接受这个价。说心里话，我很感激这位黎医生，不是他及时来租“香港通道”的房子，我的工作肯定是没戏了。我暗暗感谢他，他是我人生中绝处逢生的恩人。没想到，几年后，峰回路转，我成了该集团珠海事业部一名专职宣传工作者。这真是千里之缘一线牵。

无疑，这条“香港通道”为他在深圳创业起了十分重要的作用。

一位叫甄华的香港记者写了她治牙病的回忆与当年的采访文字，整理如下：

在改革开放第一轮春风吹绿了祖国大江南北的时候，仍在英国殖民统治下的香港人，他们似乎嗅到了一种让人希冀、期待、回归的味道。港人奔走相告，开放了，一证在手，来往自如，港人来深圳就像在自己的后花园里溜达一圈儿那样便捷。深圳已充满着诱人的时代发展活力，罗湖城为香港人已留下了难以抹去的地标性记忆。通过深圳罗湖区的“香港通道”每天人流如潮，在与“香港通道”几步之遥的罗湖商业城首层最前端的就是一所牙科诊所，是关口最惹眼的地方，这所牙科诊所仿佛在默默招揽着每一位过边检站的港客。多少年来港人从未曾见过的大陆民营口腔特色店，而这家一定有着它耀眼的优势和魅力。

甄华是香港大公报的一名女记者，总编要她近期撰写一篇让所有港人眼前一亮的新闻稿，香港是个多元化国际都市，她还真发愁哪些关注点能牵动全体香港人的神经呢？凭她对新闻的敏感度，当然大陆改革开放是最热点的新闻内容，深圳是祖国改革开放的最前沿阵地，聚焦深圳什么呢，这让她又陷入了漫无边际的沉思中。

这时，让她揪心的事发生了！甄华的一颗牙像催命一样疼得她一阵阵心神难安，拔牙，刻不容缓。但她又怕拔牙，怕疼！她一再推迟与香港当地牙医的预约期。后来她听闺蜜说，在深圳罗湖城新开张的牙科诊所拔牙不痛，一点都不痛，价格还不到香港的一半。因为闺蜜的老爸已经捷足先登了，闺蜜把个秘密又悄悄地告诉了她。甄华的居所在罗湖海关不远的香港新界保泰街，于是，甄华决定去罗湖城拜访这所牙科诊所。甄华作为香港记者，虽已往返多次深圳采访，在经过罗湖海关附近时未发现什么牙科。而罗湖城那么大，牙科在哪里啊？当甄华向闺蜜问起牙科在罗湖城的具体方位时，闺蜜开始卖关子了，大笑着说：甄大小姐，您还是省点劲儿找吧！您一过罗湖海关，人不告诉您，神会告诉您，神再不告诉您，您的眼睛会告诉您的，您闭眼往前走，鬼会告诉你！还新闻记者呢……说完，大笑而关机。甄华也笑了，一过“香港通道”边检口，第一眼就看见对面罗湖城的牙科，她望着这个赫然横在边检口第一个最醒目迎接着每一位香港人的店铺，笑了。

甄华走进牙科，诊室不算大，却很洁净、温馨，一位温文尔雅、面带微笑、说话和气、满脸帅气的医生来为甄华行拔牙术。甄华已知道了这个非常朴素的牙医的基本情况，什么叫手到病除，甄华的那颗发难她的牙在不经意间被拔除了。回到香港新界，华灯初上，甄华连夜赶写的“进入港人第一眼的国内‘牙科’”新闻稿一气呵成，第二天，便在香港《大公报》上发表，引起香港口腔医学界的高度关注，更让香港的市民们看到祖国内地改革开放窗口城市的希望，听到了香港回归快节奏的脚步声已在眼前。甄华在拔牙伤口痊愈后，又回到诊所镶牙。当时，国内口腔界还没有种植牙尖端技术的临床应用，当甄华镶牙成功后，口腔功能完全恢复了最佳状态，这让她不能不感谢她的闺蜜给她分享了好消息。其实，最让她钦佩和感谢的还是这位医生精湛的医术和热情、无微不至的服务。而在这位女记者的笔下，这家牙科诊所的一切，很快就成为香港人心目中的口腔健康驿站了。

（20）

记忆里最美的深圳自然是春天，是1996年的春天，他来深圳后，梦寐以求，日夜所思的诊所，在罗湖区商业城开业了。

记忆里最难以忘怀的春天，还是1996年的春天，似乎整个春天，腰间的BP机，一直在响，春节后，多个老板找他洽谈合作开设诊所，他当然愿意合作，他并不满足罗湖商业城这一家。他不信“只生一个好”，兄弟六个该多好。他希望自己能做大，做强。多大？多强？他心中还没有底，他只感觉到有一种未满足的心理在催促他。面对这一个个要求合作的老板，他没有像前两次那样急于签字。他有了思考的时间与成本。他需要选择。

一是对合作者，即老板的选择，包括老板提出的合作条件，主要是指利润分成，诊所的地理位置，医疗设备的实用性；二是对数量选择。自己独立经营已有了一家，准备再签两家。是做一段再签，还是一次性全部接受。他要对自己的实力进行一次评估。资本，够吗？当然，老板会垫付，而垫付不是那么简单，是有时间性的，有利息的，自己能垫付多久，要不要准备流动资金，除了固定资本共摊外，还有职工工资，运营成本，材料加工费用，必要的添置设备，怎样用最低的成本获得最高或最好的利润，是经营者要考虑的。过去一人可以“省吃俭用”，节约，现在，那么多台椅位，也要这样做，恐怕有一定的困难。管理，如何进行有效的管理。

目的，精力，智力，够用吗？心理承受能够担当得起吗？

洽谈进入到让人激动，又让人一切觉得是“天意”的阶段。

老板希望他与其合作。他本想一步步来，步步为营，进入步步赢的境地，而这一次性那就要动员全家了，到1996年底已达6家诊所。

6家店，6个兄弟，六和，六六顺。

总椅位已达40张，莫非自己想要的，想做的就这样一下子从天下掉下来了！

深圳的春天，天是这样蓝；深圳的春天，地是这样绿，在他心中的那群小鸟与铁皮屋顶上的白鸽一样已在鹏城上空放飞了。

他很清楚，这几家店的优势，服务客户几乎都是“港客同胞”，日近10几万人的流动人口，香港同胞又有爱牙的意识，好的态度，好的质量，不可能接不到顾客，他充满了信心。

罗湖商城交给昌义，一家近10台椅位的诊所交给昌保，火车站对面罗湖口岸的交给黎强，昌德，昌忠都进入了管理者的角色。

全家人对他自然是刮目相看，到深圳整整三年，经济上打了翻身仗，不用细谈，职业上全家都进了口腔医学界，按深圳这7家店收入计算，未来的日子很快超过小康。未来已来，心可安定。

多少故乡人投下了羡慕的眼光，从打工仔到当老板，故乡的年轻人希望能在他这里打工，或想像他一样在深圳闯荡几年后干成他这个样子。

忙，很忙。六兄弟真的很难相聚聊天。

昌保曾向二哥提议，你当初在铁皮屋一个人承包，一个月持平，都高兴得请老乡们吃饭喝酒。如今，在深圳，事业有成，名声在外，你该出个面请为我们六兄弟帮过忙出过力的朋友老乡们痛饮一顿才合理。

昌保这话合理。

他听进去了，却没做。

真的是事业有成了吗？

有几件事让他很纳闷。这6家店，有一家由他独立经营。但，是租赁老板的，诊所名是老板的，办执照时启用的无法更改；另六家诊所，是多点多诊所的名字，不仅无法更名，而且他与这掌握执照的老板说是合作，实际还是主仆关系。这不叫创业，这只能叫“挣钱”。与有人在股市里靠技巧，靠机遇，靠信息，炒股赚钱没有两样。他带领兄弟，用自己的技术，汗水为病人服务挣钱。如果只看、只计算数字的投入，而不去看这里面花费的精力、智慧、心血的成本，这种错误的计算方法，将导致错误的评估，错误的结论。

这种现状，并非是他的初心，并非他走出家乡的本意。他是想创业，想有一片自己的蓝天白云，自己的立足立身之地。挣钱不是他最终的目的，不是人生拼搏的快感。创业，用钱与心智创造一份属于自己的产业才是他的初心。

此时，他可以在深圳购房，可以把父母、女儿接到深圳居住读书，就这样一直工作到老。

此时，他可购小车。上下班舒畅、方便。

一切的一切消费，他像刚来深圳那样，拒绝于千里之外。

他还在想什么？

在深圳有一份工作是多少人仰慕的事啊。

现在，他们兄弟6人都到深圳了，只要干好来，就是立下足了，有钱，有房子，再寻找机遇，自己申请办诊所，初心的梦不是已经圆了吗？

有一天，昌保找到他说，二哥，你发一句话，我去办。你看看，哪天晚上，我们收早工，全部聚聚，有些事你也要告诉大家，让大家心中有个底，下步棋怎么走，我们兄弟听你的，你说怎么办，就怎么办！

他笑了，说：一切不是都在向好的方向行走吗！我看你们主要还是熟悉业务，提高技术，苦干巧干。如果业务不熟的，就休假到医学院读书，花几年的时间，平心静气，读完口腔医学系。

还是那句话，我们兄弟齐心努力，做强做大，每个人都应该有一门绝活儿。说心里话，我真想把我们诊所的医疗质量做出一流水平，做到病人满意。钱当然要赚，保护百姓口腔健康，为他们造福更是主要的事情。当下，就这么干吧！

稍顿，他话锋一转，说：昌保，走，你去找一家农家乐，明天我们去钓鱼！

钓鱼？

对，钓鱼！

这是到深圳三年来第一次听到的话。

是，海钓还是塘钓啊？昌保问。

三年前送二哥时，他准备的那副钓鱼竿还从没用过，那是经得起风浪与大鱼咬钩的钓竿啊！

左起：黎昌忠、黎昌仁、黎昌义、黎昌德、黎强、黎昌保

第四章　面向大海

（21）

这大鱼还得到海里去钓。他心里有个海，这海，叫珠海。

引发他选择这个目标的最后一张路标是来自珠海的一张招聘广告，一家门诊部要招一名全科牙医。这个门诊部的负责人叫李嘉济，湛江人，他开设了珠海嘉济医院。这次招聘要求、模式与三年前深圳铁皮屋门诊部相差无几。这类广告，在深圳几乎天天都有，没有一家能打动他的心。周边的城市也有，比如汕头、东莞，他唯独选择了珠海市万山区医院的香洲门诊部。该院坐落在珠海香洲区汽车站对面，紫荆路上。医院设立的科室，与铁皮屋门诊部相差无几，有内科，妇儿科，牙科，美容，皮肤，按摩等科室。牙科有4台椅位。思考再三，自己给自己拍了板，去珠海签约，时间选择在珠海最好的季节：早春三月。

多少年后，回忆起珠海之行的最大收获不是顺利地成功地签订了合同，而是意外获得了由他自己整理的打包“软件”，有利于人生攀登事业高峰的“软件”。在奋进路上蓦然回首时，发现或意识到正是这一捆“软件”，让珠海成了他攀上高峰的一个拐点。这捆“软件”的挖掘与清理来自他对珠海朋友聊天的自省，反思。

从生到死是人生，从读书就业的起点到终点是“人生事业”，谓之理想。他的家乡是人生与工作的起点，而深圳则是他事业的起点。那夜，他突然想起一句很鸡汤的话：理想很远，珠海很近。

一切缘于与珠海朋友的相识相知交往交谈，真正心灵上交往就始于那次早春三月的珠海行。

三月珠海，春风别样温馨温柔。轻风拂过，绿了树，红了花。高傲的大王椰，矮壮的粗实棕榈，很有序地排在一起，一路木棉花开，榕树染绿。一切都呈现出生机勃勃，春意盎然。深圳的一切从车窗向后移动远去，珠海的一切扑面而来。似曾相识。他曾在珠海停留过几小时，留在记忆里的只是最彰显热带景致的植物木棉花、紫荆花、榕树、棕榈，珠海的市花似乎与家乡的杜鹃花相差无异，叫勒杜鹃，姹紫嫣红，一路惊艳。桂花路，粤海路，五彩缤纷；迎宾路，桃园路，情侣路，绿荫长廊。有繁华，有静谧，有意境，有韵律。真是适宜居住。出于职业者的想法迅速萌生：美丽的地方，住着美丽的人群，他们对口腔健康消费要求的指数会高吗？他们一定会追求颜值的增高。如果每个人都希望微笑自信，这儿倒适合建几家口腔医院。就那么一瞬间，浮起职业习惯的想法，就像耳边风过一样，一瞬间浮起，一瞬间消失。没想到这次真的来到珠海，真想在这儿发展。揣着一张招聘广告，就像三年前揣着一张报纸到深圳那样，只是不同的是背景，是心情。这次有朋友牵线，准备做一次细谈，有朋友接风，准备聊聊友情、商机……

说是朋友，不如说是乡友、乡亲更合适。有的是他在家乡的病友，有的是昌强和昌保的同学，有的久闻其名，未见其面，有的已有一面之交。在外地，这情谊这交往不一样了，大家分外珍惜，分外呵护，一起相处，无所不谈。珠海的这些家乡朋友，为他穿针引线，为他提供信息。这些年来珠海引进大量人才，外来人口不断增多。尽管也有医生来珠海工作或创业，南昌省级医院就来了三位，但是看牙的需求量还是很大。一位朋友还举了一个病例，一位校长夫人牙痛，去了10余次市级医院，未能解决疼痛。他们夫妇都准备假期去深圳或广东省口腔医院治牙。老乡们提供这些信息，动了他的心。珠海应该有良好的口腔医疗市场。珠海也是特区，一直在步深圳后尘，紧跟其后，一定会有更多的发展机会。

珠海，珠海，三面环海。1979年建市，建市之初有人称之为是只有一条马路，一盏路灯的地级市，人口只有12万。

1982年8月26日，珠海正式升格为经济特区。这天成了“珠海的生日”。最早来到珠海的江西人，看到珠海在变，新建筑拔地而起，1982年建成的海边珠海渔女雕塑，渔女成了珠海的象征。

1984年建成了珠海影剧院。

那时，珠海百货，国贸商场吉大中心区还是荒凉之地。

1985年建成了海滨泳场。

1990年建了板障山隧道。再后来建了前山立交桥。珠海的交通由点到线了。

乡亲乡友们的青春和珠海的木棉花紫荆花一样在大海边绽放出姹紫嫣红，和棕榈大王椰一样在香洲大地上映绿冬色。

乡友乡亲都比他年龄小，像昌保昌强一样称呼他为“二哥”或叫他黎医生。每个人经历与他一样，见证和享受了改革开放的成果，每一个脚印与时代前进的步伐密不可分，是改革开放给了他们机遇，每个人与他一样都感激这个时代。

王老师是窝在百货公司门口灯下每天背英语单词的小伙子，他以英语高分走进了大学；家庭环境最优越的是记者小魏，他父亲是小学教师，家里安装了一盏15W的电灯泡；熊律师在割禾的日子里，赤脚跑上田间小路，用带泥的双手接到大学法学系录取通知书。在家乡，他们是“贫二代”，在学校，他们是高才生，没有邓小平立即恢复高考的指示，他们在家乡与父母一样继续在“希望的田野上”，过着“春种秋收”的日子。

走出了小乡村，他们视野开阔了。一本本世界经典名著，充实了他们的大脑，照亮了他们前进路上的灰暗。他们的思维穿越了历史，他们的目光穿透了时光，每个人的经历也成了一本书，每个人的奋斗史也都是一碗鸡汤。大学毕业时，正值珠海要人之际，他们是久经沙场的考生，顺利通过考核，进入了珠海的学校、报社或政府部门。

在朋友圈里他们都是故乡人，在工作时他们都是珠海人。

没料到，这群新型的珠海人的“鸡汤”给了一个来自故乡的深圳牙医许多自省、启示与反思，最后，成为他人生给力添智的“软件”。

这一碗碗“鸡汤”不是来自讲坛，不是朋友们的直言教诲，不是现场指导，而是酒桌茶馆里的无意闲聊。他记住了这些“闲话”，朋友们思想的火花常让他惊讶、自惭，这些话慢慢沉淀于心中，细细消化于思维，在他心中落下、浮起、冲击、沉淀，浓缩成两个字：文化。

后来，他才知道，这闲聊的内容和方式就是一种文化，体现一种文化程度的水准。西方有人说，诺贝尔奖的灵感往往来自咖啡桌上，来自鸡尾酒会上。

什么是文化？那时候，他真的没有往深层次去理解，只单纯理解是学历，读书，知识的掌握。那时没有百度，词典上也只有简单解释。踏进社会后，更多阅读专业书籍和提高工作能力。在当下，一些小企业的老板，一些理科大学生，的确没有深刻地理解文化！尤其是一些小企业老板，错误理解文化，把文化与学历同等视之，认为学历的高低、文凭的多少就是文化，不是用文化作遮羞布，就是将文化拒之门外，认为毫无作用。

在深圳的三年，真是埋头拉车的三年。虽然也看路，也在选择，那只是一种苦干，实干，带着兄弟一起干。即使是快乐，更多的是挣钱多的快乐。到了珠海慢慢认识文化，领悟文化。快乐的内涵与享受更多在于精神层面，后来在珠海办起了自己的医院，自己的公司，那段日子里，深深感受到文化内涵的力量，深深理解到这句话的意义：一个人文化的沉淀决定了一个人的高度和生命的长度。

一个企业家的文化内涵决定这个企业的繁盛与衰败。现在一些企业的倒闭，其“老板”实际是缺少文化或没有文化，做企业的目的就是“圈钱”。他坦诚地说，打捞第一桶金绝对是为钱，天天晚上算钱，算是否亏本。他反思自己，对病人态度好有初心，也有圈钱的因素。

在奋进途中，他自省反思得出了这样的结论：选择通向远方的路，追求自己的理想，不仅是靠吃苦勤奋，还需要理念与襟怀，善变与选择，后者往往比前者重要几百倍。

珠海的朋友给了他搭起文化平台的第一块基石，给了他通向文化之路铺桥的第一块跳板。如果说，在深圳，他靠的是自律，获得了第一桶金，并由此拓宽了自己的事业领域，那么，珠海让他知道了自省、自悟，进入了一个拐点，迈向了一个高点，看到了自己的亮点。当下有人说，在那个年代搭上了改革开放的大船，站在风口上的猪都能飞起来。其实，那时还有很多鸟都没有飞起来。风小，猪落地摔死的也不在少数。

他是幸运的，他是飞起来的“猪”，脑袋里没有灌水的猪，不断灌的是对变化时代的认识。这个时代唯一不变的是变化！如何适应跟上这些变化呢？

创业者在办企业过程中，要明白决定最后成败的，不只是资金，不只是背景，不只是日夜操劳，不只是克勤克俭，而是一个人的文化底蕴。在战略上看得清，望得远，稳得住；在战术上，瞄得准，坐得实，抓得牢。

文化并非指一个人学历有多高，文凭有多少。文化底蕴应该是一个人心理素质，气质，一个人的目光与心态，智商，情商，健康浑然一体的总体表现。这一切变化的感受，最初是来自到珠海的第一天，乡友乡亲约他去看海的那个上午。

他是坐第一趟早班车到珠海的。急于与李嘉济老板见面，计划交谈办完后，当晚赶回深圳，找朋友的目的是希望他们做好润滑剂，加速剂。

珠海的乡友根本不把这牵线搭桥当回事，告诉他，一些事，水到渠成；有些事，急也无济。上午乡友们一起陪他去看海。他开玩笑地说一句，自己是被“压”或“押”上游艇的。坐上游艇，系好救生衣，缓缓离开香洲港湾后，就进入蓝天之下，大海之上的一望无际的起伏白云与波涛之间了。大妈游海有大妈的感受，老爷子游海有老爷子的感叹；而文化人游海，自是有文化人的情趣，你一言，我一语，真有一点诗人“兴会更无前”的气氛。

他们不是卖弄，也不是炫酷，而是真情流露，一种生活的内容与习惯。20世纪80年代的青年坦诚，纯真，对生活，对未来充满激情，尽管已进入90年代，商业大潮尚未完全洗净这群80年代年轻人心灵上的美好真情与清纯。

小魏问他：你知道庄子吗？

他说知道。

读过《逍遥游》吗？

没有。

没有也不要紧。《逍遥游》就是庄子先生的一篇作文。是好是坏，各抒己见。喜欢的给高分，不喜欢就给低分。

坐稳来，二哥，无风三尺浪，是大海；鹏程万里，也是大海。

庄子的作文是这样写的，我背给你听听，为你添点乐趣。

北冥有鱼，其名为鲲。鲲之大，不知其几千里也。化而为鸟，其名为鹏。鹏之背，不知其几千里也。怒而飞，其翼若垂天之云。是鸟也，海运则将徙于南冥。南冥者，天池也。

鹏之徙于南冥也，水击三千里，抟扶摇而上者九万里，去以六月息者也……

故曰，至人无己，神人无功，圣人无名。

他坐着，似懂非懂地听着，海浪扑打着游艇的船舷。

二哥呀，这是小魏送给你的祝福。鹏鸟迁徙到南方大海，振翅击水，激起三千里波涛。你来珠海一定能干成大事业。我也送上祝福，赠一句上联与你：鹏程万里，壮志直上九重天。

熊律师接上说：我补充一句，《逍遥游》重要的启示就是，人生路上是等风吹来时，要乘势而动，乘风而起，逆风飞翔，敢于正视惨淡的人生，最后，敢于放弃对风的依赖，完成生命的自由。这样才能成为主人，神人，圣人。扶摇直上九万里，最后无问东西，心无所待，进入人的最高境界。我凑一句赠给你，医者一生，仁爱奉献两百年。做一名探索者，奉献者。

这两句话，他听懂了，也合他的心意，他还真想办一家好医院，办成百年老店，子孙相传，真正为百姓病友服务。

他开心地笑了：你们一个个都是精神上的大款，我要好好向你们学习，感谢你们的吉言。

第二次是相聚于酒桌，他们在谈《易经》。谈到“人文化成”一语的缩写，他才知道了文化一词的来源。

他还真是请教了几位老师。

熊律师告诉他，这是《易经》中贲卦彖辞：刚柔交错，天文也；文明以止，人文也。观乎天文以察时变，观乎人文以化成天下。

文就是指一切现象或形相。天文是指自然现象，就是阴阳刚柔，正负易难等两端力量交互作用，而形成的错综复杂、多彩多姿的自然世界。

他真正是在“战争”中学习“战争”，在“商海”里学习“商泳”。

熊律师说，人文是指经过人的认识，对文化时行改造、重组的活动。称之为人文活动。《辞海》的解释是：人类社会的各种文化现象，可以理解为是文化，现象的总和。

他在珠海开始了这样的活动，办医院，办工厂，办公司，这一步一步就是人文活动。医学与人文是结合在一起的，他办的医院就有点与众不同。医疗的对象是生命，是人，活生生的人。这一点，他在中医院就学习过，“苍生大医，一心赴救”的中国传统医学文化让他的人生与医学、文化走得更近。于他，会将文化内涵与自己的医学知识融会贯通，不断提高自己内心的精神品位和修养水平，也就不断提高自己的个人气质与素质。在后来的路上，他常会不经意的、自然地走进人文医学的境地。

他终于读懂了医学人文这句话：文化是人类历史发展过程中所创造的，物质财富与精神财富的总和。

一个民族物质上要富有，精神上也要富有，那就需要做到自尊、自律、自信、自强。同样，一个企业要发展，经济要上去，精神也要上去，文化作为一种精神力量可以让我们认识世界，改造世界，转化为物质，会给企业插上腾飞的翅膀——百年老店的存在源于文化的根基。

一个有理想的人，一个不断发展的企业团队，应该是有文化精神的人，这精神是企业存在与发展的内核。珠海给了他大海的襟怀，珠海给了他珍珠样的文化认知。何以有大海的容量，何以能激发团队的力量？他知道了文化在人生过程中的分量。他在珠海奋进，成了珠海人。

（22）

下午，他和李嘉济进行了沟通交谈。

他开门见山地说：我不是来应聘的，我是来承包的。我不是想在这儿一个人为你打工，我是组织一个小团队包下来，为珠海百姓服务过程中，也让我们团队富裕起来。

一锤定音。时间暂定三年。

李嘉济听了他在深圳三年的经历和当前深圳的状况，没有犹豫，回答了一句话：全交给你啦。可以用一句广告词表达他们签合同的结果：把事交给我，请放心。

信任获得了最大的丰收。

他招了4个医生，1个护士。签约后三个月正式开业。后来几个月，他先后又与拱北侨光红会牙科、吉大牙科、前山牙科、拱北口岸牙科、拧溪牙科等门诊签订了承包合同。牙位椅位总数接近深圳，医疗团队与深圳也是旗鼓相当。

珠海的发展与深圳的发展有什么本质不同吗？

他对自己进行过一次反思与总结。

深圳7家店是在打工，挣钱；

珠海5家店还是在打工，挣钱。

开店要挣钱，就得盈利。在深圳铁皮屋，每天每月都记账都算钱，那时，收入增长就心花怒放；在珠海，关心每天病人多少，病人对服务态度的反馈，听到病人赞美，就心花怒放。

要盈利就得要成本核算；深圳是一个人，珠海与深圳后期有了员工，就要有管理。如何管理将定格在一个文化层次上。家族式管理？家长式管理？寨主式的管理？仅靠自己管理的经验？每个人管理的经验最初都来自自己的践行。背景在变，管理对象在变，形势与形式在变，管理者如何思变？到了珠海，理解了文化，接受了文化，懂得了文化清泉流入每个员工心中的作用。

在深圳的头三年是艰辛的。一天下来的收入，减去老板的，剩的是自己的。很简单的算术。收入越多，越埋头拉车，有时会抬头看看路，问问自己，这路不会错吧，当感到没错时，又鼓励自己，加油，不要怕苦，离目的地只有几步了！三年来，就这样埋头，抬头，打气，思考。一个人，一台椅，晚上一张床，闭眼睡觉，睁眼上班。三年过去了，居然赢得了小小名气，至少在小小范围内有点口碑。挣钱让他高兴，口碑让他更高兴。后来他悟出：这是两种不同层次的高兴，不同层次的享受，就像在珠海感受病人的表扬与病人口口相传对诊所的赞美那样。

最初的金钱积累与精神历练，是在汗水与心血的付出中得以完成。当有了罗湖商业城这家店，需要管理，尽管只有5个员工，要保证医疗质量，医疗安全，开始了简单的成本核算，昌义懂会计，不难。到后来三家店，四家店，几个兄弟参与管理，说是可以放心，可他们不懂或不太懂口腔专业，各店招聘来的医生年轻，经验少，操作技术水平有高低，职业道德不一样，管理能力参差不齐，医疗质量与业绩也不一样。怎么做，才能放心呢?

想到了口碑，想到了品牌与质量。想了，努力了，不一样的店，不一样的管理方式。想到那句话，管理出效益。

从进人第一步抓紧抓好，把守好招工的关。那时，南下打工的“江湖”医生多，给了他招人的很大空间，选择有经验的能干的青年医生，做好岗前培训，延长试用期。

把守好传授与监督的关：自己身体力行多跑几家店，

有一次，一家店的年轻医生拔阻生齿，根断了，拔不出来。患者是农民工，很配合，他坚决要求拔除。断根，在颌骨深处，接近三叉神经管。青年医生不敢往深里施力，只好呼他过去，他去了，解决了。后来，他决定每天跑几家店看看，指导一下工作。商业城这家店是他的点，有时也需要他。这样做了一段时间觉得不理想，他去的时间与病人需要就诊的时间不对等。于是制定了预约制。

把守好疑难复杂病诊断的关：他定期到各店出诊，接诊复杂的病人。

每一个疑难复杂病人诊断治疗后，他都要医生整理成病案做成幻灯片，让每个店的医生一起分享，一起学习提高。于是有了病例书写与病例分析。每周一次，深受年轻医生欢迎，后来形成了一种制度，这可能就是现在拜博每年举行病例大赛的雏形。

7家店，不一样的店名难以形成品牌与口碑。

同在罗湖区，病人并不知道这是同一家诊所，当一家没看好牙病后，会到第二家就医，并会数落第一家的缺点，使他感到管理存在的缺陷。对于一直单枪匹马打天下的他，这应算是一个全新课题。

业务上的管理是技术，是医疗安全；经济上的管理，是成本核算；高昂的房屋租金，医护人员工资，设备折旧，这些固定成本日日照旧，消毒，治疗材料消耗，水电费用，这是运营成本，日日翻新。一人，一店，收入减去成本就当月利润，小学生算术。而今，每店要算账，这么多人要算账，算术复杂了。

挣钱无疑是一商业行为，还可能亏损，病人并非每天都会接踵而至，要靠口碑。门店扩大了，尽管门口人流大，病人不来，门诊部一天几个病人，收入上不去，三年挣的钱很快会贴光。如何让病人到店，认可这里的医生，这民营诊所如何做好市场呢？尤其是这样散落的、没有品牌的诊所？

病人客户的多与少是市场管理，每店开张要做广告，增大成本；不做广告，巷子深处，何有酒客？市场费用控制在多少为宜，于他，还真是新知识新学问。后来知道了控制在8%—12%之间。

靠近火车站的几家店，主要面向香港客户，对诊所内的装修与设施，要重新进行规划，这些投入是必需的。香港朋友对诊所的各项要求设施肯定比内地病友要高。候诊时间不能太长，候诊桌椅宽敞一点，用绿茶和一次性茶杯。后来发现香港朋友还带了孩子，又专门设立了儿童诊间，安置了玩具，气球，担心孩子摔跤，连墙壁和地上都铺上了海绵。这样小小的改变，竟有了意想不到的效果。暑假里儿童牙科病人迅猛增多，大都来自香港朋友带来的子女，或体检，或体验，或治疗。

从医疗质量，服务态度，到医疗环境，名字不能发挥连锁的作用，环境质量可以连锁。只要多为病人朋友着想，病人看到了，感受了，就能获得病人的信任。

病源多，成本自然会降下来。每天，员工照常上班，电灯、电扇照样开。看2个病人与看20个病人的成本完全一样。他理解了关注市场开发市场的重要性，要不要广告？如何使用广告，渠道与媒体如何应用等等，都进入了他的思维之中。

在深圳形成品牌，成立公司，眼下有一定的难度，合同到期又得改签。改签一次，成本上要翻一次。双方未能达成一致的还要更换地方，真是成了打一枪换一个地方。

这时，他想换地方，战略转移。

几个兄弟在管理上也多少有了一些经验。他决定自己去珠海探路。始料不及的，珠海签约的进度不亚于深圳，甚至比深圳步子更快，深圳与珠海两边加在一起，门诊部总数已超过10家。一样的门诊，一样的每天接诊病人，一样的“挣钱”。如果要找出珠海与深圳“挣钱”的不同之处，那就是在珠海逐渐认同并贴近、融入了文化。

制度就是文化的体现。在珠海接管门诊部，制度贴在墙上，每天员工抬头可见；记在心上，每天出口可说；落实到行动上，每天按制度办事。

（23）

都说人生是舞台，演员是自己。怎么演?

在时代跨越变革的年代里，承上启下的变化往往比剧本更丰富更精彩，观众看客都难以跟进，开局出乎意料，结局难以置信。真的假不了，假的上不去。深圳3年，珠海又3年，南下拼搏6年了，兄弟6人与姐姐迁来珠海了，父母也来珠海了。父亲还兼任了珠海万山门诊部的会计。

全家相聚，热热闹闹，捞金挣钱，走向富裕，人生没有亏待他及他们家。而他在人生路上奔波总感觉到缺少点什么，追求路上应有的喜悦？心中的目标，是不是眼前的这个现实？他依然在寻找，在探索，在奋进中等待。全家人没看到深圳的开始，享受了深圳的结局，当下看到了珠海的开始，却谁也猜不准珠海的结局，或许没有结局。

每个人都向他提出了建议、要求，也就是每个人希望看到的结局。

每个诊所都盈利，每个月的收入都在提高。

这钱是存还是花?

家人希望用钱来购房，在珠海安家落户，这儿住家多好啊。

员工希望增加福利，每个人都希望自己的口袋鼓起来。

现在已不是在深圳的时候了，那时一个人，一杆枪，全部自己说了算。

现在要商量，至少家中兄弟要商量。

大多数人的意见是：继续发展。

怎样发展？不停地承包吗?

中山大学附属第五医院

有人提出义齿一直在深圳加工，自己何不成立一家义齿加工厂。成立齿科设备有限公司，这样就减少了购买设备中间商的要价，也减少了设备后续修理的难处。

1999年，他与人合作成立了昌强齿科材料有限公司。

同年，又与人合作，成立了珠海六和义齿配制中心。

第一次亮出了“六和”的旗。

一年，又过去了一年，2002年，他的经历进入了最佳故事剧的评奖行列。积累终于有了回报。

可以质疑他的真假，可以争执他的强弱。一路走去，满眼花开；一阵风暴，山穷水尽； 一人穿越，柳暗花明；一个团队，赢来春天。坎坎坷坷，曲曲折折，欢欢喜喜，悲悲戚戚。进入什么样的境地，就成了什么样的角色，不需要任何演技。

大戏在不冷不热、不急不慢的日子里慢慢拉开序幕。

珠海有一家知名的综合医院坐落在梅华路上，院名叫珠海市医疗中心，为珠海百姓服务多年，有一定的影响力。下属两个门诊部，二门诊部位于柠溪路上，也叫柠溪门诊部，有两层楼的医用房，有40余名职工。2001年初，在广东省委关注下，医疗中心并给了中山医科大学，更名为中山医大附属第五医院。后因中山医科大学并入中山大学，再次更名为中大附属五院，门诊部同样更名。

二门诊部原为承包管理，改制前每年可盈利百万余元，改制后吃大锅饭，业务平平，业务量急剧下降，入不敷出。从平平到急剧下降，医院领导不能不关注，医疗改革政策持续深入的日子里，医院决定面向社会寻找“能人”，将门诊部二楼承包出去，一楼500平方米暂缓，二楼1000平方米长年空荡，有口腔科，五官科、皮肤科等小科室。找谁？经过反复讨论，几番思考，最后大家都选择了他。在珠海市卫生界，用排除法，谁有能力做这个接盘侠？扳着手指头算一算，只有他。

两位领导来找到他。

1000平方米？他一愣。这是他做梦也没想到的好事。他能表演什么？欢喜若狂？假装清高？感激不尽？那一瞬间，他想到的是，这1000平方米，做口腔科，在珠海市有否存在下去的可能性？

那时，珠海常住人口123万人，佛山、东莞人口都是珠海的数倍。这百万人中，大都是近年来引进的人才精英，他们对口腔健康的重视程度有多少？如果是在深圳，1000平方米，他会毫不犹豫同意了。可这是珠海啊！

面积大，投入也大，重新装修，添置设备，招聘专家。没有专家，难以提高服务质量，没有好的环境难以留住专家与病人。珠海本地医疗水平和水准，他心中有数，只能向全国招聘。那么，用什么条件能让专家离乡背井来到珠海，待遇？

珠海百姓对口腔健康的认识还得有一个过程，这叫市场培育期，这也要投入资金。

拒绝？然而，机遇不可能再来啊！

同意？支撑的条件有吗？

他想到两位香港女士。这儿靠近澳门，拱北诊所面对的是澳门客人啊！

如果，如果，能吸引澳门与香港的客人，病源就不愁了，能做到吗？这要投入多少成本？

他是一个医生，这一瞬间，他的思维突然成了一个会精打细算的商人了。成本多高？利润有无？如何创收？

双方面对面沉默了片刻。

要不要再考虑？对方问。

他回答的仍是沉默。几分钟的沉默。

人海茫茫，为什么找到他？他清楚。首先是信任，三四年来，他的诊所在珠海留下了好的口碑，没有发生一起医疗纠纷。医院领导也知道，在珠海他不是承包一家，而是多家，每家经营都在盈利，这样分散型的门诊部管理得有章有法，院方相信他的管理能力。他也明白自己的能力，还只停留在小型诊所的管理上，办口腔小门诊最好的态势是，300平方米左右，4—6台牙椅，周边五里地内没有竞争对手。面对这1000平方米的面积，他是人生第一次，不得不谨慎，不得不思考，在管理上，最大的难点是如何开拓病源，迎来客户，赢得信任。如果一天几个病人，每天员工都闲着，养一座空空的楼，养一群聊天的人，自己有没有信心和能力开发，开拓病源？澳门，香港？珠海？再辐射到周边小镇……

这一瞬间的思维决定了他的未来，决定了他人生的明天，决定了有没有今天的拜博。

机遇，这应该算是上天赐给他的一次机遇！也许倾家荡产，也许蒸蒸日上。

1000平方米，这是一只大螃蟹，敢不敢吃？怎么吃？

自信占了上风，对未来的追求占了上风，他递上了亲切的微笑说：签，我签！捧起合同，他看了一遍，又看了一遍，放下。

还有什么要讲的吗？院方问。

我要承包10年。

10年？

是的。10年！

那时，承包期一般是3年，好，再续。不好，停签。他竟敢签10年。沉默犹豫的是院方了。片刻，院方电话请示，同意。他落笔，拿下了这只大螃蟹，这是他人生中最重要的一次落笔签名。

惊讶。担忧。敬佩。欣然。

院方与他签下了10年的承包期。

回到家中，就像他提出辞职到深圳创业的那次情景一样，遭到家人的质疑与忧虑。

你怎么不找朋友商量商量。有律师，有经济专家，问问他们呀？

一拖，我自己都反悔了。

这要多大的资本，你算了吗？

我准备将这6年的盈利全部投入，他回答。

你如何知道投入会有盈利？

招聘人才面向全国，医疗客户面向港澳。他又回答。

你能管理好这么一个大摊子吗？

黎强专门负责门诊部，再招或留下几个专职管理人员。

一旦亏损全家受累，你想过没有。

我想过的是一旦盈利，全家受益，我们还可以发展，再发展。

他像是在答辩，回答各位专家的提问，尽管全家人忧心忡忡，但还是相信他的能力：深圳半年站稳，三年捞金，珠海旗开得胜，步步为赢。

这次，可能又是一个起点……

这次，是他管理才能的初步展现，他的胸襟，他的眼光，他的用人之道，他身上的亲和力和凝聚力，这是他心理素质、创业理念上升的一个台阶……

这个节点上，深圳几家店合同已到期，黎强到珠海参加柠溪管理业务，父亲过来管理财务，珠海李嘉济店三年租期已近尾声。

自己精力上全心投入，经济上一样全心投入。资金不够，请兄弟们参股，家族一律实行工资制，钱都用在刀刃上。

真的投入了真金白银，家人心疼。二楼口腔科原来只有4台牙椅，改装后增加31台，共35台牙椅，全部装修，打造成珠海医疗环境最好的门诊部，设备全部更新、购买珠海乃至周边最好的口腔医疗设施，数字化，全景机，牙片机，综合治疗台，消毒设备，专门设立温馨安全的儿童牙科诊室，有玩具，有图书，有画片。重组医疗队伍，一是原单位的专家，优秀职工请他们留下； 二是面向全国，招聘人才，待遇一定要超出周边任何一家医院。他咬咬牙，掏出了40万元，购买了一套两室两厅的住房，提供给专家一家人居住，在当时是很让人抢眼的条件。栽好梧桐树，专等凤凰来。

（24）

面对全国的招聘迟迟没有消息。

对于原中大五附院医院的专家，他一个个看资料，终于发现了几个，他立马找专家们谈话。任何竞争的实质是人才的竞争。没有好专家，设备环境一流也枉然。

这位专家叫胡兆民，武汉人，2000年入职，来自湖北，业务上发表了几十篇专业论文，曾是湖北放射医学会委员，在湖北孝感市一家“二甲医院”从普通医生干起，历任科主任，副院长，院长兼党总支副书记，曾经是赴阿尔及利亚医疗队队员。有他开展口腔科、影像工作，前景一片光明，要增加口腔影像设备，他正是放射科需要的人才，牙片，曲面断层，还有要购进的CBCT，都需要他，要留任，还要重用。让他负责管理放射科，检验心电图，B超室，体外科，统在一起叫医技科，他当科主任。他眼光没有错，当门诊部升格为医院后，胡兆民又被任命为副院长。

六兄弟的家乡在潦河边上捐建“六和亭”，他代表公司去了奉新，并写诗一首：

姹紫嫣红四月天，
漫步奉新潦河沿。

绿茵曲廊迎陌客，
“六和亭”前步流连。
背井并肩六儿男，
茹苦十载创业艰。
宏图鹄志终有报，
难忘故土情缠绵。

内儿科无缝是综合门诊的重头戏，原内儿科主任刘运珍也是来自湖北的，是行医30余年的老专家了。她也愿意留下。她早闻，六兄弟精诚团结，是做事的人。她相信，由他们来管理，柠溪门诊部一定会大放异彩。

她为人低调，对病人热情，由于她的管理有序，技术娴熟，来院的危重病人，次次都转危为安。她对六和有感情，爱六和，每逢元旦春节，国庆，刘运珍主任都会咏诗表达自己的情怀，体现了六和文化对她、对员工的影响。

摘录其中两首：

（一）
北国飞雪南国花，
南北和谐是一家。
举目欢庆新春到，
济世之便在天涯。
挥斥心智风雪路，
淘尽沉疴若芒华。
六和参天舞东风，
一年更比一年发。

（二）
昌盛仁义释虚怀，

黎氏六兄弟在奉新老家捐建的“六和亭”

金麾招展聚英才。
同舟只为创大业，
共济方能蹈沧海。
灼灼红日至健康，
朗朗明月好运来，
同仁六和识肝胆，
医患和谐花盛开。

六和发了吗？发了，数字会告诉世人、后人，六和大大地发展了。

首先是他们的员工都“发”了。

两年后，胡兆民升任集团公司常务副总经理（原是黎强），刘运珍升任集团公司管委会委员，兼珠海事业部总监，珠海六和医院副院长，业务院长。

那时公立医院条件尚好，愿意走出体制内的人不多。即使有这个想法，也会受到家庭的牵制，即使抢眼，想象中的知名专家不多。

终于，有一位来自东北的，毕业于北京医学院口腔系的谢洪教授，不远千里从冰天雪地的黑土地，来到四季花开的珠海。他挑起了第一任院长的重担。

内部人员也稍做了调整。珠海每店配备一个高年制医生，充实加强门诊部的医疗资源。

开张的日子照例是彩旗飘扬，锣鼓齐奏；鞭炮飞响；人声鼎沸；免费检查，收费七折；赠送礼品，专家亲诊。做了几天宣传，热闹了几天。很快门前冷却下来。二楼又恢复了过去的冷静。第一个月静悄悄地过去了。

第二个月又是静悄悄地过去了。

家里人紧张了，只有他们知道，二哥口袋里的积蓄也耗光了。再这样冷清下去，发工资该贷款了。那利息都让人恐怖。他自己当然也知道口袋是空的，他不能泄气，更不能在脸上出现泄气的表情，他要给员工鼓气，打气。

尤其聘来的谢洪院长，不能让一个外乡人受到冷落，更不能让他看不到希望。他是来工作，也是希望在这儿发挥自己的光和热。他找谢院长聊天，谢院长提出的看法与他的观点完全一样。把每天来院的病人当朋友，接诊好每天的病人，就会为医院多增加一个宣传员。让病人知道，新旧两个医院不一样，医生不一样，治疗方式结果也会不一样，取得病人对医院的了解与信任。对外，每个医务人员都是宣传员，要宣传柠溪医院门诊部； 每个人都是市场营销员，要为柠溪门诊部寻找和开拓开发客户，成功靠努力，也靠时间将所有的努力积累成能量。第四个月收支持平。这里多说一句，那年的前三个月中大五院也是焦急的，这样的冷落，这十年他如何撑过去啊！

结账的当天下午，全体中层干部开会。一是分析，二是鼓劲，三是庆贺。

持平的原因，从病例，从病源，从收费进行逐一分析，对开发病源的中层干部与职工进行表扬与物质鼓励，好的方法，全院推广。

有了好的开头，只要引导正确，不可能掉下来，果然半年后，月营业额到了100万，从一月不到一万元到月收入过百万，他们只用了半年的时间。而珠海其他门诊营业额还停留在几万元的水平上（一般是2万—5万）。

中山大学附属五医院的领导又来找他，一年见分晓，厉害了，你！院领导提出，门诊部楼下一层500米也请他管理。他没有多余的话，在合同上又签上了自己的名字。

一楼按二楼模式一样改造装修，优雅的环境，优质的服务，优良的质量，优惠的价格，有了二楼的影响力，一楼装修后一个月就开始盈利，年底评审，成为公立医院中效益最好的门诊部。

计划没有变化快。

2003年国家实施了整顿医院医疗环境，不允许将医院的科室外包，尤其是皮肤科、妇科、牙科等通过技术操作获得收入的科室。

医院收回门诊部理所当然要执行上级部门的指示。最早获得这个消息的是他。找谁商量，还真没有人。黎强？昌保？律师朋友？政府官员？

当时承包上下二楼扩建时，资金不够，他邀一些朋友合伙或入股，反正是凑足了钱，完成了门诊部的升级改造，应诺承包一楼后，不仅仅是口腔门诊部，是一个综合门诊部，增加专家设备，总投资超过1000多万元。这里也有5位兄弟与朋友们的汗水钱。当时，提出方案是，入股，盈利，年底分红。时间刚刚一年过去多一点，医院正往高处走，刚刚看到地平线上的阳光，正齐心协力，再上新台阶的时候，这消息如晴天霹雳。当社会与经济效益已实现双丰收时，当朋友口袋里刚刚放进几块钱，买房，买车的梦还没圆时，这样一个政策，不让人返穷，也让人苦闷。

投资全部会“打水漂”，他如何向亲朋好友交代？如何向近百名从全国各地招来的医护人员交代？如何去为他们维权？几天失眠，血压上升，头痛欲爆，他不敢对任何人谈及此事，谢院长问他时，他也只告诉了一半事实，留下一半没说，只说还在协商中。

他忘不了这一天，9月，孩子们开学的日子。

协商的日子到了，通知他去医院会议室。那天，他是一个人去的，谁陪他去？谁陪都不合适。找朋友中的律师，找经济师，都没有必要。他知道院方很重视，派了9名代表参加，除了正副院长外，还有财务、纪检、房产、律师均到会。

院领导讲完了客气的套话后，由律师宣布解除合同，没有谈到赔偿与安置问题。

因为人员都是他招聘来的，应该由他安置。装修的费用，按折旧算，辞退人员工资由承包者自行发放。

几乎9个人都发言了，表态了，“同意院领导意见和方案”“同意收回门诊部”。

他一个人认真听着，气氛凝重而沉闷。

律师宣读完毕后问他：你有什么意见吗？

他低着头，打开自己的笔记本，停顿了片刻，这片刻是几秒钟？几分钟？人人都感到这片刻沉寂的让人窒息。有人划了一根火柴，那时刻火柴摩擦音似乎相当清晰，直扑每个人的耳膜。大家急于想听到他的陈述。

他冷静地提出了三条事实：一、当初是院方主动找自己承包的，当然，感谢院方的信任和支持。这几年来的努力，没有让院方失望，更没有什么过失，包括亏与损；二是承包合同期是10年。不少在职医生与本院签订了10年合同，这些医生都不在编制内，让自己妥善安置他们的确是一个难题。第三，在承包期内，为医院创收作了不少贡献，为珠海百姓提供了满意的优质服务。假若收回去，这儿医疗质量倒退，发生亏损，既不利于医院，也不利于珠海百姓。这三条事实，还真为难了几位领导。如果执意收回去，合理；丁情，门诊部这几年的变化，医院领导，珠海百姓有目共睹。如果收回来，业务再次下滑，百姓信任度下降，那必定是十分尴尬的事，是领导与百姓都不愿意看到的。这几年来，承包者的业绩可圈可点，无可挑剔。这事儿还真是老干部遇到新问题，该如何处置呢？

文件在桌上啊！严查“院中院”！

他站起来说话了，声音也响亮了：我也查阅了文件，搜寻了全国其他市县的医疗改革的经验，有一个方法可以让我们双方走出困境，握手言欢。

什么好的方案？你说说看。

“我收购！买下门诊部！”语出惊人。

比三年前签下10年期合作更让人惊叹！

珠海当时有个政策，只有本院正式员工才可以买下承包的门诊。

9位领导也不敢立即拍板，无果而终。

没有结果是不是“好结果”？那几天，他内心惶惶，难以终日。医院最后会给他一个什么样的答复呢？

几天后，终于一位领导的回复圆满地解开了这个结，回答是选择最能为珠海百姓服务，最能让珠海百姓满意的模式。这两句话真是妙不可言。

这是2004年的秋天，一个收获的季节。

中山大学附属五院第二柠溪门诊部正式更名为“珠海六和门诊部”，第二年门诊部升格为“珠海六和医院”。

（25）

从六和门诊部升格为六和医院只用了1年的时间，这是表象，呕心沥血却是3年，这是内功，他知道，内功源于团队，更源于团队的领导者。

好的招牌，好的设备，好的环境不能说明是一家好的医院，要有好的医生和好医生领导下的团队，谁都知道这句话，万雁齐飞头雁领，一马领先万马奔。领头羊是团队的核心。

他寻找招聘的这位院长，是一位好院长，使团队有凝聚力，执行力，为六和口腔的成立与发展铺垫了基石，打开了局面。

谢洪教授，医院门诊部的第一位主任，又是六和医院的第一任院长，兼任口腔中心主任。

这个淳朴、敦厚的东北汉子，于1980年毕业于北京医学院口腔医学系，已有20年的医龄，来前是体制内省级医院任职多年的科主任，主编了《口腔

后排左三为谢洪院长

科医师晋升考试指南》与《全国高等职业技术教育卫生部规划教材》，《口腔颌面外科学》，参编了《口腔疾病诊断学》与《五官科急症学》等4部专著。接诊过患口腔疾病的病人万余人，完成手术数千例，是在东北已有高知名度的口腔颌面外科专家。当年的珠海有教授与主任医师双职称的可能为数不多，他在六和医院的坐诊，无疑有一定的影响力与吸引力。一些头颈、五官口腔疑难病例不用上广州，西边的江门，阳江，北面的中山，东边的深圳、东莞，南边澳门的疑难病人纷纷前来就医。

他开展医疗项目，让很多人对口腔科有了一个全新的认识。过去，只知道口腔科是拔、补、镶牙，看了他的医治范围，才豁然开朗，用几句调侃的话说，他可以“整旧如新”（颌面整形外科），他可以“返老回春”（美容科），他还可以“除恶务尽”（头颈肿瘤外科），他能做到“刀到病除”。他不仅能熟练地使用拔牙钳，牙钻，更能熟练地使用手术刀，脸上的每一根神经，每根血管，每块肌肉，每一颗牙齿，他都了如指掌。这就是六和的实力与特色。有他与他的团队，六和口腔必然会在珠海独树一帜。

这儿原是综合门诊部，升格后仍然是一家综合性医疗单位，综合性医院，既有特色，又不能缺少医院各科，上海第九人民医院（现在的上海交通大学附属九院）就是这样一家以口腔医学整形医学为主的享誉全国的综合医院。当然，自己和九院没有可比性。

他与谢洪院长策划勾勒出六和医院的蓝图。综合医院的存在是因珠海百姓需要而存在的，他们有责任规划好，办好！

保留门诊部的内、外、妇、儿科，加强中医科，增设肛肠外科，引进一位泌尿外科主任医师，购买一台碎石机，增设美容科，成立门诊体检中心。

重点特色当然是口腔科，目标是要打造成为珠海市乃至珠三角最强的口腔医院之一，他决定筹集医资引进美国柯达三维口腔检测CT机、德国西门子口腔内窥镜综合治疗椅、瑞士WH种植机、脉动真空消毒系统等。其中美国柯达三维口腔检测CT机、为珠海首台现代化国际高端口腔检测设备，这些设备填补了珠三角地区口腔医疗设备的空白。

扩大装修加手术室，开展口腔颌面部手术与种植牙，租赁时嫌小，曾几何时，三年花开花落，1500平方米还嫌小，尽量压缩办公用房，实在不够就办公房外租，要把这1500平方米用足用好。

站在门口，仰望珠海六和医院这块牌子，酸甜苦辣涌上心头，从家乡到深圳，到珠海，终于扎地生根了，终于春暖花开了。他是懂得知恩感恩的人。乌有反哺情，羊有跪乳恩，知恩，感恩，报恩，珠海给了他望得见的远方。

他要用自己的语言行动和自己的事业成果回报珠海，回报珠海百姓。

改制改名后成立了六和公司，他任董事长，谢洪任董事长特别助理。谢洪与他共事三年，完全了解他的情感、他的人格，自己创业，必然需要有盈利，而行医治病，是善德之举，必然要投入，回报是缓慢的，这两者的关系，怎样做到相适，相融。他们一起制定提出了行医原则：医患是友，疾病是敌，生命至上，质量第一，以人为本，科学管理，服务优质，价格合理，诚信承诺，勇争第一。

他们提出的目标是：创医界一流，铺健康之路，六和和天下，健康千万家。

在一所民营医疗机构里，谢洪不改教授特色，提出每周业务学习，开设专业讲座，举办医护业务竞赛，把一个小小的民营医院的业务提高到了一个新的层次。

2004年，六和医院以崭新的面貌，展现在珠海百姓面前。新年后的几天，柠溪路上发生一起交通事故，一辆自行车逆行，撞倒了一位大妈，骑车的小姑娘自己也摔倒在地，那时，还没有“碰瓷”一说，路人把她俩送到最近的六和医院。

大妈满嘴是血，抬进六和进院，口腔里还在涌血，护士给她咬上了棉球后，出血才渐渐减少。外科排除腹腔内脏受伤，颅内损伤，

谢洪院长到了现场，他也到了现场，泌外科主任也来到现场。全景片显示，下颌骨正中骨折，下颌两颗前牙半脱位出血。送进手术室。谢洪安行止血，行下颌骨复位术。

骑车的小姑娘做了B超，有尿血，可能是肾挫伤，留院观察。救治工作有条不紊，当双方家属来院时，受伤者已在妥善处理。

没有人说：请先交钱！

没有人问：你有钱吗？

两位院长说：先救人，再问钱。

这是一家民营医院，他们不知道，两个伤者进入抢救室后，将要花费多少钱；他们知道的是，时间对于一个伤员就是生命，就是钱。早明确诊断，早掌握生命安全阀门，早治疗总会比晚治疗要省钱。更主要的是，两个人的生命不是用钱能置换的，小青年有自己的未来，大妈有自己的家庭和子女。

两个伤员先后平安出院了，家属送来了两束鲜花和两封感谢信，这是对他们最大的鼓励，这类感谢信，在以后的日子里，在六和医院已成常态。

谢洪返回东北休假，又带去一个新举措，与辽宁中医学院职业技术学院联姻，六和医院出资在该院设立了“黎昌仁奖学金”。在珠海六和医院建立学生实习基地，既提高六和医院的素质，也提高六和的知名度。教学相长互相促进，把学院附属医院的模式带到了六和。

（26）

胡兆民和刘运珍两位副院长功不可没。

胡兆民的身份有点特殊，升任副院长，又升任公司副总经理。放射科已后继有人，除了疑难片子会诊外，他基本上是脱产干部。在医院里他得服从谢洪院长，在公司里，谢院长是他下级。为了六和的事业，两人相处融洽，双方都不争权夺利，彼此尊重，互相理解，成了朋友。这样的关系，这样的相处，可以算是一个范例。不久医院成立党支部，胡兆民是六和医院中共第一任支部书记。由于有新意地开展了党建活动，珠海市委组织部，珠海市卫生局党委还在六和医院召开了党建工作现场会。

他分管行政，刘运珍分管业务，一个女同胞无怨无悔，以院为家忙碌着。

专业上，胡兆民除定期组织科里放射医生、骨科、呼吸科年轻医生共读疑难片外，还负责口腔科摄片工作，在珠海澳门一带，六和口腔影像设备是最先进的，加上二楼装修后，环境优雅，医生态度热情真诚。放射科几乎变成了单纯的口腔放射科，每天牙片达到近百张，兄弟医院与澳门过来摄片的日拍摄量过百，仅口腔科的月收入便远远超过当年门诊部收入，红火之时，月收入为200余万元。

胡兆民还主要承担医疗文案工作。据统计，2005—2010年期间，公司与医院的文章大都出自胡兆民之手，所谓大都是指80%的文案书写。他文笔好，黎强到上海后，他还担任六合视窗的主编。

胡兆民内查外学，在一个月时间内完成公司规章制度的制定与印刷成册的任务。胡兆民回忆文章这样写道：

> 2005年11月，老板给我下达任务：尽快搞出一套公司规章制度。我一天内拟定了提纲和实施方案。参考外单位经验，结合本公司和医院情况，7天拿出了初稿。经过从上到下，又从下到上几个回合的讨论修改，18天后交出了全稿。经打印、校对、付印、装订，一套两册，分行政、人事、财务、后勤、医疗、护理等6个部分，共180条，18余万字的公司第一部《规章制度》终于问世。我以老板名义写了前言，并选用淡蓝、淡绿色纸做封面。前者的寓意为严肃、凝重；后者为医疗部分，寓意为尊重生命、确保安全。
>
> 在2005年的最后一次干部大会上，在离2006年元旦仅两天的日子，我将这一套文本呈现在大家面前。老板的兴奋之情溢于言表。

刘远珍不能坐镇医院第一线，常规带领到各诊所巡店检查，几乎每周都定期开展对护士、年轻医生的培训。曾有一位68岁老人因右上腹疼来内科就诊，候诊时护士发现老人额上冒汗，迅速赶来为他测血压，听诊后发现血压偏低，接诊医生初步判断为“胆心综合征”，即请病人做心电图和肝胆B超。患者自认为是胆囊炎复发，不愿做心电图。医护人员劝说可以免费，之后心电图报告显示为急性心脏前间隔心肌梗死。医院立即组织小组抢救，设立心电监护，病人终于转危为安。

一个以口腔专业为主体的综合门诊部，发现并成功地抢救病人，不能不说是一个奇迹。这份真诚的对病人的关爱之心，加上诊断抢救流程时过硬的技术让人敬佩，一时在珠海传为美谈。

这样的管理，这样的技术，这样的文化，六和有什么理由不向前发展，又有什么困难能阻碍他们登上一级又一级台阶？大胆的管理，精细的运作，制度的严格，人性的关怀，鼎盛时期员工160人，科员26人，年业务收入达2000余万。

为了促进医院管理和提高医疗质量，改善医患关系，珠海市卫计局授权第三方权威调查机构对珠海各大医院进行评估。六和医院获综合第一名，又一年，内部管理总分第一名。

谢洪的合同已到，任期已满，要离开珠海了，离别总是依依不舍的，是揪心的。好在有两个院长接任。其中有一位是珠海警备区干休所的罗政委给他介绍了转业的军医。叫杨庆生，简历很短：1982年入伍，任空军飞行员，后任空军航空兵部队某医院院长，飞行员保健办主任，副教授，高级心理师。他是内科医师，好专家；他是一名军人，有部队经历，受过部队训练的军人一定能成为一名好的管理者。

他与谢洪教授一样，编过专著，发表过100余篇论文。两次荣获空军有突出贡献优秀科技干部和科技贡献奖。1999年，2001年，2003年三次荣立过三等功，2000年9月12日《解放军报》曾以题《勤钻研科研出成果，治顽症饮誉军内外》，报道了他的先进事迹。

他是内科专业，口腔科交给黎强兄弟们管理，他把自己的内科做得扎扎实实。他的沟通能力很强，担任六和医院的拓展院长，主管企宣与拓展。

他有很多特色亮点，虽然不是口腔医生，却带领团队积极参加珠海市政府各级部门举行的口腔健康教育公益活动。这是一张无形的名片，让六和口腔走进珠海每个百姓心中，由珠海市教育局、卫计局举办的“中学生口腔健康公益普查活动”，六和医院是唯一一家口腔执行单位；由珠海市妇联举办的“关爱妇女儿童活动”“珠海市妇女‘家’年华系列活动”中，六和医院积极参加，勇于担当，受到市妇联领导的高度赞扬；由香洲区委、区政府举办的“健康伴我行”百场讲座活动，六和医院以68场讲座赢得了领导和广大市民的好评。

在杨院长倡导和主持下，六和医院口腔科积极参加口腔健康宣教活动，杨院长带领珠海拜博口腔医院健康科普宣传小组，先后进社区开展健康讲座（包括口腔检查）126次，村镇78次，街道办21次，驻澳部队珠海基地4次，珠海警备区2次，珠海公安2次，珠海军队离休、退休老干所3次，中学校68次，幼儿园12次，工厂18次。公益健康讲座和义诊深受基层（单位）领导和居民的热烈欢迎，健康公益讲座和现场义诊成了六和医院公益事业闪光的窗口，百姓通过这闪光的窗口看见了六和，知晓了六和，走近、走进了六和，有这样的窗口，还需要市场营销吗？

由于公益行动的影响力，六和医院口腔科被授予“珠海市青少年矫正中心”的牌匾，让数字告知百姓六和在工作。医院派医生普查了70余所中小学和近8万中小学生，结果口腔健康的学生只占已查总数的13.6%，医院给8万学生都建立了健康电子档案，开启了广东省学生口腔健康电子档案之先河，成为珠海有史以来第一个“健康无形资产”。

杨院长理解六和兄弟的感恩之心，出身军人的杨院长用自己的战略与战术把六和的感恩传递到基层，传递到乡村。

进行“让健康沐浴幸福人生”的科普讲座更是引人入胜。当免费洁牙卡送到每个需要洁牙的人手中时，这份爱心就会升华。活动小组旨在关爱妇女儿童口腔健康，真正做到“三好一满意”，造福民众。

在拱北街道办听课的一位年过古稀的社区老人孟尧老大爷激动地对杨院长说：我的心脏不好，血压高居不下，听了你的一席谈，明白了70%的内科病和牙齿有关。原来口腔健康这么重要，现在我知道该怎么善待自己了。

莲江村是珠海最偏远的一个小村落，与广东江门市接壤，六和医院口腔宣教活动小组一路驱车奔赴这个村子时，已是傍晚时分，远远望去，印象是“天老地荒”，是“天之涯，海之角”。让杨院长一行感动的是村民热情的笑声和真挚的问候。曾经是农民或渔民的后代，一样关注口腔健康，他们提出怎样不让孩子长“虫牙”。多吃鱼，牙齿会结实吗？

专业医生护士为同学们进行口腔检查和涂氟防龋治疗

杨院长带领的宣教小组受到上级部门的重视，建议他们扩大内容。珠海市妇联、卫计局倡导了“关爱妇女儿童健康”的活动，由杨院长担纲健康科普讲座主讲教授，讲座内容包括妇女儿童健康、老人养生、口腔健康、工薪阶层健康、军人健康等。队伍随之扩大，六和医院大力支持，有专业口腔医务人员检查，检查内容包括口腔健康、口腔卫生及护理、口腔疾病的信息归档（填表）等。到偏远乡镇和农村多为粤语交流，杨院长的这个团队多数人开始练习讲粤语，讲粤语才有亲切感、亲和力，彰显亲情服务。下农村、渔村时，活动小组清晨六七点从医院出发，晚上归来七八点。有时一天辗转几个基层授课点。高效率、高节奏、兢兢业业、任劳任怨，做公益，六和人很热心、很积极。六和公益点亮生命之源，是一盏照亮他人，也照亮自己的明灯。

从六和到拜博活动小组已经深入珠海市100多个社区、村镇、工厂等单位。六和的“公益团队”走村串镇，是在医院与社会之间开展健康科普教育宣教的“特殊部队”，带着科学与健康、公益为民的重托和期望，“送健康”送到人民群众的心坎里。通过公益讲座和现场义诊活动，让群众既获取了健康科普知识，又方便了群众就医，有效地缓解了群众“看病难、看病贵”的客观问题，与各基层政府的合作关系更加密切了，受到群众普遍欢迎。

这是杨院长的盛誉，也是六和的盛誉。点滴之恩，涌泉相报。六和报恩他人，服务他人，成长了自己。

在杨院长担任院长的6年间，珠海六和医院先后荣获《珠海特区报》、《珠江晚报》评选出的“2015年度3·15诚信商家”；2014年被中共珠海市香洲区委员会、珠海市香洲区人民政府授予“文明企业”称号，成为香洲区唯一一家获此殊荣的医疗机构；荣获“2013年度中国品牌总评榜奖颁奖盛典暨第十二届中国医疗卫生事业创新论坛”“2013全国最佳口腔品牌医院”称号，为广东省唯一获奖医院。2013年六和口腔医院由珠海市卫计局委托第三方权威机构问卷调查荣获“珠海市满意度最高医院”；2014年六和口腔医院被评为“珠海市医院内部管理”第一名。珠海市2015年“关爱妇女儿童健康公益宣传活动”和2015年珠海市香洲区“健康伴我行——百场家庭健康教育公益活动”两个项目均获广东省卫生和计划生育委员会授予的“2015年度全省卫生宣传创新项目”奖，2017年在珠海市妇联举办的“幸福‘家’年华暨爱在口腔健康”宣传系列活动中，拜博口腔医院荣获市妇联颁发的“优秀组织奖”；荣获2017年度广东省企业文化建设“综合竞争力百强企业”。杨院长因工作成绩突出，2015年度被珠海市精神文明建设委员会授予“最美劳动者”荣誉称号，2017年被广东省企业文化建设专家评审委员会授予“突出贡献人物”荣誉称号，2017年同时荣获拜博口腔医疗集团公益事业突出贡献奖。

机遇总是留给那些有梦想、有追求的人，在六和这个平台上，每个员工都能做自己人生故事的主角并赢得患者的口碑。

杨院长也是一个知恩感恩的人。

“放手，放心，大胆，大干。”给了杨院长追求更好的信心。套回那句老话，没有最好只有更好，这就是杨院长的担当与责任。

杨庆生院长自己也成了珠海最牛的科普讲师，出任珠海市保健协会首席健康科普宣教专家，珠海市香洲区社会科学界联合特聘教授。

深圳、珠海都在发展，人才是第一重要的。黎昌仁知道这个理，懂医学懂管理的人才尤为重要。如果说，承包柠溪门诊部之初，人才奇缺，他面对一个陌生的珠海，面向全国招聘是唯一的办法。平台搭建后，他与他的柠溪门诊部在珠海已小有名气，招聘的方法就有了很多选择。

花香蝶自来。他可以就地寻才。

舞台搭就，锣鼓响起，演员登台，翩翩起舞。台下掌声不断，这时的他，敏锐地感到要学会自己培养人才选拔后备队伍。发展到了这个节点，可以节约成本，留住人才，凝聚团队，提高整体实力。

赖春光是他老乡，内科医生。他年轻，有志于口腔医学，1999年就加入了他们的团队。在西方，考入口腔医学系必须是医疗系本科毕业生。而他，正是医疗专业，有内科基础，学习口腔专业后一定会如虎添翼，真是太好了。他决定重点培养赖医生。

赖春光不负众望。兴趣本身就是动力，很快，他成了一名能干的口腔全科医生。进修，学习，工作，五年后又被送到澳门学习种植牙技术。回珠海后，安排在以服务澳门客户为主的拱北店，后接任六和医院院长，并率先在珠海开展种植牙手术。

这里讲述他为病人服务的几个小故事。

第一个故事的主人公来自澳门。

王玲是澳门人，全家6口，三代人都是他的客户，一家人的牙齿由赖医生“承包”了，还担当了他们家的健康顾问，只要身体不适，都会向他咨询。自然，王玲的好友也成了赖医生的病友。

高伯强大伯的儿子与澳门镜湖医院的医生很熟，高大伯一直在镜湖医院看牙病。因年龄大，多次拔除了10余颗坏牙，完全丧失了咀嚼功能，十分焦急，镜湖医院镶牙种植牙要排队，他不知要等到哪年哪月，他在王玲面前讲述了自己的苦恼。

王玲热情地向他推荐了珠海的赖医生。

王玲现身说法，向他讲述了全家人的口腔健康状况。王玲口腔里的种植牙好用好看。王玲说，他的技术就是从我们澳门学过去的。看了王玲全家人的口腔与美丽实用的牙齿，高大伯动心了，决定找赖医生种牙。

王玲陪同高大伯来到赖医生诊所，测了血压，做了心电图，查了血常规，摄了CBCT，颌骨管质正常。各项指标无异常，当即决定：种牙。共9颗，一次完成。

这里科普一下，种牙术其实不是种一颗牙，是种“牙根”。所谓牙根是用“钛”做的，学名叫种植体的钛金属螺丝植入颌骨中，然后用牙冠（可选用不同材料的牙冠）通过螺丝连接固定，其冠暴露在口腔中，与真牙一样美丽实用，能发挥良好的咀嚼作用。

一般是先植入种植体，三个月后，再接装牙冠。但赖医生考虑到两个因素：一是高大伯全身与口腔局部条件都好；二是高大伯有一次性修复的需要。

所以赖医生选择了即刻种植，即种植与牙冠同期完成，减少病人奔波次数。这是一门技术活儿。一次9颗，涉及上下左右牙齿的关系，医学上叫“咬合关系”，种植种得再好，牙冠再漂亮，上下左右牙不平衡，不适应，不但不能咀嚼。还会导致颞下颌关节病，即耳前的下巴立节的疼痛，又不能张口，难以咀嚼，为解决好这个问题，赖医生为他在口外做了模型，进行“咬合关系”测量分析，真正做到量身定做。高伯强在诊所待了5个小时，缺牙而来，戴牙而归。当晚回到澳门就可以咀嚼了。赖医生的认真与高超技术，让高大伯十分满意。第二天，他请澳门一位书法家，特为赖医生写了一条“仁心仁术”的条幅，裱糊后郑重地送到诊所赖医生手中。至今，条幅还挂在墙上，赖医生用他来勉励自己好好为客户服务。

第二位客户朋友有点知名度，叫刘再复，文学家，红学家，他的《红楼四书》畅销国内外。刘再复有一个女儿家在珠海，刘再复常年居住国外，因牙痛已在国外拔除了患牙，一直虚位以待。后来，在国外种了牙，价格昂贵不说，效果也欠佳。朋友开玩笑地说，是不是没有找到好医生？在大家心中，西方种牙技术一定比中国好。这次休假来到珠海，女儿极力推荐赖医生：他是在珠海最早开展种植牙的医生，已为珠海人种上了近万颗牙，可以说是誉满珠海。刘再复将信将疑地来了。

常规检查，施行常规种植手术。一个上午，为刘再复先后种了8颗牙，刘夫人种了4颗。术后夫妻十分满意，夫妇俩与赖医生合影留念，后又赠书，送上自己的名著《红楼四书》和《什么是人生》表达一家人的感激之情。赖春光接过书，也表达了自己的心意：为客户服务好，是我们门诊的一贯作风，我们每个员工都知道，好人品才能出精品，因为我们公司、我们医院是这样要求我们每个员工的，也是这样做的。

不久，他接任了院长，带领他的团队月收入达300万（六和口腔中心的收入）。

（27）

一个企业的诞生，员工大都是招聘的。问题是这些员工要认可企业，要热爱企业，要认真投入，愿意与老板一起担当，这其中起主要作用的是待遇，通俗地说，就是钱。其实，有的人也全不是为了钱，而是需要一块供自己施展才华、释放能量的平台，有利于自己未来发展的阶梯。

来到珠海，进入六和，大多数员工是怀着这样的心情，他们有的退休之后来这里发挥余热；有的是学校刚毕业圆自己的梦；有的是在体制内还没有得到足够的发挥，希望自己能来这儿再一试身手。

六和成就了他们，用自己的真诚和宽容接受了他们。美好的复述与回忆，往往是人生旅程快乐的添加剂。

吕雪蓉，上海籍，原在大型国企职工医院任职，国企转制，提前内退。那年她40余岁，当她在《健康报》上看到珠海中山大学附属二门诊部的招聘启事后，来到了珠海，担任门诊部转制后的第一任护士长，她在回忆中这样写道：

2003年度，不经意间，《健康报》上的一则招聘消息映入我的眼帘。当机遇到来之时，我毫不犹豫地作出了选择。经过个人简历投送、董事长亲自面试等程序，2004年2月，我先生舒凯麟和我先后加入公司工作。黎昌仁董事长根据应聘职位，安排他担任公司办公室主任兼企划部主任，安排我在珠海中山医科大学附属第五医院第二门诊部（这是董事长承包的一个门诊部）担任门诊部护士长。从此，我由临床的综合护理管理转变为主要是对口腔的专科管理。当时公司的规模虽不大，但单店牙椅的数量，已经远远超过了中大五院。另外，董事长重金聘请了重量级的口腔专家坐诊操作，从投资和规模上已经初显出要做大做强的雄心壮志。

此时，企业起步阶段，但在与董事长的日常交流中，已经让我们感受到了他的高瞻远瞩，他那睿智的眼光已经看到了口腔行业发展的前景，正准备乘改革开放的春风，抓住机遇大干一场的企业家胸怀。公司提出的“创医界一流，铺健康之路”的口号中的“创一流”，与我们多年养成的认真负责、一丝不苟的工作作风和工作习惯自然吻合。

公司“六和和天下，健康千万家”的经营理念，也让我们感受到了企业致力于健康事业、不断发展壮大，做大做强造福百姓的核心价值观和发展前景。所有这些，自然成了我们十多年来效力企业并见证企业发展的重要原因。

随着珠海门店的增加，为了加强管理，2004年5月份公司任命我为护理部主任，开启了护理多店连锁管理模式。遵照董事长的要求，要以最好的服务、最精湛的技术、最安全的医疗质量服务于大众，打造六和品牌。为此，我对自己分管的工作进行了认真的梳理。

口腔医疗要突破传统的观念、改变人们的思维，首先要在服务、技能等各项操作上建立一套科学的、合理的、充满人性化的工作流程。

首先，我在医疗安全和服务上进行规划并制定了各种相应的管理制度。为了使口腔器械在消毒管理上达到高标准、严要求，防止院内感染，保障客户的治疗安全，我利用休假，特地自费到广州光华口腔医院临床和消毒供应室进行实地参观学习，对她们的消毒流程和洁牙流程进行了了解体验。回来后，结合公司和门诊部的具体情况，参照国家卫生部对口腔医疗的规范标准，制定了器械管理、消毒灭菌流程。对护士的管理，从接诊礼仪到治疗过程及诊后服务进行系列、规范的强化培训，提高了护理团队整体的综合素质。

为了消除客户对口腔治疗的恐惧，担心器械消毒不严格而被感染疾病的心理，在接诊流程中，我把为客户在诊前准备好的工作，部分设定为要在客户面前展现，如在牙椅上贴防护膜，一人一用一换，要待客人进诊室后再操作；对使用的无菌器械，当着客户面进行拆包操作，并辅以语言提示，当客户见证了这些后会放心地接受治疗，有利于配合和增加信任感。我将这一步骤纳入接诊流程沿用至今，收到很好效果。我们的服务得到客户的赞扬，回头客越来越多，医护人员共同努力，使我们在珠海口腔界的声望越来越大，甚至中大五院的医生遇到一些有难度的患者都会介绍到我们这里请专家诊疗。六和口腔已成为珠海当地的著名品牌。

2005年12月25日，上海第一家口腔门诊部即将开业。为了打响这一炮，董事长特地聘请了专业培训公司，为全体员工进行了为期三天的培训。当时除了场地外，每天的培训费是1万元，这在当时来讲已经是很可观了。我作为公司管委会成员也特地从珠海赶赴上海参加这次培训。培训结束那天傍晚，我们几位参加培训的管委会成员在刺骨的寒风中，冒着漫天大雪，在培训场地前合影。这张照片，虽然掩饰不住我们大家冻得发抖的窘像，却成了公司迈向新征途的里程碑。此后，公司开启了上海创业的路相。每次看到这张照片，都会激起我们难忘的回忆。

当年董事长单枪匹马闯入人地生疏的上海滩，经过不懈的努力，争取到了上海当地卫生主管部门的大力支持，开拓出了上海市场，从此立足上海滩，一发不可收拾，开创了一片新天地。事后他在向我们讲述当时的情景时令人感动，至今难以忘怀。

2006年，深圳华强北群星广场六和高级口腔旗舰店正式开业，从筹备开始到开业后半年多时间，我一直在那里工作。从对护理团队的培训、带教管理，到护士和前台人员的服装设计，都是我亲力亲为。另外，开业初期还要上街进行业务推销，深入社区义诊，走各种渠道扩大品牌影响。在那些日子里，为了开拓市场和提高服务，我和团队的伙伴们倾注了大量心血，当时我先生在珠海，但我没有回去一次，一周一天的休假几乎都做了奉献。

2010年，珠海六和口腔医院挂牌开业，至此，集团正式迈开了向全国进军的步伐。年后，集团总部由珠海搬迁上海，我们根据董事长的安排一同前往。

到上海后，我的工作有所变动。集团管理层出于对未来事业发展的规划，决定由我来做综合考评工作。

怎么做，考评什么？在没有任何参考的情况下，经过一周的考虑，拿出了方案。我根据卫生部对口腔医疗的管理要求，结合自己几十年在医院工作的管理经验，加上对民营医疗企业的了解和对市场需求及差异化竞争的观察、理解和思考，设定了考评工作的基本内容。经过在上海两年的试点，取得了很好的成效，受到了广泛的好评。随着集团总部搬迁至北京，考评工作在全国各事业部铺开。几年的不断实践、总结和发展，已经形成一套系统化、规范化、标准化的综合管理评价体系，促进了企业管理的规范发展。十多年来，在企业发展的历程中，我们也得到了历练，个人能力及见识得到提升。感谢董事长对我们的信任，感谢这个平台锤炼了我们。如今，黎昌仁董事长将自己亲自创办并多年辛苦培育的国内最大的口腔医疗集团交与泰康控股战略合作，实现了华丽转身，进入了中国500强企业。涅槃后的拜博，在未来的岁月里，必将以更加雄伟的身姿、在造福中国老百姓的征途上作出更大贡献。

（28）

有什么样的领导就有什么样的员工。届届好院长，带领出了届届好员工。找到了一些当年的感谢信，今天读到仍然有感动。

尊敬的六和医院口腔科张医生：

您好！

您还记得吗？我是去年中秋节后来六和医院口腔科看牙的患者黄欧娜，当时是由您接诊，为我免费口腔消毒处理后，使我处于严重的病态牙龈过了一段时间恢复了健康。由于您医术高明，再加上精心细致的矫正，我的牙齿排列得整整齐齐、白亮光闪的，我终于有了灿烂爱笑的理由，原来我由于牙齿丑陋而形成的自卑感也一扫而光。我从一个“灰姑娘”一夜间变为漂亮、美丽的“阳光女孩”。使我从此充满了自豪和自信，我心里那个爽快、美滋就甭提了，都说我变成了另外一个人，我的邻居、同学都夸我变美了。我敢跟自己打赌，现在的样子肯定超过了父母的期望值。在一次梦中梦见一位白马王子对我耳语：“为美丽100加分！”，我笑醒了，我很幸福，真的，我很感动、禁不住热泪盈题。我希望这个美梦永远拥抱着自己。

张医生，我从心里感谢您，感谢六和口腔的再造之恩。我原来在上初中的时候，同学们常见我敬而远之，有一次，我见几个同学凑在一起，指着我，叽叽咕咕地在议论着什么，我有些纳闷，又无从知道他们说些什么，最后，我通过我的一个“死党”同学探明，他们在讥笑我的牙齿，说我的牙齿比冯小刚的牙齿还难看。尽管这样，他们还没完，私下疯狂地搞什么民意抽查报告，把我评为学校“十大丑生之一”，从此，我也算臭名远扬了。为此，我在暗地里不知伤心了多少次、流了多少泪。

读高中那年过春节，爸爸远方的知名朋友来我家，一见到我，就说：“欧娜长得越来越漂亮了，没准儿就是未来的明星呀。”我微笑着腼腆地低下头，用手捂着嘴巴走开了。其实我的丑牙早已被爸爸的朋友发现了，在我听到他们的谈话声已被证实了这点。“这孩子长得多靓啊，只是牙齿是个缺陷。当我听到这句话后，如当头一棒，我无地自容，狼狈地逃出了家门。这次我要下决心把牙齿矫治好，消灭缺点，增加亮点，重塑形象。我在电杆上看到一则小广告，记上电话、地址，经过联系后，我在一个深巷里找到这个小牙科，我倾其所有，把过春节时收获的全部“压岁钱”奉献给“神圣”的牙医，经过折腾，我“箍牙”了，按医生的嘱咐，我拿着医生开的药离开了小牙科，由于小牙科消毒不严，技术又落后，我的牙龈受了感染，又红又肿，像“猪八戒”拱嘴一样，疼得我吃不下饭，睡不好觉，并带有低烧，我只好辍学在家，饱受病痛的折磨，生不如死，盛怒之下，我爸一纸把小牙科推上了法庭被告席，殊不知，小牙科在接到法庭的通知单后，一夜间蒸发了。我不幸陷入了无助和无奈交加的极度痛苦中，就在我绝望地面对我的“世界末日”时，在报纸上我突然看到了有关六和口腔的报道，六和口腔规模宏大、名医荟萃、设备先进、项目齐全、技术领先、环境幽雅、医疗安全、优质服务。我绝处逢生，一丝希望在我心中冉冉升起。

由于前车之鉴，我心有余悸，又怕上当受骗，我怀着七分害怕三分试探的心情，用手捂着又红又肿的嘴巴，勇敢地来到了六和医院口腔科。是您，张医生，一个副教授级的专家，一脸慈祥、和善，充满亲和力，热情地接待了我，您熟练地检查了我发炎感染的口腔，细声柔气地告诉我：孩子，你来六和口腔还算及时，否则，后果不堪设想。经过您一番严格的消毒处理程序，一个星期后，我那人为的口腔并发症痊愈了。更让我喜出望外的是，张医生您还告诉我消毒处理是免费的。兴奋之余，我把自已想在六和矫牙的想法告诉了您。您欣然点了点头，您使用现代口腔科技最先进的矫正术。经过一段时间，我矫牙彻底成功了，从此，我终于有了美若编贝般的亮丽牙齿。我要让我周边所有的人都知道：我不再是那个满嘴歪牙的女孩，而是一个被六和口腔重新塑造过的幸运女孩，我是阳光女孩！

张医生，我感谢您，感谢六和口腔赐给我一个美丽健康的人生。同时，通过这次矫牙，我意外领悟到了一个对我人生旅程有重大启迪的收获，我决定将在今年的高考填写自愿时，选择第一自愿就是医学院口腔系，我的心愿是今生要像张医生您这样，做一名为人类解除病痛，奉献美丽的人。

此致

敬礼

黄欧娜敬上

注：张医生叫张玉宝，六和口腔医疗主任，口腔修复总监。

你们让我信任

苏培（澳门患者）

去年我在朋友的介绍下，来到了珠海拱北口岸口腔门诊，刚开始时我还是有点犹豫要不要在这里治，毕竟我在澳门几家医院诊所都没把牙齿做好。来到这里，进门的感觉是环境非常整洁，前台服务也很热情，赖春光院长为我仔细检查并分析。因为之前有过严重的牙周病，现在要做活动义齿也总是戴不稳，吃东西不方便并且疼痛。赖院长告诉我，活动义齿在使用初期，由于制作上的原因，个体适应性差异以及口腔组织的变化，会让人感到余留真牙疼痛及软组织痛。若出现疼痛应及时复诊，及时处理，问题会得到解决的。听到他独特的见解，心里一下子有了莫名的信任。

赖院长医术高明，他技术真行，才用了一个星期时间就把我的牙齿给做好了，我以后哪家门诊医院都不去，有什么牙齿上的问题我只会来这里。在这里我再次感谢所有医护人员及热情的前台，谢谢你们认真、负责的服务，还耐心地告诉我如何保持口腔健康，减少牙周病的发生。在此祝你们明天更美好。

感恩"医患情"

六月六，晒蛋熟的一个下午，一位帅小伙手持锦旗来到六和医院，锦旗上书"医术精湛、情暖人心"。锦旗是送给六和口腔美女医生叶莹。

这位帅哥姓吴，平常不注意口腔卫生，年纪轻轻就满口"蛀牙"。这严重影响到了小吴的日常生活。十年来，小吴因牙齿疼痛影响生活质量。"牙疼不是病，疼起来要人命"，让他感受特别深。到了好多医院寻求治疗方案。有的医生说是要先拔牙，有的是补了再做金属帽子，开口价格高昂，我们工薪阶层负担不起。只好让牙痛继续。小吴的妻子小张在《珠江晚报》上看到了一则关于六和口腔服务周到的报道，决定试一试。她拨通了热线电话，接电话的是医院的网电主管赖泳薇。她为小吴推荐了医院口内修复专家叶莹。

叶医生详细了解了小吴的病情，拍片检查后，叶医生提出了治疗方案。小吴是后牙多个缺失，还有几个残冠。但根尚好，叶医生决定不拔牙，延长临床牙冠长度手术，再做桩核固定修复。就是治疗时间有点长，要整整一年时间。连牙根都能保住，小吴不反对，终于"坏牙"上有了好牙。

牙好胃口好，吃嘛嘛香，小吴笑逐颜开，体重增加了几斤。他们知道六和医院不收红包，那就送锦旗吧！

从六和到拜尔，再到拜博，每一个门店都挂满了病友、客户对医生感激的锦旗。这是优质服务的又一种表现。

咀嚼幸福

前些天，我有两颗牙无情“退役”，祸不单行，缺失牙的牙龈却意外发炎，一阵阵疼痛闹得我坐卧不宁。于是，选择口腔医疗机构是我不可回避的一道难题。珠海的牙科诊所虽然如雨后春笋，但敢以“品牌口腔”的形象昭示天下的却是凤毛麟角。听说位于珠海银桦路的“珠海六和口腔医院”是拜尔口腔医疗集团全国连锁的旗舰医院，我慕名前往。步入格调高雅、金碧辉煌的接待大厅，在前台的引领下，接待我的是位眉清目秀的女专家张玉宝。她认真地检查了我的牙病，迅速做出了治疗方案，不一会儿，我的牙龈便没有了疼痛。她娴熟的动作、精湛的技艺让我叹服。更让我开心的是，在这里看牙竟然有一种在高级宾馆的感觉，很享受。

张教授为我做的牙齿坚固耐用。我在感谢张教授的同时，也庆幸来这里看牙的英明之举。几年来，我不幸缺失了三颗牙齿，而有幸的是拜尔口腔的专家为我种植了像真牙一样的仿生牙，我在享受咀嚼美味的同时，也咀嚼着一种幸福。在这场“牙齿保卫战”中，我与拜尔结下了不解之缘。

珠海顾客祝思山

（29）

2004年，于他，注定是一个收获年。

这年，珠海六和昌强医疗器械有限公司成立；

这年，接管了珠海市吉大社区服务中心，开业；

这年，珠海六和广告有限公司成立；

这年，属于六和名下的珠海恒彩酒店与深圳宝安温馨明珠酒店开业；

珠海香州昌强药店在筹备中。

珠海六和集团呼之欲出。

这么多机构，再也不能多头管理，他顺理成章地成了六和集团董事长。

选择在金猴准备向雄鸡递交时间接力棒这段日子里成立公司，是水到渠成的事，是有意义的日子：金猴辞旧献瑞礼，雄鸡迎新送春风。他很喜欢猴子，越王山里的猴子，银幕上六小龄童演的猴子。更喜欢那支插曲《敢问路在何方》。自己早一点来到这个世界属猴；晚一点来到这个世界属鸡了，都好。金猴奋进千钧棒，雄鸡一唱天下白。都喜欢。时间如流水，眨眼间，整整过去了12年。从故乡南下创业那年是本命年，到珠海发展开拓亦是本命年，是偶合，还是天意？就像昌保诞生的那天，老爸喜出望外，在欢喜庆贺的时节，六和文化就进入了家门，扎根、渐渐开花、发芽、结果。公司的名字叫六和，已无异议。上秉长辈期望，下应兄弟努力，续写中国传统文化，跟上时代步伐，天地人和。

感谢珠海百姓的信任，对他，对他们诊所好评如潮；

感谢珠海市政府的接纳与支持，申报公司过程，一路绿灯闪亮；

感谢珠海员工的齐心协力，珠海事业的每一个亮点都有他们的汗珠闪烁。

当初公司成立后，关于落脚何处时，有人建议在酒楼里空出房间，做行政办公区，以节约成本，他没有同意。有人建议租几间写字楼，一样挂牌，好多皮包公司不都是这样，他也没同意。

这是他人生的一个起点，又一个开始，他说即使贷款也要买下属于自己的楼房。

他选择了银桦路598号金桦苑中临街的高层中的二楼，属于自己公司的行政办公点。百年品牌，一丝不苟，从“齿”起步，从路开始，银桦，金桦，598，多么吉祥的字眼，经他一解释，这还真是“吉祥三宝”，皆大欢喜。

那天，银桦路上598号门前，照例敲锣打鼓，照例舞狮，照例歌声嘹亮。不过，这首歌，是他领头唱一只竹篙难渡汪洋海，众人划桨开大船。同舟共济水让路，号子一声浪靠边……

鼓声歌声之后照例是揭牌仪式，大红色的飘带落下后，“珠海六和集团公司”金色大字显露在珠海百姓眼里。

红色的绸带，红色的地毯，红色的烟花，红色的歌声。今天，他穿着新做的红色西装，黑色的西裤，一条黑白格子交错排序成图的领带服帖系在胸前的白衬衫外。这身穿着，他悄悄地请教了贵人高人：红色是喜庆、欢乐、吉祥；黑色是庄重、高雅、低调。今天，他的人生无疑是翻开了新的一页。

他脸上像往常一样微笑，这微笑是亲切的、热情的，真挚的、冷静的；而此刻他内心是激动的，幸福的，他感受到肩上的担当是前所未有的沉重。

这一天，同仁，朋友，兄弟，亲人，都向他伸出了手，亲热地、尊敬地、羡慕地、感激地叫了一声：董事长。

从故乡到深圳，他是一名普通的城镇牙医：黎医生，黎主任。

在深圳立足三年，他是一名打工仔，比农民工的名字好听些，还是医生：黎医生，江西来的黎医生。

当他租下罗湖商业城的诊所后，病友，客户，同行，尊敬地叫他：主任，黎主任。

到了珠海承包了柠溪门诊部，都叫他：黎院长。

从今天起，他是董事长了，他会心一笑：我真的应该“懂事了”！“懂人事”“懂医事”，“懂世事”，不应该只“懂牙事”。

每一个人在时光的波浪里是弄潮儿，逐浪者总不甘沉浮，搏击风浪，让自己变得不凡，让奔腾的时代浪潮里有自己的一滴汗水。

人生第一个本命年，他在家乡读书种田；

他的远方不远，就是想在故乡县城落户安家，在那儿找一份工作度过一生；

第二个本命年在学医，行医。

他的远方，远了。

第三个本命年起始的时光里，南下创业。

第四个本命年，成为董事长。这就是人生之路，奋斗奋进的人生之路啊！

也许，“集团”“公司”就是离开家乡时的梦？就是离开故乡后的远方？也许，在深圳忍辱负重，忍饥挨饿，砥砺前行，奋斗不息，要达到的远方就是今天的这样？

不，不是这样，绝不是这样。他内心在否定。他追求的不是大富大贵，不是大红大紫，不是眼前的利益。向钱看，真正的，本质的还应该是向前看，还是那句话：在远方，向远方。

在故乡过了而立，深圳迎来不惑，在珠海将要进入半百，每向前一步是到达，站着看着又是开始，远方的前面仍是远方，远方没有尽头。没有，真的没有，远方就是内心的渴望希冀，远方是心灵向往与享受。远方永远是属于上天赐给每一个追求者心灵上的礼物，中国文化真是高深莫测啊，古语曰：做人要适可而止，得休便休；又曰：做事要锲而不舍，永不放弃。

一旦休止，就没有远方；何时放弃，何时舍去呢？

在很多亲人、朋友心中，珠海就是他人生的终点，有钱，有房子，有地位了。

董事长，还往哪儿走？还想上天揽月，还想去北京、上海开店？梦，梦啊！

客人散去，他慢慢走到二楼办公室，董事长的办公室。这比他铁皮屋时的诊所大多了，宽大的老板办公桌，桌上最不匹配的一件物品是竹笔筒，昌保送的，伴随了他12年，终见天日了。筒上刻着“奉新越山”。越山给童年留下多少回忆，那儿有越王勾践卧薪尝胆的故事，励精图治的传奇。历史就是这样一代又一代人的胜出。李敖写过一首打油诗：长江后浪推前浪，前浪死在沙滩上。后浪风光能几时，转眼还是不一样。在历史的长河中，每个人是前浪也是后浪。不随波逐流，与时俱进就一定不会死在沙滩上。

他再不是一个人奋斗，不是一家人奋斗，是几百个人奋斗，他要带着这几百个人，一起致富。这是正道。

人多了，枪多了，地盘大了。大了，多了，不能是一盘散沙。

沉淀在心中很久的碎片，浮上了心头，聚成两个字：文化。“文化”是黏合散沙的力量。

各位同仁都同意公司的名字叫六和。就要好好地阐述六和的本意，讲述好六和文化。六和和天下；六和爱我，我爱六和。

要把“以人为本”做到深入人心。只有做到以员工为本，爱每个员工，才能让员工把六和的爱传递到每一个客户病友身上，才能做到以病人为本。

做好文化建设的第一件事是什么？他决定办张六和集团自己的报刊，要在六和集团建立党支部，开展党建工作，六和公司不能是党建工作的空白点；要成立工会，让员工有自己的组织，有申诉的地方，维权的渠道。

把制度付诸行动，不仅是教与学，还要有查与比，要坚持加强对新员工入职前的培训，要在集团开展各项技能比赛，交流会，最后落实，要建立良好的医患关系。他忘不了在故乡中医院学习的那句话：医者，仁术也。乃或术而不仁，则贪医足以误世人命，或仁而无术，则庸医足以杀人人不晓。医德为先，这应是六和人永远的坚持与坚守。

外科鼻祖，武汉协和老专家裘法祖引用转述明代裴一中《言医》中语：德不近佛者，不可为医，才不通仙者，不可行医。

一位先进工作者说过：用力去做，只能达到称职，用心去做，才能达到优秀。普通平凡的事情，要往好里去做，是没有止境的。

作为六和人，通过什么样的熏陶或教育能达到或进入这种境界呢？尤其是在商品大潮冲击的今天，不见金钱不动手，没有福利不努力。自己该如何面对？

不懈地追求，遥远的远方，不仅仅是物质，更多的是精神，也是医生的本质：救治。也就是资本与救治的相关性，他不断在提醒自己。

第一次亮出六和的旗号是1999年，成立珠海六和义齿配制中心，接着又成立了六和医疗器械公司，还准备成立药店。指导思想是：使六和集团成为一家集医药医械经营、医疗机构投资经营、广告策划及代理义齿加工的大型股份制公司。宗旨是：创医界一流，铺建康之路。准备下设医疗、医院、医疗器械、设备等十余家公司，引进国内外大型医疗设备，引进优秀医务人才，为珠海百姓服务。

当下各个门诊部医院形势见好。此刻，在他心目中见好不止于收入，见好还要看到病人客户的笑脸，满意的笑脸，还要赞美、满意与需要。还希望听到指出的不足。有了病人的信任，才有六和的信心。品牌失去了信任，员工就会失去信心，六和就会萎缩。

一个人白天挣钱，晚上点钱的日子已经过去了，守着那几号人或十几号人每天过着抓业务，创业绩的日子也过去了。更上一层楼不仅是钱，还应该是服务的质量与顾客的满意度，自己的人生格局。

他要对自己的远方的路作一次全面的规划，对走过来的路作一次全面的反思。

医疗业务蒸蒸日上，广告业亦初见成效。广告业既有了经济效益，又有了自己宣传自己的社会效益，还降低了市场成本。他也在广告运作中学会了如何使用广告抢占市场，经过激烈竞标后，赢得珠海市公交公司广告总代理资格，还取得了《珠海特区报》家电行业的广告独家代理权，还获得了珠海市公交车站台灯箱、广告牌的三年独家经营权。

在管理广告业务上，黎强是能干的，他在医疗业务与管理上是一把好手，也有独到的见解，真正是得力的助手。

天生我材必有用啊！珠海恒彩酒店，深圳宝安温馨明珠酒店这两个经济实体，原是亏损经营，交给六和后很快就扭亏为盈。这是好事，也是奇事。商业理念是不是比别人多一根弦？这毕竟不是医疗，会不会分散精力。这样管理下去，是前方？还是“钱方”？能盈利的行业很多，初衷是办牙科诊所，没钱，自然办不成，但不是完全为了钱啊！

他实打实的热爱口腔医学，真心想把自己对口腔医学的理念推出去，深深感到，每登上一个台阶，眼睛都会为之一亮，精神为之一振，都有新的收获和启示，感到有更多的事要去做。

在鸡年还未到来之际。他与兄弟们商量，六和还需要发展，要发展必须走出珠海，面向全国。定位是医学，重点是口腔医学，珠海太小，上海很大。

珠海的口腔不能做到一家为大，再返回深圳也不理想，其他的服务行业、影视行业都有连锁。要把连锁行业引进口腔行业，首选是北京与上海。

北京是首都，自有难度，上海虽大，容量也大。能在上海立足发展，可以打造出指导全国连锁的样板，增加其他各城市的信心。

谁去打头阵？谁去调研选址？提出了方案，才能再行第二步。

在进军上海的过程中，他决心将非医学经济实体逐渐剥离，口腔医学逐渐完善，集中经济与人才打好走向全国口腔医学连锁的第一仗。

那夜，六和公司四个大字和六和集团的徽标，在公司大楼的门口屋檐边一夜闪烁，从这夜起，将夜夜闪烁。

他，已是董事长了，他希望自己的事业与这夜灯百年闪烁。他更知道。事业有成靠旳是团队，是员工。

在员工心中，他是怎样的呢？多年后胡兆民是这样回忆他的：

他出生于1957年，与我同属相，是“鸡抓命（湖北方言，劳碌命之意）”。我们之间相处9年，交情不能说不深厚。

对许多较大的事情的处理，我们往往心照不宣、看法能出奇的一致。

他作为我的老板，对我从未大声批评或者数落过。尽管有时我的确有错。

他安排的工作，我从不马虎地应付，而是认真地对待、完成。

他不是高学历，但极其聪明、有悟性，头脑灵活、善于思考，事业心强。这些，应该算是我们的部分共同点。我很钦佩他，把他当成我的良师益友。

他念书不多，但出口成章；我写的文稿，他寥寥数语提出修改意见，我认为他提得很精准，这一点很让我折服。

他对我比较信任。从职务安排、任务分配等方面，他对我放心。而我则能尽职尽责，让他放心。

他对我的夫人十分尊重，照顾得非常周到。这使我很感动。

他能放下老板的架子，与我们平等相处。他有烦心事、特别是一些不宜对外人说的事，也愿向我倾诉，其中包括家事。

他，中等身材，白净面貌，一介书生，谈吐自如。两眼炯炯有神，一对大耳，活像弥勒佛般，十足“福”相。他笑起来，温和动人。他思考问题时，两眉紧皱，眉间的“川”字浅而生动，显现出他的足智多谋。

1993年他只身南下闯荡深圳。开始打工当牙医，吃盒饭、睡地下室，每天工作12小时。苦、累自不必说。

有了一点积蓄，他开始动上了脑筋。由承包诊所、门诊部到办公司，生意慢慢做大，自己在40岁前当上了老板。

我对他的综合评价是：他有战略家的胸怀与胆略；有经商者的精明与狡黠；有社会活动家的机警与大度；有文化人的细腻与睿智；还有军事家的果敢与坚毅。正是由于他具备了这些品质，他的事业才有可能取得今日的成功。

我想在此还举一些事例：

深圳六和口腔门诊部的设置，其过程我大都清楚。其中的变故和曲折许多许多。如：深圳的报批程序与珠海的做法完全不一样，因而走了弯路而使准备期限延长，导致房屋租金反复交涉、谈判；市、区对医疗机构设置地点的要求与我们的选址区别太大；主要负责人的挑选、任免甚难……如果没有百折不挠的精神，这家门诊部是很难办成的。换成是我或是别人，说不定早就放弃了。

珠海口岸地下广场门诊部的W氏风波，对一般人来说，很难摆平。而他，处变不惊，似乎很轻松地就让事情过去了。

面对中大五院二门诊部的收放，他费尽心机、运筹帷幄，硬是做好了很难做的“工作”，使公司事业逐渐走上了快速发展之路。

公司在发展中，经常会遇到某部门或单位经营不景气，甚或亏损。他见招拆招，巧妙周旋，奇招频出，往往能收到意料不到的效果。如，珠海某某酒店、深圳某某门诊部的转手或出让，不仅使自己的利益毫发无损，而且公司还从中获取了名利。

他善于交际。为了自己事业的成功，他结识了好多党政要员、社会名流、知名专家及各界朋友。这些新朋旧友，往往在他需要帮助时，都能鼎力相助。他也能灵活利用这些资源。有些难搞定的事，这些贵人一出面，常常是信息频来、问题迎刃而解。在这方面，他得益不少。这一点，也是他能获得今天的成就的秘籍之一。

他能歌善舞，但别的爱好不多。社会上许多男人们喜好打麻将、炒股、买彩，他都不会染指。

他还是一个大孝子。人说，“百善孝为先”。他很忙，但每一次出差归来，在他回小家前都要去看望两位老人。老人们有什么困难，他总是设法解决得很圆满。一次，他的老父突发“心梗”病危。做不做手术是问题的关键，几兄弟难作决定。他敢于担当，断然决定送往院手术。在他的运作下，请了广州专家出台。81岁的老人闯过了“冠脉搭桥”手术关。

古人云：“金无足赤、人无完人。”

我认为，老板也有他的“硬伤”。这些，在珠海期间，同事们也有一些议论。时至今日，我看说说也无妨。

他较爱面子，喜排场。其后果，有时是铺开大摊子，但事后又不得不舍弃；有的是无功而返，烧钱无数。如：湖南邵阳之战，中大二门诊部前期安装牙椅35张；深圳某某门诊部的收购；某社区卫生服务中心的托管；虽然，当时对这些可能都有他自己的考虑，但，却都是交了不少学费的。

几年间，我收获过鲜花和掌声，享受过成功和喜悦。但，生活不可能十全十美；工作不可能一帆风顺。在这个大舞台上，我的弱点、毛病同时也被暴露了出来。

2006年中秋节前，老板出差在外，节礼月饼已购回。当时，老板交代，以公司名义赠送高管、专家每人两盒，其他员工每人一盒。办公室有人提议把前者的月饼先发放。我不假思索，同意了。事后我意识到这个做法欠妥。果然，此事引发了一场小的风波，知情员工议论纷纷。老板回来后问我这事时，我意识到自己犯了一个低级错误，惭愧得无地自容。

在珠海，我也因为工作关系，发过几次“火”，甚至砸过杯子。也许是太累，压力大，在激动时缺乏克制、冷静；也许是不良心情时的一种宣泄吧。但我在那时没能顾及自己的形象、身份和在员工中的影响。事后，我也十分的懊悔和自责，老板对我的缺点总是有分寸地指出。他知人善任，让我十分感动。

（30）

六和集团的内部报纸叫《六和视窗》，创刊号出版的日期是2005年8月1日。

集团成立之初，发行了一份小报，叫《健康通讯》。目的是让零星分散的诊所能获得集团内领导，发布行政医疗诸多信息，也是医患沟通交流的一种渠道，那时手机没有微信，电子信息传递工具少，《健康通讯》深受医患欢迎。

要迅速组织编辑部，申办一份定期出刊的内部报纸，这是董事长心中的一项大事。董事长自己担任编委会主任，黎强任总策划，主编舒凯麟，编辑部得有一个能写会画，又懂企宣的高手，这样的高手到哪儿去找?

得来全不费工夫，他就是与董事长与黎强有缘的一位老员工，叫李振龙，一位西安来的外乡人。原是深圳郑文友中医肿瘤医院企宣部部长，他本专业是美术，笔下文字功夫十分了得，一张报纸，一份杂志基本可以“包揽”，他与董事长的缘分可追溯到四五年前。

在深圳罗湖口岸租赁的第一家诊所的那段时间，这家店的出租广告，就出自李振龙的手笔。

因为租金太高一直无人问津，李振龙得知有人敢租下这片店面，心中就认定这肯定是一位能人，当时价位每月30万，即使现在，在南昌也算是高价位。

开业后李振龙还到诊所观察过，看看这位“能人”是啥模样。

李振龙所在中医肿瘤医院的老院长郑文友80岁了，经营门店力不从心，医院关闭。李振龙与中医肿瘤医院的彭医师准备回西安，复制一所深圳的中医肿瘤医院。要走的前一天，彭医师邀请他去珠海看看董事长，原来他与董事长是老乡，在故乡中医院，有与董事长共事13年的交情。

黎昌仁先生和创业伙伴一起过生日

有昌义的小车来接。说是游珠海，不如说是去参观六和，看了义齿加工厂，参观了拱北莲花路门诊部，重点是看了柠溪门诊部与六和公司。

吃饭时，黎强发出了邀请，希望李振龙来六和工作，把深圳中医肿瘤医院的企业宣传经验传递给六和。这是2004年6月底的一天。

回深圳后，三思即行，决定放弃回西安创业的想法，来珠海加入六和，参与了黎强负责的广告公司的各项工作，负责办一张小报：《六和健康通讯》。后来，他出任六和集团珠海事业部策划宣传部主任。

六和广告占领了珠海市主流媒体：特区报，晚报，电视台，公交站台，公交车内及户外广告，他功不可没。按董事长要求，他创造了一系列新广告语，“六和和天下，健康千万家”，“看牙科，到六和”。每周他都要向董事长汇报一周各类广告发布情况。并创办《六和视窗》。

在炎热的夏季，《六和视窗》创刊号出刊了。8月1日是建军节，是个好日子。

创刊号的头条是致读者，就是讲述文化：企业文化的建设，是企业取得长足竞争优势，在激烈的竞争中得以生存与发展的必要前提，重视企业文化对经营业绩的促进作用，真正落实企业文化建设工作，是企业管理者和全体员工必须正视和长期付出艰辛努力的光荣任务。

为搞好和加强这方面的工作，公司已于2004年底组建了“精神文明建设委员会”，负责企业文化的领导工作。今年企业文化建设工作的核心是：紧紧围绕“创六和一流品牌，建六和一流团队”的目标，多层次、全方位开展工作。

根据集团公司关于在所属单位开设文化宣传专栏的决定，集团宣传部在珠海一些单位开办了《六和视窗》宣传栏，已出版两期，受到好评。为加强沟通，扩大影响，及时反映企业风貌，还决定同时出版内部报纸《六和视窗》月报（暂定）。如何办好这份报纸，我们期望集团全体员工及社会各界有识之士的热心支持、批评和帮助。

发表在头版的特别策划报道文章是《感受六和——六和集团创业历程成长记》。文前小引值得一读：

> 曾几何时，似乎就在一夜之间，“六和和天下，健康千万家”“创医界一流，铺健康之路”这些夺目响亮的标语口号，伴随着六个“6”字衍化出的六朵浪花凝聚而成的“六和”徽标，强烈地冲击着珠海人的感官，浸润着珠海人的心田。一时间，报纸、电视、广播、公交车、舞台上，“六和”出现的频率不断增加，“六和”这个字眼，正越来越多地在一定程度上影响了珠海人的生活，人们诧异地相互询问：哪来那么多的“六和”？

放在头版最吸引读者眼球的是一篇短报道，上海六和口腔门诊部开业庆典，报道了董事长的讲话：

上海六和口腔门诊部的开业，是我公司事业发展的又一重要里程碑，它饱含着上海市杨浦区各级领导和社会各界的殷切期望，汇集着六和人的热切盼望，承载着服务上海人民的重任，上海六和口腔门诊部的开业，既是六和人的自豪和光荣，更是使命和责任。

从筹办上海六和口腔门诊部开始，我们就以“创医界一流”的标准要求，硬件上以星级旅馆似的装修，营造出全封闭的就医环境，购置了28套先进的牙椅和配套的医疗设备；软件上聘请了国内外口腔知名专家，原中国人民解放军第四军医大学口腔医院院长刘志斌教授领衔主诊。上海六和口腔门诊部的各位医务工作者，从今天开业起，就要始终牢记使命，不负重托，要以优质的服务质量报答各级领导及社会各界的关心和支

《六和视窗》

六和集团

六和視窗

LIUHE SHI CHUANG

主办：珠海六和集团公司（赠阅） 第 18 期 2007年2月

六和集团向全市人民及社会各界新老客户、新老朋友新春大拜年

值此新春佳节之际，谨代表珠海六和集团董事会、全体员工向全市人民、新老客户及社会各界的朋友们拜年！

真诚感谢各位在以往的岁月里对六和事业的支持、帮助和关心！

全体六和人将继续在你们的大力支持下，以诚挚的爱心、高度的责任心和不懈的努力，营造“和谐、进取、发展”的六和，再创辉煌，更好地回报社会。

衷心祝愿大家在新的一年里，添福添寿添富贵，体健财旺好运来！

珠海六和集团董事长兼总经理 黎昌仁

六和奏和谐 明天更美好

——在“六和奏和谐”2007年迎春晚会上的讲话 黎昌仁

持。这里多说一句，当全国统一改名为“拜尔”时，珠海百姓心中仍然是“六和”，就在今天老年人大都说起六和仍然津津有味。

创刊号上首推歌曲是《众人划桨开大船》：

一支竹篙难渡汪洋海，众人划桨开支大帆船。一棵小树弱不禁风雨，百里森林并肩耐岁寒；一根筷子轻轻被折断，十双筷子牢牢抱成团；一个巴掌拍也拍不响，万人鼓掌声啊声震天；一加十十加百百加千千万，你加我我加他大家心相连；同舟共济海让路，号子一声浪靠边；百舸争流千帆进，波涛在后岸在前。

李振龙很机灵的人，他知道董事长最喜欢唱的歌是《爱拼才会赢》，在第二期就向员工推荐了这首歌曲。

在创刊号上还发表了由舒凯麒为六和集团作词作曲的团队之歌，我们是光荣的团队——“六和”员工之歌：

我们来自五湖四海，“六和”的事业是我们的纽带，救死扶伤，荟萃英才，平等互助，团结友爱，服务大众是我们的情怀；展示实力，释放潜能，“六和”是我们显身手的舞台；超越自我，不断进取，贯穿传统与现代，为振兴中华，让集体的智慧迸发出光彩。我们汇聚长城内外，改革的春风把我们的心花催开；严于律己，宽厚为怀，创造一流，关爱健康，我们的豪情冲破云海；真诚待人，值得信赖，“六和”是我们最骄傲的品牌；奋力拼搏，开拓未来，引领时尚和潮流，为造福人类，让光荣的团队永远豪迈。

四版，还发表了一首由员工姜翠花写的短诗：

不经意间，
只不过一道道微波细澜，
六道微波聚成一朵浪花，
静静地绽放在天下珠海，
她有一个美好的名字叫六和！
蓦然回首，
一片宁静的港湾映入眼帘，
她是朵朵浪花冲击而成，
她的牌子是六和！
浪花自有花的芬芳，
永不枯萎，
浪花源自大海，
尤显大海情怀，
容纳百川，
聚浪成涛，
浪涛自有磅礴的力量，
荡涤着心灵的尘埃，
浇灌着生命之树常青！

这期还发出了：

《携手六和共创辉煌》演讲比赛的获奖名单：

一等奖：	六和医院口腔科	满云霞
二等奖：	六和医院导医组	曾苏娴
	义齿配制中心	张璇、朱云龙
三等奖：	六和医院泌尿科	吴扬莲
	六和医院财务科	彭小红
	义齿配制中心	何万玲

还有六和人物风采，他们是：

六和医院泌尿科主任浦同乾，继光荣参加全国百名医学家峰会后，最近又被全国主任医师学术年会推举为副理事长。

六和医院万国营医生精心为患者服务，患者怀着感激的心情专程来到医院，亲自将锦旗送到他手中。

来自四川的打工女文敏特地来信，感谢六和医院泌尿外科护士魏吉林，品德高尚，拾到钱包主动归还与她。

六和医院放射科张瑞生医生拾到患者遗忘的项链，及时交到办公室，由院方多方寻找并交还给失主。

六和医院注射室护士闫严、孙大琳，在治疗后整理床铺时发现患者遗忘的一台手机，连忙追出医院大门，直到街上才追上还给失主。

六和医院泌尿科孙全该医生在给香港患者黄先生做完治疗后，婉言谢绝了执意送给他的300元红包。黄感动地说："我的一点心意你不肯说，我不好意思，太感谢你们六和了。"

如果那位员工今天翻到这一页，读到这些细节，会不会有股暖流回荡在心中？会不会勾起青春的回忆？

一年一度的春节联欢晚会，是六和文化一个亮点，命名为"六和春晚"。胡兆民的回忆里是这样写的：

> 老板十分重视和在意六和春晚。我主持操办的大型晚会，有十多场。我操办晚会的原则是热烈、和谐、喜庆、节俭。
>
> 每一次晚会，老板都会邀请领导和嘉宾莅临，包括本公司在上海、江西、深圳、广州的同仁。我想，这是一次公司形象和企业文化的展示，我不能给公司、老板和千余员工丢脸。
>
> 因此，每一次我都投入极大的热情和努力，有时通宵达旦。
>
> 我要安排分配节目，组织联排评审，寻找会场，设计舞台背景，草

拟老板的新年献词，撰写主持人串词，定购抽奖及颁奖奖品，设计晚会流程，设计印刷节目单，布置美化会场，联系宾馆，定下菜谱，安排来宾、董事家属及员工参会及用餐座次……

尤其令我伤神的是，每一年的晚会，要定主持人。前几年，我滥竽充数，从2003年中秋节晚会后，接连当了几届主持人。H小姐是我多年的搭档。后来，大家还耶喻地把我们抬为“六和的一对金牌主持人”，真乃山中无虎也！

2008年元月，我们已准备在香州柠溪文化广场办春晚。其用意是扩大公司影响，树立大众形象。场地租金已交纳，一切都按室外晚会要求安排妥当。可是，天公不作美！天气预报晚会当天有大风雨。此时离晚会召开仅有两天，而老板此时还身在北京！

情急啊！我想，必须当机立断，马上换地方。我请示远在两千公里之外的老板。他表示同意。作为总策划、总指挥的我，彻夜无眠。我立即制定新方案，重新在电话中布置分工，重新派发请柬，联系会场，修改会议程序，调整节目秩序，改动舞台背景，布置市公交公司会场……我忙了两天一夜。

真没想到，此会场条件还不错。音响、灯光、座位完全符合要求，仅仅是离城区较远，交通不便而已。

这场晚会，由于准备充分，文艺节目质量好，大家反映甚佳。老板和一些同事们在事后还打趣地说，“这次晚会，简直比北京春晚还好看！”当我温习这场晚会的光碟时，还感到十分的欣慰和兴奋！

还记得，2009年春节，珠海片区单位减少了。晚会要照开，各单位上报的节目数不多。我发动公司直属部门全体人员，个个出山。包括司机、厨师、卫生员。我们精心策划、秘密编排了“服装秀”。晚会当日，我们的节目压轴登台。大家在严肃中透出幽默，在成熟中展现夸张。我们的服饰怪异，表情搞笑，还不时走下台与观众互动。意料之中，全场掌声雷动，欢呼声不绝于耳，连老板都笑弯了腰。

当然，做这些工作，绝不会仅是我一人所为。有老板的安排、指导和支持，各单位领导和同事们的帮助、配合及协作，我做了我应该做的工作：策划、组织、协调、指挥、督促、检查、落实而已。

我的直接下属是办公室主任。8年间，我物色、推荐、帮带了9名主任。他们中间有的很优秀，有的人我真不敢恭维。每来一人，我都得手把手地带。他们中有的不懂医学，有的不知行政，文笔都不大在行，连一般的应用文都不会写。我倒成了她们的秘书。这也更造就了我，使我成了高产、快速的写手。老板有需要也不指望她们动笔了。通过多年磨炼，现在，她们有的在事业上已有建树，大多数都生活得有滋有味。这要感谢老板对员工的宽容。

当年护理部主任吕雪荣在六和成立14年后的今天，也写了回忆当年六和文化的闪光亮点：

在员工心目中的董事长，不仅爱唱歌，而且唱得不错。他能唱不少红歌和流行歌，但唱得最多的是《爱拼才会赢》，每当用那特有的带有奉新口音的不十分标准的闽南话唱起这首歌，他总是精神抖擞，激情四射，赢得阵阵掌声。这也成了他最受欢迎的保留节目，不论在歌厅、旅途、员工生日会、公司“春晚”，或应邀，或即兴，这首歌他都会“逢歌必唱”。“爱拼才会赢”已经成了他的人生信条和生活写照，企业的发展成果，正是他不断拼搏的成果。

由于他的倡导、支持和示范，公司从2004年起每年都举办“春晚”。几乎每年的春晚，都会有一首舒凯麟创作的歌曲由董事长领头登台表演。如《我们是光荣的团队——六和员工之歌》《振奋吧，六和人》《六和和天下》《六和姑娘真是好》《我们是拜尔好员工》《神州大地拜博花开》等。2011年的春晚，由舒凯麟创作编导、组织、指挥的珠海六和口腔医院的大合唱《六和和天下》，2013年春晚，珠海事业部演唱的大合唱《神州大地拜博花开》等，产生了震撼人心的演出效果。

一次厦门市的一批客人访问公司总部，在珠海六和大厦六楼前台电梯口看到悬挂在墙上的《我们是光荣的团队》大幅乐谱，不无感慨地说：“一个企业能有自己的歌曲，不简单，企业文化一定搞得不错！”这位客人算是说对了。在黎昌仁董事长的直接关怀下，经舒凯麟精心策划，公司于2004年成立了“精神文明建设委员会”，创办了《六和视窗》报，这在当时的珠海企业并不多见，受到了前来公司视察的全国政协副主席等领导的赞许。公司的企业文化得到了长足的发展，荣获“全国企业文化建设优秀单位”称号。

黎昌仁董事长高歌《爱拼才会赢》

第五章　白兰吐香

拜博上海总部

（31）

终于，他——董事长提出进军上海滩的计划！

一片哗然，有人懵了，有人醉了，有人笑了。

上海多大！人生地不熟。有人称这是一次异想天开的讨论会。

没有专家，没有知名医生，谁来找你看？

上海滩，多少人想走进去啊。能进，当然是好事，问题是，如何迈出这一步。

董事长的目光毕竟与众不同，珠海太小，上海很大，要办连锁，在珠海绝对是不可能的。要影响全国，在珠海也是艰难的。要走向全国，一定要先在上海落脚、起步，才有影响力、辐射面才会不一样。上海是一个宽容的国际化城市，上海人分布全国各地，各地人也都愿意来到上海，上海人一定会接纳我们。首要的是我们必须遵守上海的一切法制法规。这时，董事长已有了“野心”，梦想做全国最大的口腔医疗集团。

进军上海滩，提出话题是梦，说出去是笑话。实施起来大家还是充满信心，浑身是劲。黎强、昌宝、昌德大力支持，明确了分工。昌德打前站，探路，先去上海调研选址，提出可行性的方案。

时间是2004年岁末。那时上海民营医疗市场刚开放，而他们用特区办事的思维方式急于求成，先选好地址，购好设备，结果只能是白等。他们并不清楚上海办证的程序。昌德来到上海举目无亲。他找到一位在部队从医的奉新老乡，通过他们又找到几个上海卫生系统退休的老专家，大家都愿意帮忙，还表示一旦门诊部办成，他们愿意在一起工作。一些老专家不仅是上海，还是全国知名的专家，尤其昌德认识的第四军医大学原院长刘志斌教授，刘教授欣然应诺出任门诊部主任。昌德大喜过望，在珠海市找一个教授是望眼欲穿，而上海博士硕士济济一堂，一个个高素质，高知名度，高技术，为人谦虚诚恳，让他大开眼界，十分敬佩。一下又充满了信心。

他希望通过这些老专家牵线搭桥，早日通过审核，早批下，早开业，早接诊病人，减少成本支出。他的欣喜与期待是看好这些专家。谁知事与愿违。他想用特区和家乡办事的思维方式在上海推进各项工作，结果是院址选好了，设备购好了，房租费用也付了，公司批件未交，执业批件更难以批复。难批的原因很多，当时中央尚无鼓励支持民营资本进行医疗行业的文件（特区例外），就这一条，可以等上一年半载。那房租费水电费人工费是真金白银一月一月地送出去，毫无价值。从上海到珠海的六和人，个个心痛，进入上海成功的欢喜与热度突然掉进了冰窟窿，仿佛从盛夏进入了冬天。能解决吗?

春节期间，珠海病人不多时，六兄弟一行来到上海考察，仍然想不出好办法，遂转道杭州，去了六和塔，重温了六和文化。几个人还胡乱凑了几句诗：六和塔下六和爱，西湖岸边花不败。人生难得几回搏，要把上海当珠海。

他们转道西部重庆，进行了一些调研工作，决定在这里扎寨。那是后话，一路返回，最后确定，还是主攻上海。他们相信上海有大海般的胸怀，一定能容纳六和。现在只是功夫不力，缘分未到。

2005年2月，国务院出台了《关于鼓励支持引导个体私营等非公有制经济发展的若干意见》，鼓励并支持民营资本进入医疗行业。

他们改变了战略，找到奉新县政府，通过政府这条线，再找上海区政府方面，协调了卫生行政部门，以引进招商的项目，终于解决了许可证等诸多事宜进入上海。这次战术改变花了大代价，这次学费值得，买了许多的经验和常识，打开了思路、拓宽了眼路，为走向全国各城市进行了一次预演。

昌德选择的第一家诊所在上海杨浦区大连路上。这是六和集团进入上海的第一家口腔诊所，命名为六和口腔门诊部，门诊面积为760平方米，安置了20台牙椅，配备了20名医务人员，投资600万。2005年在六和公司算是一笔大投资，房租和装修用去了200万，固定资产200万，其他费用200万。

开业时没有做广告和大力的宣传，用的还是珠海模式的套路，服务好顾

黎氏六兄弟同游六和塔

客病友，质量加微笑为主导。这次全体六和人为自己在上海站住了脚而高兴，《六和视窗》还作了专题报道，然而三个月内，一直处在亏损状态。昌德有点急。

是没有做广告，知晓率低的原因吗？

是质量加微笑的模式在上海作用不大吗？

要不要继续办第二家？

一家的亏损不能说明上海没有市场，再办第二家吧。

改选院址，规模缩小。选择在长宁区延安西路一座写字楼，取名“和协”，面积300平方米，设置6台牙椅，员工16人，装修简单实用，比较平民化，收费偏低。开业不久，一直处在持平微利状态。

董事长还是不愿放弃上海，他与黎强商量，让他去试试。黎强在深圳、珠海一直主管医疗，肯动脑筋。用黎强自己的话说，他也是不安分的人，喜欢捣鼓，不愿老停留在同一个水平上。用现在的鸡汤话说：喜欢挑战。他去上海调换回昌德，进行调研，再做决策。

黎强果然强势。进入上海后，他下了功夫深入调查，召开座谈会，获得第一手资料后，做了多方面分析：他将调查评估论证与自己的观点，写了一份几万字的详细报告给董事长，获得珠海全体与会人员点赞。

内容概括四点：一是消费理念。民营口腔在上海起步晚，在百姓心中尚未形成一种去民营医院的消费理念或者说习惯。大多数百姓，尤其是基层百姓到公立医院，相信公立医院已成习惯，口腔疑难病去上海九医院，一般去华山，广慈，同济，常见病去社区。在一般百姓的视野里尚未有“民营口腔医院”这四个字。再加上，民营医院不能使用公费医疗卡，更难以拥有病人。

二是选址与定位。也就是说，开这家诊所主要接诊哪些病人，为哪些顾客服务。服务对象决定选址。昌德选的这两家门诊部周边都是工厂、居民小区，一些工厂关停并转，工人下岗。也许他定位是为了普通百姓，为下岗工人。这类人群消费理念与能力都欠佳。如果诊所装修豪华，他们望而生畏，难以进入口腔疾病需要者的视野内。第二家选址也有误，选的是写字楼，不能做招牌，周六物业不上班，不能开空调，只好自动停业一天。所以定位与选址有密切的相关性。

第三，当下上海对口腔健康意识有强烈要求的人群是白领阶层，那么选址、装修都要考虑到他们的需要。这两家门诊部定位远离白领阶层。重新选点，另起炉灶，势在必行。新诊所要制定为方便他们的一系列制度，比如预约制，选医制，新技术的开展，让白领阶层选择用自己空闲时间就医，要开发他们需要的维护口腔健康项目，适时对他们进行口腔健康宣传。

四是店名也要更改。在上海这个国际化大都市里，用“六和”“和协”这个充满中国传统文化的词汇冠名医院和门诊部不适合。这类名词适用于饮食、药店和文化产业。从商业角度出发，口腔门诊部名要更换，一时想不出好的名字，黎强临时选用了熟悉的“拜尔”。医药界人士都知道，德国拜耳公司是世界500强（财富）企业之一，创建于1863年，已近150年历史的制药产业，公司总部在德国的勒沃森库，拥有111400员工，291家分支机构遍布世界各地。黎强当时不知是否有想向拜耳公司学习的心理因素，就这样将“耳”改为“尔”，上报了，批下了。后因拜耳与拜尔在读音方面一致，就更改为拜博了。

黎强选的第一家店在长宁区中山公园地铁站旁的龙之梦购物中心内。龙之梦是上海长宁区人气很旺的购物中心，周围是居民小区和写字楼，白领阶层很多。

诊所面积360平方米，设立7个独立包间椅位，400平方米，20名员工，投资300万元。有点类似深圳的罗湖商业城，那时的上海拜尔口腔门诊部，与当年在深圳独立经营的第一家诊所有异曲同工之妙。

定位明确，服务对象就是高级金领、白领，外国友人，兼顾周边居民，为他们提供高质精细服务。对20名员工进行了专业培训，包括接待、接诊、咨询。注意每一个接待接诊细节，要做到能接地气，又与众不同。

2007年开张营业，第一个月收入50万，首战告捷，第二个月持平，第三个月出现微利，以后一直盈利。红色箭头斜斜向上。

黎强趁热打铁，迅速在浦东选点，开发公司在上海的第四家。

第四家选定在浦东新区沪南公路万达广场，取名浦东联洋柏尔，面积360平方米，也是7台牙椅，20个工作人员。几个月后在浦东新区迎春路开设了第五家，位于大拇指广场。腾出一个非医疗场地，设立儿童区，上网区，咖啡区，置有温热毛巾，恒温毛巾柜，播放背景音乐，供候诊休闲看书上网，提供双语服务（英、日）。很快从开业进入了营业。至此，上海已有了五家诊所。除首家六和亏损外，其余三家，一家持平，两家盈利。回首整改第一家与第二家。将原第二家迁到上海天山路三楼百盛商场，更名天山柏尔。

上海拜博发展迅速稳定，在上海滩基本坐稳，黎强留下任上海事业部经理。他将原六和门诊部进行了整改，一是更换门诊部负责人；二是减少总面积，将三楼出租减少成本；三是减少医务人员。从20人减到16人，3名医生，8名护士，5名前台与咨询。牙椅已调整到8台，由上海经理部统一安排两名兼职医生，一是种植，二是正畸医生。门诊部预约种植与正畸病人，由事业部派医生定期出诊，劳务费由门诊部支付。经过两年的努力，开始持平，再逐渐盈利。

拜博集团最大的事业部在上海，总人数为829人，沪籍工作人员227人，外籍来沪的602人。

2017年，总接待顾客病人人次是307147人次，以下是6家店的接诊人次。

店名	工作人员	牙椅位	人次
六和	16人	8	10059人次
天山柏尔	20人	7	12293人次
拜尔	33人	12	19296人次
柏尔	29人	12	17786人次
博尔	45人	20	24199人次
口腔医院	115人	59	24947人次

现在，全上海共有现拜博门诊部32家，口腔医院 1 家，共33家。仅口腔医院 1 家，年收入达1.3亿—1.8亿元。

从规模，从收入，上海事业部在拜博集团中无疑名列第一。

上海引领拜博，拜博服务上海。一路花开，香溢他人，闪亮自己。

（32）

自黎强出任上海事业部经理后，六和集团顺利推进，上海口腔医院各项服务工作进程深受上海百姓欢迎。

曾经有这样的调查：

上海老百姓看牙病，最喜欢选择的医院，拜博在前五名。

一位资深的口腔科专家说，他相信这个结论，因为拜博口腔环境好，服务好，医疗质量好，收费合理。他开玩笑地说，我自己如果牙痛，我也愿意到那里去，进门就是微笑，坐下后就是一杯热茶。如果电话预约，不要排队，还为你放一点轻音乐，整个治疗过程，轻松、无痛、放心。不像体制内医院人来人往，声音嘈杂，排队久，而且医生累了，排在最后的病人经常看不到医生的好脸色，为获得一个正确的诊断，成功有效的治疗，也只能耐心等待与小心翼翼地坐上牙椅。

拜博的服务从六和开始，经历了拜尔，树立了口碑，这口碑要源于董事长创业之初，源于黎强几兄弟的传递，源于上海事业部每个员工的努力。

可以说，历任上海事业部团队都很努力，都很强势。

现任上海事业部经理魏兵是一个冷静、干练的女性，20世纪80年代末毕业于中国医科大学口腔医学系，因成绩优秀留附属医院从事医学教研工作。

1996年起，到日本昭和大学进修，在日本口腔医学界工作学习近七年。她80年代初就开始学习世界语，1987年组织摄制制作了国际上第一部正规世界语电视教学片《希望》，应韩国檀国大学邀请进行世界语讲学。她能熟练地运用英语、日语与友人进行沟通，加上服务细致，经验丰富，手术精巧，责任心强，深受日本及欧洲朋友欢迎。从日本回国后加盟拜博，从医生做到门诊院长，做到上海事业部经理，业务与管理双肩挑。

对800余名员工，32家门店的管理，她心中有数，娓娓道来，如数家珍。

除了旗舰店外，一般的店平均面积600平方米左右，最小的200平方米，只4台椅位，在大上海，各店布局于人海之中，尽量做到交通方便，有停车处，布局相对均匀，旗舰店最高年收入曾达到1.8亿，规模最小的店每月收入也有100余万，目前，只有两个小店亏损，正在整改，寻找原因，对症下药。短时间内，一定能扭亏为盈。她充满信心。

他们有好的理念，他们有好的团队。

他们有好的制度流程，他们有好的企业文化。

在上海，门诊部经常外出义诊，对患者如客人朋友，在商业行为上，可以用渠道宣传，达到了既宣传口腔保健科普知识，又宣传自己品牌的目的。

简洁大气的前台

老百姓在休闲或在无意中也做了一次免费口腔健康体检。

给老病友赠送“六和会员家庭卡”，凡持卡者的家庭在六和任何一家门诊就诊享受9.5—7折价格优惠。这只是树立外部形象，重要的是练内功。

什么叫“内功”？

凡上门就医的客人病友，在推门入室的那一刻就送上暖心的服务。微笑，请坐，递茶，询问，解答。这是流程也是规范，她们的笑容是真诚的自然的。老人坐下后，耳背，听不清楚，她们会用半蹲半跪的姿势亲切地问：奶奶，或爷爷，大妈，大伯，你们有什么要求吗？接待一两次就有了这样的效果，老人每次来院，就指定要这位服务者，要这位医护人员。

不用提什么“全心全意”，不用告知员工把“病人当亲人”，这些流程与制度已成了员工的习惯。

新护士新医生来了，老护士老医生不是在会议室或办公室告诫教导新员工，而是带新员工在门口做示范，怎样接待或接诊他们的第一位病人，他们会告诉员工：当年董事长开诊所时，一个人就是这样接待就诊病人的。这是制度，是传统，也是习惯。

老员工也逃不脱训练，比如规章制度的考核，疑难杂症病例的讲解，新技术的推广，新信息的发布，让新员工尽快入门，让老员工尽快提高，培训与考核是最给力的方式。

一位老年病人，上半口牙所剩无几，下半口牙缺失，他儿子远在美国，听说拜尔种植牙技术领先，特汇款给老爸，要他尽快完成全口种植术，还给拜尔诸位高手预先写了一封感谢信。因为他不知是谁操刀，这事当然找到黎强，这是信任，这是技术，这也是每个拜尔同道要学的技术，黎强在术中摄像，视频，做成PPT，术后给青年医师讲课。每天种植牙病例要写进自己的博客，这是制度，也是培养出来的习惯。

（33）

医院面对个体生命，质量控制永远放在第一位，严格实行院长负责制，所选派的分院负责人都会有博士或硕士学历，最低的也是工作15年以上的主治医师，他们有经验，有思想，有技术，有特色与强项。上海拜博口腔在医务人员中有5名博士，33名硕士，获主治医师职称的49名，副高5名。

护士按1∶1.8配备，严格做到四手操作。可以说，上海各分店的特色不仅仅见于装修的精美，环境的优雅，设备的先进，至关重要的是人才和管理。上海拜博每个分院都有硕士生，“海归”生，或在国外短期进修学生的硕士、博士。他们如八仙过海，各显神通。每人都有自己的医疗特色与强项，在拜博的平台上展现自己，服务百姓，充实拼搏，做到提升个体与团队。

从服务到操作，从医疗环境到无菌操作，全面与世界接轨。

严格控制成本，物业成本占14%-20%，人力成本30%，运营成本很低，材料加工成本18%-20%，市场成本包括渠道不到8%，符合利润20%—25%的规律。这样一算，暴利难以获得。

各分店总收入的项目一般是基本治疗，正畸和牙种植术各占收入的30%，在大店，牙种植术占到50%。例如，陆港广场的口腔医院业绩分别有三个领军人物开展三个医疗项目，五楼的黎强团队的牙种植为700万，六楼的沈刚教授的团队口腔正畸500万，四楼的刘晓峰团队的牙周治疗为400万。

刘晓峰于上海交大医院口腔系硕士毕业，曾是附属九院的口腔内科医师，主攻牙周病20年，获得上海市科学技术进步二等奖。他走出了体制，走进拜博，为的是希望自己的舞台更大。在这里他任口腔牙周技术总监，任过门诊部院长，拜尔口腔牙周部主任，拜尔牙周培训主任。他说，每天在拜博，病人应接不暇，从不敢怠慢；因不怠慢，才有口碑，才有不暇。为上海牙周病患者的牙齿延迟下岗，他与他的团队作出了贡献。

浦东联洋门诊部院长翟建博是同济大学修复硕士，美国加州大学洛杉矶分校美学修复硕士，英语口语十分流利，能自如地和欧美顾客进行有效沟通。

他在管理联洋门诊部时特别强调识人、用人、留人、培养人，一句话，以人为本，他的理念是，有动力，也要有助力。他重视医师与其他工作人员的合作。护理前台人员给力，与专家协力形成合力。医院靠医生去完成医疗工作。只有用人唯贤，才拥有高端客户服务的人力资源。门诊提出了一系列为客户温馨服务的措施，靠人去执行，这既有主力，又有专家协力形成合力。合力就是团队中要协调好医护关系，医护与前台咨询的关系，处理好内部关系是团结的关系，一是要互相体贴的人际关系，二是要合理的收入，达到合理分配的目的。分配制度十分重要，要公正、公平、公开。不要让任何一个员工在经济上有吃亏之感。

东方天地旗舰店门诊部院长李娜，有自己的感想。她毕业于上海交通大学口腔医学院，是同济大学的修复硕士，又是韩国AIC种植会员。她通过个人努力带动团队。她有女性的温柔、敏锐，又有男性刚强管理者的坚韧，她更是一名践行者，她帮助别人，也是在不断提升自己。她的温柔发自内心，用微笑迎来顾客，用微笑带动同行。一位护士一直有“换岗”的想法，李娜用包容、温柔、关爱留住了她，同样，她用宽大、亲切、感恩之情，送走自己的两名同事分别到乐尔和花本门诊部去任院长，这两位是她的得力助手、好朋友，把惜别之情化为自豪感恩之情，在拜博这个舞台上，医生、护士、前台、咨询每个人都能在这里展现自己的风采，每个人都有发展向上的机会。刘景刚、谢振兴调离去另一家拜博医院任院长，迈上一级新台阶，是拜博发展的需要，对他们个人也是能力的展现，她有太多的不舍，也只得含泪告别。

在拜博这个大舞台，大家庭里，来来往往迎新送旧已是常事。没有找到归宿感和成就感的年轻人会悄然离去。在高层管理人员中，也有另觅高枝或自立门户者，立志超越拜博。董事长说过：拜博是一个大舞台，来，我们欢迎！走，我们欢送。一位老员工也有感受，他这样说：拜博是一块园地，为自己也为他们培养了人才；拜博是一座桥，让更多年轻人从此岸达到了彼岸；拜博是一“梯子”，让一些人步步登高。

上海拜博从开始到现在一直强势发展，在拓宽，在充实，拜博舞台以科学、诚信、宽容展现在关心关注拜博的人的面前。

宝尔口腔门诊部位于上海宝山区牡丹江路一幢楼的6楼，乘电梯而上，2012年5月21日挂牌成立，因地处上海边缘，月门诊量一直在20万业绩上下徘徊。外出做广告？院长说，每个顾客病友都是广告，每个病友都是渠道。一个顾客可以带来好多顾客，一个顾客也可以推走好多顾客，真心的服务能赢取信任。

努力做出自己的品牌来，宝尔的业绩在原基础上翻了三番。

龙之梦拜尔门诊部是最早盈利的，且一直保持盈利状态。至今院领导变过，院内医生变过，唯一不变的是向上的业绩。

他们月初有目标，月中有小结，月终有总结。时时可以找出差距，找出问题，随时改正，迎头赶上。月业绩平均130万左右，最高达到240万。

2018年后，随着商场整体消费下降的趋势，他们采取了灵活的策略，比如在收费上，对一些老顾客，老年人，他们收入没有上升的可能，牙齿一颗颗松动脱落，他们的牙病总得治疗解决。现任门诊部主任尹琪琪说：我们不能把这些要求镶牙的老人拒之门外，我们请进来免费为他们检查，然后，只收成本费，为他们拔牙，只收收麻药费和消毒材料消耗费用。他们是老病号，对价格了如指掌，他们自然心存感激。这还是董事长创业时的老套路，不把成本转嫁给顾客，不加重顾客的负担，以量取胜，医生辛苦一点，病人多一点，总收入多一点。由于这些措施，在全民消费下降的2018年暑假，尹琪琪的拜尔店做到了8月138万，9月137万。利薄人气旺。

再叙叙六和老店，论进军上海，名次算第一，论收入盈利，却是老末。谢正新医生受命负责。这年，他35岁，在董事长南下创业的鸡年，在那个春节后的冬夜，他正在家中复习，准备报考医学院。1996年，他正在南昌大学一附院实习。那时，他的理想是在县城医院找一份工作，能报答父母，成家立业，养儿育女做父亲。当时，一个在读书，一个在创业，两人因“牙医”“牙缘”走到一起了。

他加入六和门诊部时是29岁，多次外出进修学习，他感谢拜博这个平台。入职6年后，担当重任。

他担任院长后，作了精兵简政工作，做了鼓动员工工作，做了医患顾客座谈工作。

压缩工作人员，压缩门诊部办公与医疗使用面积，多的房子外租，减少成本。拜博就是他的家。拜博一家人，自己成了管家人，要学会过日子，要学会关心爱护家人。

对职工的收入十分明确，基本工资加绩效，绩效超过了规定水平，给予奖励，总收入过了任务，年底再给奖金。

凡附近老顾客，请到门诊部开茶话会，听取他们的意见、建议，落实整改措施，一个顾客就是一个营销员，顾客满意，他会自觉地传递给他的朋友。一传十，十传百，他们传递的力量与速度，远远高于并快于我们，因为周边很多居民是下岗工人，想看牙就是看不起。上海拜博事业部已实行了会员优惠卡，折扣按理类推，确实下岗工人，生活困难的居民，可以优惠。内功，外惠，内有凝聚力，外有吸引力与影响力。

过去，每月收入徘徊在30万—50万元之间，他去了后迅速达到130万，最高165万。转亏为赢就不是梦话了。

2008年的月报收入表是6月114万，7月152万，8月142万，成本是房租每月14万，人工成本30万，加工及材料费20万，再减去运营广告费用，不仅仅盈利，把2005年以来的亏损全部赚回，现在三楼外租的面积又收回，扩大了医疗用房，满足了病友需要。如今他在上海买了房，买了车，成了家，有时醒来，问自己，这是不是梦啊！董事长的梦与员工的梦一样同在。

还有天山百盛门诊部、和平公园六和门诊部、浦东汤臣金融大厦门诊部、龙柏乐虹坊门诊部、古北门诊部、五角场门诊部。一家家，都有名医坐镇，郭伟，郭滟，熊靖宇，左秀清，徐子卿，许欣榕，殷俊，唐甸飞，袁昆霞，都是每天有顾客病人点赞的好医生。

（34）

2015年10月，黎强，谢洪，胡兆民联名在《六和视窗》上发表了一篇文章，题目是《浅谈民营医院的"品牌战略"》。这篇文章可以算是董事长和他的团队对办医院的理念初步形成了，此文执笔是胡兆民。从文字里可以找到董事长、黎强他们办院的强势理念。现回首再读此文，颇有感触，现摘录如下：

据报道，上海某医院对三个社区2000个样本随机调查，结果显示：在影响公众对医院信任度的诸因素中，责任及信誉占55.4%；技术见长占

28.1%；服务态度优良占16.5%。即表明公众较多信赖具有良好声誉和责任感的医院。

笔者认为，良好的声誉和对社会、对病人的责任感应该是医院的灵魂。而如何让社会认知本医院的“灵魂”，在某种程度上有赖于医院“品牌战略”的实施。这一点，对于处在夹缝中求生存、谋发展的民营医疗机构显得尤为重要。

一、树立“品牌战略”观念

什么叫“品牌”？企业的产品与服务在消费者心目中的形象就叫企业、产品的品牌。在形成购买力之后，目标品牌则成了首先消费对象。

当今世界，已经进入了品牌竞争的时代，麦当劳、奔驰、诺基亚、剑南春……这些人们耳熟能详的品牌，其知名度与品牌附加值在公众心目中树立了难以磨灭的丰碑，已成为举世公认企业品牌战略的成功范例。

随着我国各项事业改革，尤其是医疗改革的不断深入，医院最终将进入市场。医院进入市场后，实则成了“医疗服务企业”。作为特殊行业的“医疗企业”，尤其中、小民企，当前面临着前所未有的发展机遇；也面临着十分残酷的市场竞争。为了能从有限的医疗服务市场这块蛋糕中分切一片，以保证其生存，并力图提高竞争实力，维持持续发展，品牌战略越来越受到医院（尤其是民营医院）管理者的重视，并已跃然于医院经营策略的议事日程之上。

二、潜心打造企业品牌

从某种意义上说，品牌是市场竞争力的象征，是赢得消费者的法宝。品牌又是市场竞争的利器，是一所医院，尤其是民营医疗机构竞争力的体现。

如何创品牌、树品牌、培育品牌、保住品牌，从而发挥品牌效应为企业的发展、壮大走出一条新路？这也是许多投资者与管理者正在思考探索的问题。

首先是转变观念。现阶段，许多大城市医院凭借雄厚的实力、多年经营的经验沉淀及国家政策的扶持，虽然深夜人们排长队挂号的现象已经鲜见，但仍然有些“皇帝女儿不愁嫁”的意味。由于国家关于医疗服务政策的逐渐放开，一方面中小城镇人们缺医少药现象可以说已基本得到缓解；另一方面由于资源配置不尽合理，相关政策配套措施欠完善，医疗行业内激烈的、残酷的（有些地区基本还是无序的）竞争是不争的事实。如果没有超前的观念和创造品牌的意识，不把医疗机构当企业去经营，不创造第一流企业文化，不把品牌营销贯穿到经营活动之始终，不去迎合市场，适应消费人群需求，小型医疗机构尤其民营者，很难立足，更难以发展。何况，办好医院的三大要素（人才、设备、管理）之中，人才、专家更需要品牌医院作为施展才华的平台。否则也留不住有用之才为品牌服务。

其次，是打造与培育自己的品牌。依据本身的文化底蕴，投资规模、市场定位，创造自己的产品与企业品牌。品牌树立起来后，还需精心培育和维护。打造与培育品牌需要一个扎实苦练“内功”的过程。要在创品牌过程中，逐步引入、造就、培育、发展一流人才，一流技术、一流设备、从而形成一流管理，获取一流效益。

第三，是包装品牌。注重企业品牌的外包装，其实就是将“上品”予以“精包装”。包括品牌、重点学科、名医名护、特色技术，高端设施，管理名家等。注意选准包装对象，把握整体策划，且不断推陈出新，才会收到预期效果。

其四，宣传品牌。认识跟上了，观念转变了，品牌树立了，包装完成了，怎么让社会公众尽快认可呢？这里就需要宣传。

对内，要让企业内各级负责人及全体员工，都知道创建和培育品牌的意义，人人都做宣传员，让宣传品牌成为员工的自发行动。通过医务人员在对病员的服务过程中，直接把“品牌”传播给病人及其亲友。

对外，充分发挥传媒作用。文字的、声像的；流动的、固定的；有时限的、无时限的；适时展开全方位、多角度的宣传攻势。我们认为好的品牌，迟早会被社会大众所认定。

三、现在起步，为时未晚

我们公司徽标“六个六”，其寓意是团结、和顺、开拓、发展。对房舍装修格调、物品用色、员工服饰、车身广告、导诊行为、重点学科、知名专家、高新设备等的宣传都进行总体策划，统一设计。

全珠海几乎无人不知“六和和天下，健康千万家”的广告语。人们知道了中国有“六和”，也明白了“六和”干什么。我们与各大媒体建立了很好的联系。人们从电台、电视台、澳门街头、《健康报》《羊城晚报》《南方都市报》及珠海当地报刊均能不时得到来自“六和”的信息。

2004年10月，“六和”口腔中心成为世界模特总决赛组委会指定唯一口腔医疗单位。40名顶级美眉与“六和”员工的联谊活动，在珠海引起了轰动，起到了宣传“六和”品牌的极好效果。

在公司、门诊部，我们完善和健全规章制度，对员工进行“重质量、重信誉、重服务”的教育，引入竞争机制、强化忧患意识、弘扬企业文化、注重人文关怀，企业管理正朝着制度化、规范化、科学化的方向努力。

我们筑巢引凤，吸引了一大批高级专业人才与管理经营人才。他们之中有留学或援外归来者；有享受国务院特殊津贴的专家；有专业理论造诣颇深，临床经验丰富的学科带头人；有从事医院管理多年且颇有建树的德技双馨的管理人才。

在设备引进方面，我们不跟风贪大，而求人无我有，人有我新。如我们率先在珠海引进芬兰最新型口腔曲面断层摄影装置，其使用率之高、成本回收之快，使得同行们叹为观止。短短两三年我们购进价值万元以上设备数百台件，都在医疗工作中发挥了积极作用，也给公司带来了丰厚的回报。

近期，我们已把触角伸展到国际大都市上海。在那儿，我们开设了分公司和口腔医院，更加注意了外树形象，内练真功。从医院人性化设计、内外装修，人才招聘、内部管理……等方面，无不体现出我们用品牌进军大上海的决心和信心。

如今，在上海，市民不时可看到有“六和”标识的专车在大马路上急驰；进入小包间享受亲情式医疗服务的将是较高档次的白领、金领、外国友人或企事业单位成功人士。星级宾馆式的装修与星级宾馆式的服务相得益彰，把“六和”的品牌演绎得更为精彩。

“路漫漫其修远兮，吾将上下而求索”。我们相信，通过不懈的努力，不久的将来，了解与认可“六和”品牌的人将会更多；企业也将会从品牌创建中获取巨大的利益。借助“品牌战略”的实施，企业的快速发展，定使之日可待！

（35）

上海滩的拜博强手如云。

强手中要首推的当然是黎强。黎强与牙科结缘，可能比二哥还早，小时候就看到父母的牙齿不好。在读中学时，经常看到父母牙痛，经常上药，经常拔牙。父母在五十几岁就戴上了假牙，父亲戴的是全口假牙，他看到活动假牙在父亲嘴里可以动来动去，还会发出咯咯的响声，就问：“老爸，你嘴巴是什么在响啊？”

老爸说：“是假牙。”老爸把假牙拿出来，黎强还吓了一跳：“你的假牙怎么还能拿进拿出呵？”爸爸说：“没有假牙，吃饭说话不方便，戴上假牙，吃饭说话也不方便。”

他笑过二哥，“你就不能镶一副不动的牙齿？”

二哥笑着解释说，“医学没有发展到那一天。如果全口能做固定牙的话，我何尝不想让父母装一副固定牙？”其实在当年说这个话，二哥是没有

黎强近照

底气的，因为种植牙还在国外。有一次，黎强又在唠叨种植牙的事，二哥还真的烦了，怼了他一句："有本事你给爸妈镶一副！"黎强是个不服输的人，真的下定决心给爸妈镶一副全口不动的牙。从那个时候起，他真的对牙齿诊疗产生了极大的兴趣，长大后想当一名牙医的种子落在了他的心中。种植牙成了他的梦想，现在他可以用种植牙技术给全口无牙颌患者做一口全固定的假牙，在技术成熟时，父母亲又先后去世，这辈子再也没有机会给父母种牙了，未能为父母种牙成为他心中永远的痛。亲不待我，时不再来，要尽孝，须赶早啊!

黎强每次给老人种植牙，自然而然地就想到自己的父母，就如当年的二哥在深圳看到女孩子看牙就会想起自己的女儿一样，他没有给父母享受到种植牙所带来的幸福感，他把这种幸福感留给了自己的妻子。而这一种享受不是他的馈赠，而是他的一次成功的实验。像许多青年医生一样，每个医生总有自己的第一个患者。黎强的第一个患者就是他的妻子。

现实中，患者并不知道自己是医师第一个实施种植牙术的病人。成功了，失败了，医生自有解释。如果医生说出你是第一，谁又愿意当医生的第一个患者呢？为了对患者负责，黎强选择的第一个患者是妻子。

那时拜博还没有医生开展种植牙，本着拜博不能落后的原则，他决定举刀。

那夜，他悄悄地对老婆说：你能帮我一个忙吗？

什么忙？看你那认真样子！

做我的病人。

做你的老婆，还要做你的病人，你啊，厉害了。

黎强嬉皮笑脸地说：是这样的，这个手术我还没亲手做过，看过几次，如果先到病人身上动手，质量不好，有什么缺点良心过不去。就是不收钱，退款，病人都不理解，只有请我夫人、太太、老婆助我一臂之力，做我的第一个病人。我这儿感激不尽了。

就这样，她躺在牙椅上，他为她做了延期种植，又做了即刻种植，效果很好。为了巩固自己的技术，他诱导老婆说：你看，你有了这颗假牙，又漂亮，又实用，你动员你家里人也来做吧！你朋友，你同学，价格优惠，怎么样？

妻子最理解丈夫，当然全力支持，完成了一个又一个病人，一颗又一颗种植体。黎强“练兵”成功，决定正式“开张”。于是他接诊了一个又一个病友顾客，个个病例都成功。

说一句题外话，有几个或有多少医生会在自己的亲人身上做试验？也许有，但黎强的这种精神与态度不是口腔界的每个医生都能具有的。黎强为了证明自己的植牙术成功有效，有着与众不同的验证方法。

种上牙不仅仅是为了微笑，那只是广告词而已，主要的是可以咀嚼。黎强的标准是可以咬一口苹果！

多么有趣的咬一口的苹果哦。这被咬了一口的苹果，让人想起乔布斯，追求完美。

牙种进口腔后，黎强会看着病人咬一口苹果，发出朗朗的欣喜的笑声。牙齿不能负重，能称得上牙齿么？

这就是黎强，美学与力学的完美结合，实用与浪漫的结合。我是那个愿意给他咬一口一颗苹果的牙医，黎强如是说。

（36）

如果说，当年董事长从深圳转移珠海是谱写了创业三部曲，那么，昌德，黎强到了上海，也跨了三大步。

第一步，进入上海滩，经历了双眼一抹黑，到明确了方向与位置。

第二步，以拜尔盈利起点，站住了脚。

第三步，是创办上海拜博口腔医院，租下了年租最昂贵的上海港陆广场，在上海滩将笑话变成了神话。说笑话是有原因的，大家都知道一个基本道理，房租的成本最理想是总收入的10%左右，若超过，那是亏损在望，而这儿的年租金高达1800万，也就是说，他们的收入要达1.5亿—1.8亿。还要节制好其他成本。

黎昌仁为什么有这个胆？

是因当年租下了深圳商业城30万，他们闯过了？是因为当年花千万买了柠溪门诊，他扭亏为盈？这儿是上海，这儿会不会成为滑铁卢？

也就是说，这儿年收入至少要年年进账1.5个亿。条件在哪里？或者说有条件吗？

风水这边独好。

上海拜博口腔医院位于上海西藏中路18号港陆广场4—6楼，与上海滩大世界正对面，交通四通八达，这里是上海的风水宝地，

中国有句话，天时地利人和。六和文化中，人和为上，人才与医疗质量是

紧密相关的，好的人才通过严格的医疗管理可以实现最高等级的医疗质量。

黎强手下有一个强有力的团队，熊靖宇、高振华与黎强称为三剑客，他们的独门秘籍就是在种植牙普及于口腔界的今天，他们最早开展了穿颧骨的种植术，为大多数宣判不能或不宜做种植牙的老年患者下了解禁令，让这些“无齿之徒”能堂而皇之地走进开怀大笑的殿堂，能咀嚼一切美味佳肴的餐馆。

问题不尽止于此。他不是抱着“秘籍”闭门自守，而是举办疑难种植牙学习班，得到同行的好评如潮，许多人带着自己的疑难病人来找他会诊。每天，这儿病人登记排队，他们来自成都、重庆、宁波、温州，真是五湖四海，天南海北。病人候诊如此之多，可以不愁了吧。

不，巧妇也有难为无米之炊时。在获得风险投资后，黎强做了五步跨越：第一，进一步严格执行拜尔齿科多年来总结的一套先进的医疗质量管理体系，不会因快速发展而使我们的医疗质量发生改变；第二，今年斥巨资在全球范围采购了先进的口腔医疗设备，如柯达全头颅CT、意大利原装进口牙椅等，在国内，这样的设备目前只在为数不多的大型公立口腔专科医院才有；第三，今年陆续开设了6家新门诊，此前上海地区最大的分部也只是配备7台牙椅，而最新开业的卢湾旗舰门诊此次配置25台牙椅，是原来的3倍多，建筑面积达到2000平方米。这一切的提升，都是为了能让医生最大限度地发挥自己的水平，同时，让患者享受到最好的医疗服务和体验；第四，建立了世界一流的培训中心，无论是硬件设施还是软件配置都达到了世界顶尖水平，还诚意请到了来自台湾的林宝莹教授加入培训中心担任主席一职；第五，内部建立了一套非常完善的医生成长计划，集团每年投入上百万资金用于拜尔牙医的专项培养，使拜尔的每位医生得到最好的培训、使用最好的设备、有庞大的团队支持，让他们能在最短的时间内，成为一名与国际接轨的优秀牙医。

黎强特别强调说，因为我本人是医生，所以我更能站在医生的立场去想问题；我父母是患者、亲朋好友是患者，这也让我能感同身受、换位思考。医患长期存在的对立矛盾常在我心中。

黎强让人最信服敬佩的一件事是，每次完成难度大的病例都会制作成文档或录制成视频，在网络上与口腔界的同仁共享成功的喜悦。

2018年初夏，一位来自成都的老人，在上海拜博口腔医院等候黎强手术，成都是中国口腔事业的发源地，也是种植牙最早的启蒙和发源地。这位老人在儿子陪同下到了成都民营、国营多个医院，看了片子都拒绝了接受种植术。原因有二，一是骨质不够，二是年高，糖尿病患者，谁都不愿承担这个风险，婉言谢绝，积极推荐他采用活动义齿，又经济又实用。老人的儿子不死心找到拜博，病例传到黎强手中，几经网络会诊，黎强承诺圆梦。

老人从成都飞到了上海，这天，梦圆了，一副好牙种进了口腔。

还是医学江湖那几句老话：安全有效，质量第一，价格合理，服务周到。

口腔医院服务定位清楚，接纳的是国内疑难种植病人，为中老年患者解决疑难种植问题。特色是即刻负重种植，当天种牙当天用。一些上颌骨极度缺失的患者，传统种植技术无法解决，他们通过穿颧穿翼技术，可以一次种植6颗植体，不但种牙完成而且可以当天有牙，当天进食，术后反应小，无空牙期，远期效果好。到2018年为止，已完成穿颧种植病例上百例、穿翼种植病例上千例。疑难种植天天做，大量的手术操作是提高种植速度，减少患者种植术后反应，提高种植满意度的重要途径。质量是生命，口碑是广告，患者转介绍率特别高，一个人推荐一群人来就诊。随着品牌的沉淀，这个“风水好，好风水”的地，会因牙种植更换面貌。媒体广告逐渐消失在他们团队的口碑中。院长沈刚教授说：让上海拜博口腔医院成为“中国口腔医生朝圣”的地方。

是大话，还是现实。

（37）

文如其人。从黎强的文章，看看他的经营理念，行医心理与自信强度。

拜尔集团把对目标顾客的研究当做口腔技术和墙外的服务理念的市场基础，把“为顾客提供超值服务”当做品牌战略的核心概念，清楚地摆正这两者的关系，坚持“为一流顾客提供一流服务，创造一流价值”的终极理念，这是“拜尔口腔”品牌从成长走向成功的不二法门。

卓越品牌的根系生长在消费者的心中

“拜尔口腔”从创立的那一刻起就注入了“追求卓越、争创第一”的竞争基因。在信息爆炸的当今社会，只有“卓越、第一”才具有信息传播学意义上的生存价值。举个例子：奥运金牌榜的传世魅力正是根源于此。

一直以来，拜尔口腔着眼于中高端顾客（最优人群）、立足于高端技术和先进的设备、着力于提供最佳服务。通过不断的诚心努力，拜尔口腔成功地把这种“最优、最高、最佳”的目标追求模式植入众多消费者心中，在市场上得到广泛的认知、接受和传播。

目前，“拜尔口腔”品牌在口腔业界市场的影响力已达到这样的口碑效应；拜尔口腔的设备和技术真正一流，在拜尔种植牙齿最放心、最有面子，拜尔口腔就是口腔现代医疗服务的代名词；在口腔医疗界，资深医生以在拜尔执业为荣，可以不夸张地说，拜尔口腔的品牌模式已做到了品牌传播的至高境界：谋心之术。

黎强认为，现代社会的市场竞争，实质上是对消费者情感认知和价值判断的竞争。在市场上，消费者选择某种产品或服务，内心所经历的就是一个情感认知和价值判断的心智历程，这一过程的结果是或观望、或购买、或拒绝的行为决定，成功的企业深谙此道，它会把企业的价值观和外在形象、市场定位、产品和服务的设计理念以及功效、市场推广方式等等，与目标顾客的情感认知方式和价值判断标准有机地融合在一起，投射到产品和服务的概念中去，形成品牌的内核。对目标顾客和品牌概念的把握是市场竞争的关键环节。

所以，在这块风水宝地上，用的是最好的管理，最好的医生，最好的护士，最好的客服，最好的市场人员，组成最好的团队。高质量的团队面对各类疑难复杂的病例才能游刃有余。无论简单或复杂的种植手术，每个员工每时每刻都努力着，力争做到让每一个走出港陆广场4-6楼的病友都露出满意的笑容！

黎强的自信还源自他对上海市场的调查。

应该知道，董事长派黎强到上海是二进上海滩，二进不是抢地盘，不是挖墙脚，而是进入时空，进行了周密的调查，这个调查改变了六和人的很多观点和理念。在深圳珠海经营久了，虽是特区，虽是靠海，与国际化的上海有本质的不一样。再加上董事长始终不忘初衷，面对百姓，要让普通百姓看得起牙，种得起牙，把大众、低廉、普及放在首位，所以昌德首先选址在工厂附近，小区附近，目的就是为基层百姓服务，六和走的是中端路线。而黎强年轻，多次出国，感受到要为高端人群服务，在上海，如果还按照六和的中端偏高是难以迎合这儿高端市民的，这就是黎强的眼光，与众不同之处。正因为目标是高端，那么服务水平也要高端。

（38）

拜博口腔黎强，疑难种植微博。这儿介绍他几篇种植牙的微博。从微博里可以看到他付出的艰辛与欢乐。

他写道：“2017年完美收官，飞行一千多小时，60多万公里，超过了朋友圈99.9%的朋友，成立IDDC疑难种植上海中心，培养了4个颧骨种植医生，10多个穿翼板种植医生……”这是他这一年的“成绩单”，也是他一心想做的事情。

每次微博，都配有手术的照片和墙外的清晰的X光片，CT片，以供关注者学习参考。

今天做了三例半口即刻负重种植手术和三例常规种植手术，合计二十多颗种植体，还做了几例种植咨询，效率挺高的，说明我的体力还是挺不错的，优秀的团队合作很重要，从客服到医助，护士，技工，缺一不可，任何一个环节不顺畅，都会带来客户体验的下降甚至到投诉，所以口碑绝对不是只靠广告的作用的。

昨天在温州完成的二例穿翼板种植，上颌磨牙区严重缺骨，这种方式种植不用外提升植骨，术后反应小，远期效果好，技术创新，造福百姓！

从德国回来没倒时差，二天做了十几台手术，其中五台即刻负重种植，含一台双侧穿颧种植，挺佩服自己的体力的，这得益于自己每天坚持运动，特别是高球运动，锻炼身体会让工作更有效率，生活更加美好！

从他的交谈中，可以看到他的仁心与决心：“我们的患者有个误区，以为失去了多少颗牙，就要种多少颗。其实，我们成功率最高的，是打6个钉子。6个就可以固定住半口牙齿。”黎强打开他的电脑，展示了一张清晰的术后X光片。6颗种植体以“VIIV”的形状整齐排列。黎强满意地看着这个整齐的图形，像一个艺术家看着自己的得意作品。

“我们都是传统过来的，传统的种植是竖着打钉子的。如果需要植骨，要等骨头长出来，整个种植过程就需要1–2年，而且植骨有时候会有很大的排异反应。对于一两颗缺失的骨量和口腔条件比较好、需要植骨的年轻患者，我们仍然支持传统种植，但是那些全口或者半口牙齿没有了的老年人，那些因为种种原因，吃口好饭对他们来说已经是奢望的病人，我们不能让他们再等。”

早点装上牙，是我的愿望与追求。黎强说。

“我只做疑难的病例，也就是别人做不了的，别人能做的我不做。”黎强的话大有“不服来战”的意味。既然以“疑难种植”闻名，黎强的团队每年会遇到各种各样被拒绝的病人。

“有牙的人不知道没牙的痛苦。”黎强感慨地说，做这一行30年，他看到过形形色色的病人。有的是因为牙槽骨吸收严重，骨量太少而被拒绝；有的植骨失败，承受过两次甚至三次的疼痛最后找到他；也有的由于其他基础疾病，如老年人常见的骨质疏松、高血压等而被直接拒绝。

“你只有对他们的痛苦感同身受，你才有动力去学习新的东西”。黎强告诉笔者，中国种植技术兴起也才十几年时间，整体和国外相比，差距还很远，唯一能做的，就是不断学习。“我们以前跟韩国人学习，但是后来发现，韩国人有很多技术也不会做。所以我们超越韩国以后，转而向以色列学习，现在有很多韩国医生都来我们这里学习”。

“你们都想象不到牙齿可以种在哪里。”黎强说起他的种牙的“秘密武器”立刻眉飞色舞。他指指自己的脸颊，“看到没有，极端情况下，病人的骨量非常少的话，我们可以种在这儿。”穿颧骨种牙，把种植体固定在人脸上非常牢固的颧骨上，这就解决了骨量不足的问题。理念很简单，但是实际操作起来非常难。从牙齿到颧骨，看着很近，但是其中的生理、解剖、力学……各种高难度的门槛都让人望而生畏。这种极端的病例，黎强的团队也最多每个月遇上一例。

“当然复杂，当然难做。但是，患者来了，我们总不能往外推，只要有办法能给他种，我们总要去做的。”黎强很欣慰地说，“我们可以很负责任地告诉患者，只要脸还在，就能种牙。这对那些被反复拒绝的病人，是一种莫大的安慰。”

（39）

还是从在租金这般昂贵的地段，斥巨资租下近8000平方米的三层办公楼房建立上海拜博口腔医院说起。有人认为拜博集团这次是一大手笔，更多人眼中都是天大的笑话。有人窃窃私语，有人坐等看楼歪。引发业界市民侧目与议论。敢在这里租房开办口腔医院，董事长黎昌仁与黎强是吃了豹子胆，要不就是糊了心迷了窍。他们的底气来自一张深藏着的底牌，那就是沈刚教授的加盟。

沈刚教授是谁?

凡第一次与沈刚教授交谈的同行，一定会对他温文儒雅、谦谦有礼的形象所难忘，为他单纯坦荡、待人真诚的气质所吸引。

凡听过他作学术报告的学者一定会为他求真求实、严谨严格的学风所敬佩，凡找过他就医的患者一定会为他认真细致、耐心体贴所感动。

看一段简介。

沈刚，男，1964年2月出生于上海，主任医师，教授，博士生导师。1988年毕业于上海第二医科大学口腔医学院，2000年获香港大学博士学位。历任上海交通大学口腔医院副院长兼口腔医学

正畸大咖沈刚加盟拜博，任上海拜博口腔医院院长

系主任，上海第二医科大学口腔医学院口腔正畸教研室主任、上海第二医科大学附属第九人民医院口腔正畸科主任、上海市口腔医学研究所副所长、中华口腔医学会口腔正畸专业委员会副主任委员。香港大学客座副教授、《口腔正畸学杂志》编委、《Australian Orthodontic Journal》国外编委。

1994年完成市卫生局课题“离子导入灯盏花加速尖牙移动的临床研究”。1995-1996年赴澳大利亚学习，从事颞颌关节与正畸治疗关系的研究。1997年至2000年在香港大学牙医学院攻读博士，师从国际著名正畸大师Hagg医生，从事“咬合前导型功能性矫正器对TMJ生长发育影响”的研究，获港大CRCG30万港币资助。1999年成功申请到上海市教委课题“下颌前伸后髁突软骨内10型胶原的表达观察”。2000年申请到上海市教委“颌骨生长改良型矫治技术的开发与临床应用”，及推广高效的下颌前导型功能矫治技术。

其主持研发的临床创新技术《双槽沟托槽矫治技术》已获国家技术发明专利，其成果发表在国际三大顶尖正畸杂志之一《欧洲口腔正畸杂志》（European Journal of Orthodontics）。已在国内外杂志上发表学术论文近40篇（其中第一作者20篇）。1998年与人合作主编正畸专业书《标准方丝弓技术精要及典型病例解析》。

2004年5月至2008年5月，沈刚教授受聘为澳大利亚悉尼大学牙医学院（The University of Sydney Faculty of Dentistry）口腔正畸学全职副教授，成为为数不多的在发达国家医学院担任高级教职的国内口腔正畸学者之一。在悉尼大学期间，沈刚教授参与培训澳大利亚口腔正畸专业医师（MDScOrthprogram），同时担任悉尼牙科医院（Sydney Dental Hospital）口腔正畸高级专科医师（Staff Specialist）。2007年6月，澳大利亚新洲牙医董事会（Australian Dental Board NSW Branch）特许沈刚教授在校外诊治私家病人（Extramural private practice）。在悉尼大学任教的四年，沈刚教授一直处在国际口腔正畸发展潮流的前沿，洞悉并掌握口腔正畸的主流技术及其演变趋势；通过治疗大量澳洲当地病人，其精湛的临床技术得到进一步升华。沈刚教授热爱自己的事业，更体贴自己的病人。他的呵护与关爱会让病人感悟到，矫牙不仅是一种医学治疗，更应该成为美好生活中的一个时尚。沈刚医师精通英语，熟谙粤语，能讲一口软糯的上海话。

在他身上能看到中西方文化典型结合，从外到内，从形到神。雪白的衬衫，笔挺的西服，衬衫领下是色彩鲜艳的领带，往上是梳理整齐的发型，往下是洁净铿亮的皮鞋，一身穿戴不时髦，不豪华，却让人感受到庄重自然，充满时代感。穿上洁净的白大褂，走在医院的走廊上，走向学生的讲台上，那神采奕奕的形象让人敬仰。衣服一尘不染，做事一丝不苟，用年轻人的话说，全身都有“国际范”儿的风采与风韵。

他已有的很多名言已经在口腔届广泛传播。

若要论文章，用真切的良心善待病人，用过硬的技术服务病人是医生要写的最好文章；

若要论课题，以更高的标准提升业务水准，以更大的恒心完善学问造诣是医生要做的最大课题；

若要论职称，把患者当作衣食父母，在患者心中留下良好口碑是医生的最高职称。

这是沈刚对一个好医生的评价，可以适用医生界任何医生。他自己就是一名好医生！沈刚教授在接诊病人时，手机绝对是静音状态，不接电话。他说：病人找我看病，我与病人交谈，这段时间就是属于病人的，我接电话，我干其他的事就是对病人不尊重！所以他一直受到病人到尊重。

他是一名好老师。徐子卿是他的学生。他说，在进行学术交流、学术会议中，沈老师用到的课件里面有很多病例展示，其中一些是学生完成的，沈老师会在讲课的时候，大大方方告诉参会者，这个病例不是我做的，是我的学生完成的，他就站在后面，请大家为他鼓鼓掌！

徐子卿没有想到，沈老师会这样鼓励自己的学生。对沈老师，这事是平常的；于学生，是激励和肯定，作用非常巨大。

他曾以学术、技艺惊艳四座，他曾以直言直指医界弊端。而这一次亮丽转身，让同行乃至医学界震动，他宣布走出体制，正式加盟中国拜博口腔医疗集团。在一般人眼中，走出体制最常见的原因是钱少，想捞钱；二是日子过得不爽，不得志，常被穿小鞋；第三个原因常被人认为是“遮羞布”：到体制外干出一副事业来！

沈刚教授缺钱吗？

上海九院是世界口腔界知名品牌，沈刚是中国口腔界知名品牌。两块品牌叠在一起，他能缺钱花么？无须多言。

不快活？受排挤？不爽？无稽之言。

提升副院长不久，他加盟拜博之后，他的老院长，中国工程院院士张志愿教授对他是看好的，支持的。多次参加过他举办的学术讲坛。

沈刚加盟拜博无疑惊动了口腔学术界，按常规应该举办一次隆重的欢迎仪式，或一场热热闹闹的会议。

会议召开了。

时间是2016年7月31日。地点是上海港陆广场，出席人是董事长黎昌仁，总裁邓锋，执行总裁黎强。

然而，这是一次严肃的学术会议。

中国新闻网和各大媒体是这样报道的——

上海拜博口腔医院的开业仪式并没有像其他很多医院一样讲究“排场”，而是通过举办一场学术交流活动将业内专家聚在一起见证沈刚教授与拜博集团签约，正式加盟拜博，任拜博口腔医疗集团执行医疗总裁，兼任上海拜博口腔医院院长。

这次加盟，于沈刚教授，又是一次新的征程。选择加盟，是因为理念契合，是希望在拜博这个平台上，继续钻研学术，与拜博同仁一道，在学科建设、医疗水平、医疗管理等方面有更大的发展。沈刚愿意带领这艘高品质的口腔旗舰巨轮启航远行。接受聘书后，是别开生面的学术讲座。拜博正畸学术年会如期开幕。

那么，到底是什么原因或力量推动或拉动沈刚教授走进拜博口腔集团的呢？沈刚教授真有这样大的能力带领上海拜博远航？

在拜博这个舞台上很少有百思不解的问题。时间追溯到年前的春天，正是春拂杨柳绿，风送白兰香的日子里。

在黄浦江边的一家饭店里，沈刚和董事长黎昌仁谈兴正浓。一杯清茶，一见如故。

几个月前，董事长听到一个消息，上海九院院长沈刚想寻找一个体制外的平台，一展身手。董事长已知沈刚教授是一个不能停止探索，一个热爱口腔医学事业的学者；是一个想为社会作贡献，对时代与社会有一种伟大的责任感的专家。他提出过这样的问题：在中国所有的顶级专家都聚集在公立医院，对老百姓而言并不是一件公平的事，顶级专家加入非公立医院机构，老百姓的选择才会更多，有着不一样的体验

沈刚教授是医生又是学者，他当然不会放弃科研带教的工作，开一家私人诊所不是他的所思。从经济收入与人生休闲的角度去想这当然是最佳的选择。一些专家就是首选诊所，而沈刚有更大的抱负，希望有更大的舞台。这样的思维是他们心灵上的默契，是合作的基础。

在九院请他就诊的病人挂号候诊要等半年，这很不正常，这让很多百姓很失望，即使失望也要等待希望。沈刚希望走出体制打破这个等待。

在沈刚教授心中，他一直认为医疗不是生意，医生应该回归到看病的初心，医疗的宗旨本质不能变。要实现这个初心不是每天应对病人，而是好的学术，好的技术为病人服务，这也就是沈刚教授一路走来总是在学习，工作，学习之间不停地交替，这就是他提倡的好医生要不断进步，要年年“长本事”的良言。

他一直在与国际上的口腔专家交往，在相互学习，他说：“这经历让我对牙疾患者及攻克牙疾难题更加有自信。”

毕竟他只有一双手，要把他的学术理念，精湛的技术服务到每一个病人身上肯定办不到，这就需要有团队，团队的力量是巨大的，学术技术服务完善是他追求的目标。

董事长不是简单的承诺或照办，沈刚教授所想的一切，正是董事长的初

心，董事长希望走出中国民营医院——“一心为赚钱”的怪圈。他希望自己能达到最高境界：服务、文化、学术、技术。在民营医院也能出高手，出高招，出科研，出人才，他还想到将来要办一所拜博口腔医院，医教研一条龙，办医院不是短期“挣钱”效益，而是长期的服务。世界最强的美国梅奥医院，那是他心中的向往。他曾写过一篇短文，题目叫《向梅奥学习如何传递品牌内涵》。文章开宗明义指出，梅奥诊所是全世界声誉卓越的医疗机构，是全世界学习的标兵。梅奥诊所的起源可追溯到1863年，是一家由威廉•W. 梅奥在美国明尼苏达州的罗切斯特开办的私人诊所。经过150年的发展，现在的梅奥诊所凭借朴实的价值观和卓越的品牌经营，成为全世界医疗领域中当之无愧的佼佼者，赢得了几乎所有消费群体的信任。

梅奥成功的密码里到底包含着什么，梅奥品牌力蕴含了怎样的内容，这需要我们深入探究学习。

他要创百年老店。他心中的宗旨是：患者至上。他希望自己在离开这个世界的时候，他留下的不是钱财，是为老百姓口腔健康而服务的口腔医院。在这些医院里有许许多多的名医，像梅奥诊所那样，将世世代代为百姓服务。

所以，他对任何一个名医都礼贤，都尊重，敬如自己的老师。他的真诚、真心、真干感动了很多专家，广州、重庆、南昌、大连、北京、昆明等地的专家纷纷加盟，他们当中有博士、有硕士、有教授、有主任、有博导、有硕导。可以这样说，在拜博口腔医院，这块园地上拥有的口腔专家最多，资质最高。很多人认为来这里为的是钱，来这里是因为这里重视人文环境。董事长营造了一个良好的人文环境，由于有专家加盟，改进和优化了拜博的人文生态环境，团队在优化在良性循环，生生不息。

邓锋、周磊、徐连来、马卫东、叶平、梁娜、熊靖宇、谢洪等国内省内知名专家，都亮起了拜博的大旗。

沈刚教授也了解黎昌仁董事长，沈刚教授坚信自己的抉择。黎昌仁的格局吸引了他，黎昌仁求贤若渴的诚挚感动了他，“要把最严谨的学术态度、最专业的医疗技术融入拜博的发展，一切为患者着想”，他们达成了共识。

那个春天的下午，理念、视野、格局，双方在彼此打动着对方，拜博人努力与国际先进水平接轨、追求更高水准和专业素质的国际化精神，同沈刚多年来在国外交流与任教中所形成的国际化视野不谋而合。沈刚教授做了承诺，才有了2016年7月31日的上海九院口腔科成立的正畸学习年会，才有了让上海人民从笑话到神话的拜博口腔医院的诞生和发展壮大。

沈刚教授要为拜博集团打造的第一家高品质的旗舰口腔医院。医院设立了儿童齿科区、综合齿科与VIP诊室以及口腔正畸专科区。要配备牙椅80余台，全面提供包括口腔种植、儿童口腔、口腔颌面外科、口腔修复、牙周病以及美容牙科在内的诸多临床专业医疗服务。做到全面、规范、舒适。

这批技术精湛，临床经验丰富的国际化专家团队，在沈刚教授的带领下，拜博的品牌与口碑将持续提升。

是拜博集团的学科建设、开启了新契机！未来，拜博集团将每年举办一次拜博口腔正畸学术年会，并力争把学术年会打造为非公立口腔医疗实体发展学术、学科的多彩舞台，坚持发展学术，始终走在引领发展，持续创新的道路上。

沈教授及其团队研发的SGTB技术，将更好地服务于普通百姓。沈刚教授介绍，A6-隐形SGTB具有双期融合的特点，提高了治疗效率，同时还扩展了隐形矫治的患者群，矫治的年龄限制从十八岁扩大到四五十岁。成年病人大量增加，已经占到一半左右。

沈刚教授对自己工作过20余年的上海九院是有感情的。这是培养他多年、让他从一个学生到优秀医生再到知名专家的地方，这是在他职业生涯中浓缩了他的情感的地方，也是让他最感恩、感怀的地方。学术地位、技术创新、流程打造，这个平台给了他太多。领导、同事，还有患者，都是那么亲切，他们一起携手，创造了那么多的辉煌。但是，沈刚是一个永远眺望远方的人，他的梦想，突破了现实中已然很美好的画面。他看到了，便要奔着这个梦想而去。

这次的离开全然不同以往。2004年通过全球招聘到悉尼大学牙医学院担任口腔正畸学副教授，那也没有离开体制，“他还是九院的人”。这次，他是走出体制，沈刚教授不是仅仅凭着勇气和魄力，而是来自于他对医疗现状深入的思考。最初的忐忑，在经过半年多的深思后变成了一个坚定执着的选择。一个技术先锋转身跃入时代的洪流，沈刚教授成为一个改革的深度参与者，一个时代的思想者，一个身体力行的践行者。

沈刚教授到拜博上班的第一天，160位患者预约，其中有非常疑难的病例。正畸的需求量真的太大了，拜博这个超大平台，让他高兴。

“一些发达国家大型私立医院已成为医疗主体，公立医院规模则相对有限。”沈刚教授寻找到了这个主体，他真诚地说：“不管拜博走向如何，我们不能忘记拜博的创始人黎昌仁先生。”

（40）

随着上海拜尔口腔的影响力不断扩增，董事长黎昌仁做了三件事：第一件大事是六和集团更名为六和拜尔。《六和视窗》只服务于珠海，《拜尔视窗》应运而生。随着北上的扩张，“六和”的名称渐渐淡化，只剩下珠海一处至今中老年人仍忘不了的六和留给他们的美好记忆。上海拜尔渐渐走向全国。两三年后，因拜尔与德国的拜耳同音，遂改名为拜博，“拜以德成，博爱天下”。从此，拜博口腔走进了牙症患者的心中。

第二件事情是，集团总部由珠海迁往上海徐家汇。

第三件大事是董事长决定引入风投。

2010年底，国务院下发《关于进一步鼓励和引导社会资本举办医疗机构意见的通知》。这项利好的政策一时间让民营医院机构迅速成为资本市场各大投资机构的追捧对象。董事长黎昌仁也是追逐对象之一，这是他来上海办的又一件大事。此前，他听说过基金，也了解过一些风投的知识，真正了解、发现是老乡的牵线与风投大佬们的接触。他发现钱不是那样好拿的，事也不是那么好做的，他还是想试水，有了钱就想把公司办大办强，现在总公司不是一个人说了算。他决定召开股东大会。这次会比当年提出进军上海的会还热闹十分。用当事人的话说“几乎吵翻了天”。自然是两派意见，一是反对。理由是已有8家门诊部了，把这些门诊部经营好就够了，慢慢扩张也可以。二是同意者，当然是极少数。董事长黎昌仁说，不拿投资谁最轻松？我。拿了资金谁最累？我。

为什么要累，我想大家心里明白。

他不顾反对，推进投资基金工作，他请来了风险投资专家来公司调研，在调研过程中，他发现公司的管理原来还存在着许多的问题，比如，财务成本可以进一步地压缩，管理效率可以进一步的提升，品牌建设可以再加强。同时，自己的公司在行业中的位置与其他同行间存在差距。进入一个阶段后，引进资金的决心更加坚定了。只有做强做大，才能最终实现自己百年老店的梦想。他通过老乡认识了2008年10月23日成立的海通开元公司的老

拜尔与华金签约

2011年8月17日，拜尔集团董事长、总经理黎昌仁（右三）和海通开元总裁张向阳（左三）签署合作协议

总，他们注册资金106.5亿，目前拥有280亿人民币。他们关注生物医疗，新材料，新能源等行业。

签约仪式于2011年8月17日上午在上海国际培训中心隆重举行。六和拜尔口腔医疗集团黎昌仁与海通开元投资有限公司总经理张向阳投资合作，在增资扩股协议书上签字。海通开元向拜尔投资了8000万元。资金到位以后，公司陆续在上海扩建，并决定北上京城，再向全国扩张。

2012年7月16日拜尔宣布，已于今日获得建银国际医疗基金1.5亿元战略投资。

建银国际医疗产业股权投资有限公司（简称“建银医疗基金”）是由中国建设银行下属全资子公司建银国际（控股）有限公司主导设立的中国第一家专注于医疗健康产业投资的股权投资基金。

董事长黎昌仁对《第一财经日报》记者表示，1997年至今，口腔医疗行业年产值持续保持15%以上的年增长率。而六和拜尔凭借差异化竞争优势同期年产值增长率达到50%。这是六和拜尔继2011年引入8000万元战略投资后的第二轮融资。

很多事往往看似是结束，却又是开始。进入北京后，没想到拜博又与联想携手获得了第三轮融资。当然，还有第四轮……

风投后是拜博不可抑止的扩张，像风一样从北京向东南西北吹去：天津，大连，哈尔滨，重庆，昆明，大理，广州，东莞，南昌，合肥，新乡，洛阳，海口，三亚……

建银投资1.5亿元
签约现场

第六章　北京你好

（41）

北京，你好！

这是出自肺腑的一句真情问候与激动呼喊。

“风投”后，集团收购了北京的一家口腔医疗集团，拜尔集团总部地址已经选定，是北京祈年大街上的五层楼房。祈年大街在天坛北方，对着天坛公园的祈年殿，所以命名为祈年，全长

拜博口腔北京总部

只有1398米，步行可以直接到王府井商业区，很方便。选择搬迁的日子是2013年春节后。20年前的这个日子，他只身南下深圳打工。整整20年，从家乡到深圳，从珠海到上海，岁月过眼烟云，人生熠熠生辉。于他，这是人生事业起点的日子，是人生一个值得纪念的日子。20年前，单身一人，今天是一个公司，一个团队，一个在业内有一点影响的医疗企业。那年坐的是绿皮火车，今天坐卧铺，软卧，有人还坐飞机。那年不知远方是什么，今天在北京有自己公司总部驻地，还有拜尔医院在等待。

2012年3月30日，拜尔口腔医疗集团正式与北京昊城口腔医疗集团达成合作协议，集团完成了在北京市中心城区5家门诊部、一家培训中心和一家义齿制作中心的收购计划。

昊城国际口腔医疗集团是经北京市卫生局和工商局以及北京市疾病控制中心验收并批准成立的一家口腔医疗保健机构。他们先后建立了许多家医疗机构以及口腔种植诊疗中心、口腔种植培训中心、口腔放射线诊断中心、技工工艺制作中心等，希望逐步把医疗教学科研结为一体。

5家门诊部分别位于北京市海淀区、西城区、朝阳区的中心区域，有很高的人气指数，拜尔口腔可以利用这样的地理位置，服务好百姓，建立自己的品牌与口碑。

董事长黎昌仁在长三角和珠三角布局的愿景已初步形成规模和优势。这次走进北京，走进中国政治、文化的中心，心中的忐忑与自信交替着。这儿毕竟是首都，心存敬畏，这儿毕竟有牙症的病人，心存自信。自信会使他在全国范围内更好地布局拜尔连锁，会对更精细的服务有新的追求。敬畏会使他谨慎、沉重、稳重。

2012年5月24号在东城区登记成立的北京拜尔口腔医院管理公司投资200万，2013年6月19日通过了专家开业验收。著名口腔种植专家徐连来受聘北京拜尔口腔医院任院长。徐连来走进拜博，是一种缘，是一种学术与仁术结合之缘。

1987年，徐连来毕业于天津医科大学口腔系，1993年在母校取得硕士学位后，多次到美国，德国，葡萄牙，西班牙，丹麦游学，并多次到我国香港、台湾等地进行种植临床技术交流。相继在美国Loma Linda大学加州大学洛杉矶分校，葡萄牙Maulo Clinic学习临床种植牙，并跟随种植牙领域顶级专家Peter Moy（现任美国骨融合学会主席）学习，不久师从有世界即刻美学种植先生美誉的Jorseph Kan与前任欧洲骨融合学会主席Sacha教授。出学门后一直从事种植牙的研究及临床治疗工作。多次出任国外种植牙专家，是Nobel Biocare签约讲师。在国内负责加州大学洛杉矶分校口腔种植硕士班临床带教工作。2007年率先把创伤最小的“计算机导航种植牙”种植技术，从美国带回国内并应用于临床，使种植技术更简单。他为上万例牙缺失患者成功完成了种植牙手术。

1999年，徐连来主任参与了瑞尔齿科早期建设，在一次硕士班教师团队交往中，黎强认识了徐连来。黎强认为他是不可多得的人才，立马告诉黎昌仁。黎昌仁立即三顾茅庐，盛情相邀，请他到上海事业部讲课。

“非仁心仁术不能医”“给顾客最大的价值是医生的责任”“医生心灵一定要像白大褂一样纯洁”。徐连来说出了自己万变不离其宗、医者仁术、仁心不变的宗旨。黎昌仁坦言办医虽然是医商结合，但一颗仁心才是根本。两人的价值观一拍即合。于

美中国际儿牙临床中心落户拜博

是，徐连来主任转身进入了拜尔，除担任院长外，还担任集团学术委员会主席，主管全集团的口腔学术工作。

营造民营医院学术气氛，夯实民营医院学术基础，一直是黎昌仁心中的结与梦。六和创办之初，他受邀去日本参观了日本齿科，感到中国齿科与日本齿科，尤其是民营企业相差的距离。

2015年春天，他去了德国，参观了德国科隆国际牙科展览会，这是全球国际牙科的展览盛会，由德国牙科制造商举办，两年一届，已经在世界各地成功举办了30余届。毫无疑问，展会是世界首屈一指的牙科技工，牙科工业及牙科贸易的展览会，展商与需求者都将受益，每次参展都达150多个国家，13.85万观众。为自己能有机会参加这样的展会而自豪高兴。他看到了世界，对比了自己，明白了差距。

在北京昊城口腔医院验收通过的日子里，他受墨西哥市市长罗德•瑞罗斯邀请，去了墨西哥市考察。他考察了多家医院，与墨方多家医院牙科及美容医疗专家进行了交流沟通。眼界的不断扩大，认识不断地提升。他不再只是从家乡走出的那个年轻牙医的目光，不再是只希望办几个牙科诊所就完成心愿的那个县城走出来的医师心怀。

心有大格局，眼前有远方。徐连来与他交谈后深感到他所谈的学术与技术不是停留在口头上的语言，而是要脚踏实地去做。拜博学术的提升任务就交给徐连来了。

徐连来不负众望。挑起了重任。学术委员会下成立了牙周专业委员会、正畸专业委员会、修复专业委员会、牙体牙髓专业委员会、颌面外科专业委员会，为加强集团学术管理，完善学术工作制度，指导年轻医生学术研究，制定了督促医生专业水平提升职责。对集团内专科医生要进行定期考核，制定准入标准与制度。这一切，在中国民营口腔企业里都是第一次出现。

立马抓好集团青年医师技术的培养工作，书写病历是每个青年医师的基本功。起步，从病历书写开始。

2013年1月19日，拜尔口腔医院集团第一届病例大赛在珠海举行，准备工作7月启动，各事业部积极组织医生参赛，同时将比赛作为提升事业部医疗管理水平的一个契机。经过认真遴选，最终10位医师进入总决赛。

比赛分选手PPT展示和互动问答两个环节。PPT展示包括医师个人简历，病例摘要，结论以及图片介绍。10位参赛选手同台竞技，竞争激烈。比赛中评委和选手进行了互动和交流，对优秀病例给予了肯定。评委会一针见血地指出了病例中存在的不足并给出了相应建议。比赛从八点半一直持续到下午两点，评委都是国内知名的口腔专家，他们是：刘洪臣（医学博士，博士生导师，解放军总医院口腔医学中心主任，解放军口腔医疗所所长），袁泉教授（四川大学华西口腔医学院修复主任），罗云博

左一、二为沈刚与邓锋教授

士（四川大学修复学教授），章捍东博士（原解放军总院修复科主任），刘晓峰主任（原上海九院牙周病专家，现上海拜博口腔医院牙周病专家）。病例大赛是拜博集团的“保留节目”，有一必有二。2013年12月29日，第二届拜博病例大赛在深圳鹏威酒店落幕。评委会主任仍然是刘洪臣。他这年的点评是：拜博本届病例大赛比上一届有明显进步，不论是汇报人的水平，还是病例完成的效果都有明显的提高。选手们的报告很清晰，报告的程序比较一致，很规范，整体水平提高很明显，选手自身的素质和自信心也都有明显的提高。

在技术层面上，徐连来决定从基础抓起，根管治疗是每个口腔全科医生的基本功，举办根管治疗比赛，在《拜尔视窗》开辟医疗交流专栏，发表病例展示，既有书写欣赏，又有疑难病例探讨与交流价值，还有创新病例分享，每份病例都配有照片，在《拜尔视窗》的任何一期都可以找到病例分享。以下摘录两份：

一、上下颌牙齿拥挤病例

医师：杨国平，韩国高丽大学矫正学硕士，上海事业部矫正技术总监，韩国MEAW矫治研究会委员，美国align隐形矫治公司专科医师。

主要研究方向：通过咬合平面和颌骨垂直方向的控制调整上下颌骨前后位置的关系的不协调，发表的论文有《口外弓治疗上颌拥挤时对牙颌面影响的研究》《头帽J钩与微种植螺钉压低上前牙对颌面影响的比较分析》。

病例：主诉：牙不齐，要求矫治，否认系统性疾病及药物过敏史，检查；磨牙远中上下颌关系3—3拥挤，下颌中线偏右1mm，3，12，22反合，37、47正锁合，开唇露齿，I.覆合覆盖

诊断：1.class二类，2.I类骨面型，3.直面型稍突

矫正方案：

1. 减数14、24、34、44、18、28、38、48

2. 上颌种植支抗3.MBT技术

矫正目标：

1. 排齐牙列解除拥挤

2. 前牙正常覆盖覆合，后牙中性合

3. 内收前牙，解除双颌前凸，改善侧帽。

简评：顾客的磨牙尖牙关系都达到了中性关系，覆盖覆合关系非常正常，正畸治疗中磨牙支抗很难控制，杨医生运用了种植支抗技术，将拔牙间隙全部用来回收前牙，达到了改善了顾客面型的目的。

二、瓷嵌体修复病例

医师：邢永盛：北京拜尔昊城口腔医院主诊医师，基层牙医培训计划发起者，KAVO特邀专业讲师，博恩登特特邀专业讲师。

治疗理念：微创无痛，最大程度保留健康牙齿。

病例：主诉：左上后牙冷热痛，咀嚼食物嵌塞，今来诊求治，16近中邻合面洞，继发龋。

治疗计划：1.16树脂充填，2.15去除旧充填物，去净继发龋，3.尽可能保留健康牙体，微创修复。

修复过程：1.去除旧充填物，发现继发龋及隐裂，2.粘结线避开咬合点，去掉薄弱牙尖，3.橡皮障下即刻牙本质封闭，避免冷热不适，防治细菌入侵，为粘接做准备。

简评：尽可能保留健康牙体，微创修复的理念值得点赞。

黎昌仁最希望的是拜博学术与技术、服务与理念尽快与国际接轨。请进来、走出去是老套路。老套路要继承，新套路要出新，拜博人要敢于创新。由拜博牵头举办口腔国际学术会议，推动拜博学术工作向前，通过国际论坛与国际、国内专家们结缘。

请进来很容易做到。2013年后，上海事业部请进了韩国专家、首尔大学

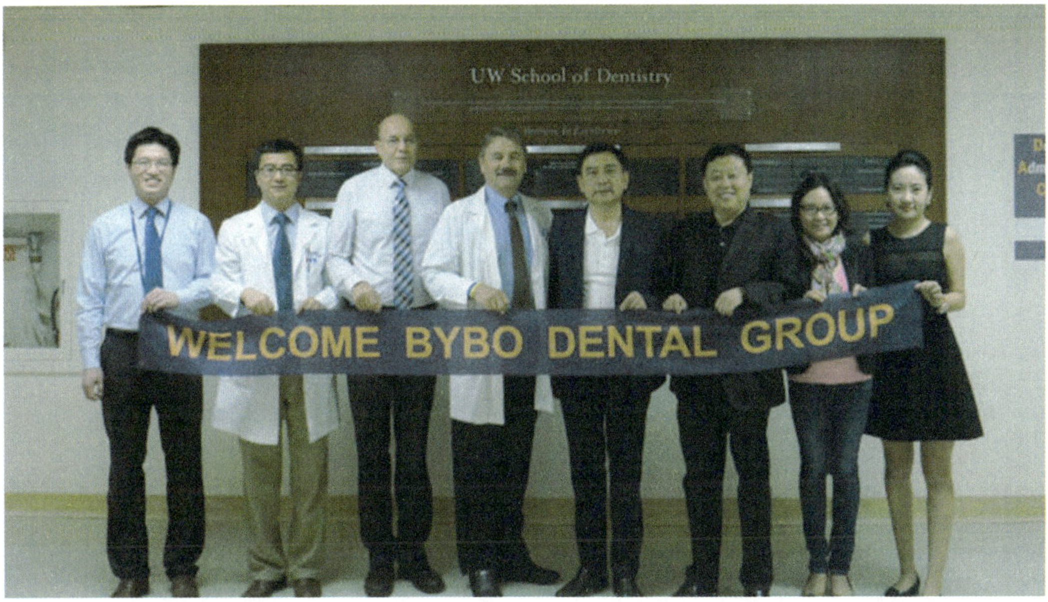

黎昌仁先生携考察团到华盛顿大学牙医学院进行学术交流与合作洽谈

齿科医院口腔外科博士毕业生，现韩国中央医院齿科主任李圣日博士来上海与上海专家同台为百姓植牙。

2014年春节后，他邀请了西班牙DentaIIiance公司负责人Jose Aiyarox、技术总监Fran Cin和CarIou一行来珠海参观指导工作，在珠海事业部会议大厅，董事长黎昌仁，集团执行总裁黎强，珠海事业部总经理黎昌德，集团华南区常务副总经理黎昌保与外国专家会晤。在珠海参观了拜尔义齿中心。双方提出了建立经常沟通渠道的方法。

2015年传来了好消息，徐连来主任告知：承办口腔国际学术会议板上钉钉，稳妥了！

2016年1月17日，由拜博口腔医疗集团主办，集团旗下学术委员会及德菲国际培训中心承办的首届拜博口腔国际学术论坛在珠海隆重召开。联想控股董事长、联想集团创始人柳传志参会，发表寄语；卫生部原副部长曹荣桂发表了致辞；中华口腔医学会会长王兴在开幕式上从行业角度给予本次论坛高度评价；董事长黎昌仁致欢迎辞。

这次学术论坛以“数字化种植的全方案解决路径”为主题，各国专家共同探讨国际前沿的数字化种植技术及应用，交流数字化种植技术的实施经验。“口腔种植外科的升级：从自由手到导板到导航种植”“计算机导板种植手术：优点和局限性”“种植体设计进展及其临床意义”“种植中的数字化技术应用”等前沿课题及技术都在论坛中一一呈现。

演讲嘉宾有：美国Peter Moy教授、香港James Chow教授、美国Joseph Kan教授、中国林野教授、德国Florian Beuer教授、巴

第三届拜博口腔国际学术论坛，左起依次为：黎强、邓锋、刘洪臣、王兴、黎昌仁、马卫东、王珊

西Waldemar Daudt Polido博士、美国German Oscar Gallucci博士、中国马威博士、英国Andrew Dawood。会上专家们看到了、讨论了数字化种植技术能提高种植手术的安全性，能实现“即刻种植”：拔牙——种植——修复一次完成，能实现微创手术、减轻患者痛苦，同时实现在三维空间内展示种植手术方案。

数字化种植在欧美已经得到了日益广泛的应用，随着国内口腔技术与市场需求的发展，数字化种植必将成为国内口腔种植技术的发展趋势。2017年1月14日由拜博口腔医疗集团主办，拜博集团学术委员会及德菲国际培训中心承办的第二届拜博口腔国际学术论坛在深圳会展中心举办。第二届拜博口腔国际学术论坛仍然聚焦数字化种植，让业界医生能了解并学习到国际最前沿的口腔种植技术。

2018年1月20日至22日，第三届拜博口腔国际学术研讨会在北京泰康学院成功举办。本次研讨会以“循证口腔种植医学——成功的道路”为主题，汇集国内外20位口腔领域知名专家，共同探讨国际前沿的口腔医疗技术成果并进行病例分享，专家阵容空前强大。拜博坚持走学术之路、技术之路，以提高专业水平和服务质量的形象再次展现在同行面前。参加会议的国内专家有：北大口腔医院林野教授，韩劼教授，徐莉教授，香港大学周国辉教授，香港大学口腔医学院NikosMattheos教授。国际专家有：荷兰阿姆斯特丹口腔医学中心Ali Tahmaseb教授，意大利Egon Euwe医生，意大利Francesco Mintrone医生，西班牙Jose M.Navarro医生，新加坡黄敬文医生、德国弗莱堡大学Kajta Nelson教授，韩国Kyoung-man Min医生。

这天，黎昌仁送走了最后一批客人，握住徐连来的手说：你辛苦了！你引领拜博人在学术路上开了好头，立了大功！

（42）

“每天我都被梦想叫醒。”他这样说。

这不是诗，是董事长黎昌仁的大实话，是他的现实生活。从南下打工族到成为拜博集团董事长，25年如一日，早6晚12，孤身追梦。到深圳三年，从独立门户，到一人多点，再到开了几家兄弟店，亦幻亦真。转移珠海后，成立公司，梦想成真；如愿走进上海，夯实上海滩是梦，进入北京是梦，走向全国是梦，梦想不断，好梦连连。

十几年过去了，梦中深情凝聚了八个字：“民族品牌”“百年老店”。他坚信一条：医院品牌做好了，医院质量做好了，一定能够实现“百年老店”“民族品牌”的梦。

“百年老店”最初是一朵莲花独自开，后来是朵朵莲花开出来，再后来是一湖莲花迎客来；六和塔下，看到的是一朵到朵朵，再到一湖花海，百里盛开。从一朵到一湖，不是一夜的梦，是夜夜的梦，是一生的梦。他是一个凡夫俗子，一个贫穷农民的儿子。不会也不敢说大话，不会也不敢瞎干蛮干；只会也只能够一步一步走来。理想就是他心中的佛，一步一个脚印去朝拜。

最初的日子，他和每个办诊所的口腔医生一样，好好开店，辛苦挣钱。干中学，学中干。

在珠海，由单一口腔到综合医院，又到创办最大的珠海口腔医院与牙齿加工厂。

在上海，从两家扩大到8家。在上海获得两次投资后，他希望做强做大的愿望更强烈，再扩大到10家，10余家，20余家，各店均在逐渐获利时，又在北京收购了5家。在江西，在河南，在安徽也开辟了新的连锁店。

驻入北京后，寻找资金的劲头更足，兴趣更浓。有趣的是，他希望的是资金，寻找的是资金，想获得的是资金，但在与他交谈时几乎很难感受到商业气氛。他都归纳到提升服务水平与质量。在医言医。从医者延伸到资金，从资金归纳到服务。目的是，患者至上，拜以德诚，博爱天下。

谈及集团的扩张，从质量谈到民族品牌，回归到百年老店，他明确告诉投资者，这个行业利润不是特别高。但是，是人人需要，处处需要的服务。

口腔健康社区行启动现场，左二为黎昌仁先生

呵护这项服务的不是仅仅依靠资金，是要把爱心与技术结合在一起；要把世界一流的梅奥医院的“患者至上”的准则与中国传统的“医者仁心”的精神融为一体。有了这种文化堡垒的保护，医院就可以“风吹不倒，雷打不动”，就可以为百姓服务百年而不倒，就可以成为世世代代为百姓口腔健康护航的“百年老店”。

有人说他大大地狡猾，有人说他真诚地做事。此处不妄评，事实自有评说。

当政府提出支持与鼓励民营医院进入的利好政策后，医疗渐渐社会化。从投资者的角度来说，大家都看到了医疗行业的巨大投资机遇。在北京，在全国各地的各类型投资公司把目光投向医疗健康产业。有公司，有投资人。在2010年 与2012年政府两度鼓励民营卫生企业发展期间，联想集团就已经开始了寻找与考察。

联想认为在中国，医疗服务，行业在GDP中的占比还是很低的，往后的增长空间会很大。

联想关注拜博是在2013年。从初次接触到再次接触，从总裁交谈到柳黎会见，见面从谈话预计30分钟到延续2小时……这一切在背后发生的故事是起伏跌宕，还是平淡如水？是步步艰难，还是水到渠成？

南下那会儿，黎昌仁并不清楚口腔这个行业能做成连锁。后来出国看了，欧美开个体诊所的很多，连锁化的医院却很少。再后来，黎昌仁认真对比了中国跟欧美市场的差别后，感觉到，在中国可以做连锁。原因是，国外的口腔医师培养时间比较长，体系比较完善，他们真正拿到了执业证书以后年龄已到而立之年，医生的水平是差不多的。反观中国，从教育上看，不同的医科学校接受教育有高低，老师水平参差，附属口腔医院条件有异，一些地级市的医学院没有实习基地，老师帮助学生自己找医院实习。从学生看，有的是热爱，有的是无奈，有的是家传，有的是好奇，所以学习动力与兴趣不一样。这样培养出来的医师水平差异很大，毕业后很难很快独立行医，这就需要有医疗机构进行人才的甄选和再培养。西方的一些国家金融环境很好，医师至少在30岁拿到了行医执照以后，才能获得贷款，可以凭借贷款去买设备，还可以进入医疗保险体系，开始独立行医。中国有一定的难度，更重要的是，中国部分医疗服务流程还缺乏足够的标准化，医疗质量管理和医疗安全非常有赖于医疗机构的管控体系。黎昌仁还有一个想法，有了好的医院后就创办口腔医学院，读医行医一条龙，规范化地为百姓服务。还希望口腔医疗制造业开办齿科工厂，把做假牙的材料、种植的材料，包括假牙需要的加工等产业与服务结合起来。从义齿制作到进入医师手中，也是一条龙服务。打造一个好的上游，这也是他的梦。

顺便说一句题外话，近几年，国家抓紧了医学生毕业后的规范化培训，简称“规培”，时间是三年。医学生在学习上五年本科加规培三年，或读硕三年读博又三年，时间花了8年到11年，且不说经济成本，其人生的时间成本就很可观了。

愿意帮黎昌仁圆梦的人不少。除了国内投资者也有西方的投资者，一家英国公司已经进入国内，提出与他合作。他耳顺，在嘈杂的声音里，他突然听到了一缕熟悉而又在心中盼望的声音，那声音清纯，亲切，悦耳。他探寻，这是从他久已仰望盼望的联想发出的询问。

他十分敬仰柳传志，早听说过柳传志的故事。

柳传志比他大13岁，早他9年创业。1984年在中科院计算所所长曾茂朝的支持下，柳传志创办北京计算机新技术发展公司（联想集团前身），1986年任北京联想总经理，1989年升为总裁。

1988年，柳传志和几个人来到香港，手里只攥了30万港币，他们到香港也只能和国内一样先从做贸易开始，通过贸易积累资金，了解海外市场。1988年成立香港联想，柳传志成为香港联想主席。

1990年左右是联想高速发展的时期，柳传志除了搞好公司内部管理之外，还费尽心思为联想找到更多的资金，财务成本非常重。联想20万元起家以后，完全是靠利润来滚动发展。

1996年以后，由于业务做得好，不断地配股融资，使企业拿到更多资金，1997年，北京联想与香港联想合并，柳传志出任联想集团主席。

2009年9月，柳传志重新出任联想集团董事长职务。2011年11月2日，联想集团宣布柳传志卸任董事会主席，担任联想集团名誉董事长。柳传志不仅仅是个企业家，也是一位投资家。2011年被评为第十二届中国经济年度人物终身成就奖，2013年11月11日获全球最具影响力50大商业思想家。

联想最终选择了拜博，原因是：联想一直以来的一个投资理念是“事为先，人为重”。从“事”看，拜博这些年的业务基础不错，发展较快，连锁门店数量在国内是最多的，单个门诊的盈利能力比较强，这是主要的基础。

从“人”看，以黎昌仁董事长为核心的管理团队很优秀，他本人是牙医出身，积累深，对行业有深刻认识。拜博是他一点一点做起来的。联想集团在跟他接触的过程中，觉得他不仅是一个对细节、对运营有很强把控能力的人，而且对战略也有比较清晰的思路。黎昌仁的核心价值观，包括长期将医疗服务企业发展下去、对患者与对医生负责的态度，这些核心价值观和文化理念与联想十分契合。联想还有一个总的思维点，那就是做好一个医疗行当，不仅要赚钱，还要有长远的使命感和社会责任感。黎昌仁具备。

那是一个金秋的日子，进京后，集团总部刚刚步入轨道。他与柳传志见面了。双方约定只谈半小时，第一次见面却延续了一个半小时。按理，像这种级别的交谈已经有了很多次很多人的铺垫，两位董事长只是走完尾声的程序，而这次见面不是“尾声程序”，是一部大戏开始的序曲。两人“一见如故”“一拍即合”。柳传志正是他心中敬仰的长者。在柳传志心中，拜博正是他想象的那样一个医疗集团，那样一种让百姓信任的连锁，黎昌仁是那样一个有作为、敢作为的董事长。

柳传志和黎昌仁合影

时间是2014年6月16日，地点是北京钓鱼台国宾馆门口。联想控股总裁朱立南和拜博口腔医疗集团董事长黎昌仁，双方战略合作发布会如期召开，双方的签约仪式如期举行。联想的十亿量级的大手笔投入，即刻引来各界瞩目。尽管联想控股的多元化之路并非始于今天，但此次柳传志选择进军医疗服务新领域，还是让人感到好奇和惊讶，评论和观望。同样，对黎昌仁获得10亿投资怎样使用也让金融医疗行业的专家们极为关注。

这次发布会的报道无疑如一枚重磅炸弹，在中国医疗界和投资界炸开了。各大主流媒体记者纷纷加入报道大军，新闻评论成为当日新闻的热点和焦点，占据了各大媒体的重要位置。

柳传志后来这样说：中国现在已经有16000多个牙科诊所，是不是真的能够做得好，都值得我们投资呢？肯定不是的，最后的决定还是在人，在领军人物身上，是在我们黎昌仁董事长和他的领导班子，这个团队的身上。联想控股做投资的原则是“事为先、人为重”，首先是行业好，但是最终决定是否投资，更关键的在于企业的领军人物。黎昌仁董事长身上有三个特点：第一，有高远的追求；第二，有宽广的胸襟，善待员工，让名让利，能够让员工有更好的发展空间。第三，有非常强的学习能力

黎昌仁不负众望，他向柳传志、朱立南表明要把拜博医疗当作一生的事业去经营，将其打造成一个百年老店。又一次提出，办好口腔医院去带动上下游产业链。中国的口腔市场很大，人才很缺。柳传志与朱立南再次表示，将不遗余力地支持拜博口腔宏观的发展计划。他们认为，医疗行业是比较特殊的一个行业，涉及人的健康，与每个人的生活质量息息相关，人们对健康、生活品质、长寿的追求是永恒的，所以这个行业是一个朝阳行业，在相当长的时间里，都是一个永远的朝阳行业。

全国各地投资者在观望，口腔界在观察，这10个亿拜博会怎样使用？

联想表达了他们对这10个亿的态度：我们投资医疗与别人不同的是，我们不是一个基金，我们是从战略投资的角度，我们有非常好的资源，我们可以为企业长期的发展提供支持，这是我们的优势。“让黎总不愁钱是我们的

责任”，朱立南在签约仪式上这样说。联想对拜博的投资“诚心可鉴”。在权责利上，联想的思维也很明确，仍然会以黎董为核心，作为主要的决策人带领企业的发展。从我们的角度来讲，主要为其提供一些联想有优势的方面的帮助，比如资金、品牌、社会资源和管理上的经验，在这些方面给予帮助，来推动拜博发展。

董事长黎昌仁表达了将来对资金流向与将要发挥的作用：

我们之前的融资都属于财务投资，也就是风投基金投的，它是有年限的。与联想合作是没有租期的，没有时间要求的，因为医疗产业必须要有一个市场培育期，品牌的效益、团队的效益需要时间，要慢慢地让老百姓接受，慢慢地打出品牌。急功近利的风投是难以完成的。联想不仅理解，理念上对此认识高度一致，所以我们愉快地合作。

合作后，希望把医疗主业做大的同时，把上下游产业链今后也开展起来，包括医疗设备的研发和生产，医疗服务。因德国有一个拜耳，避免今后的矛盾与误解，拜尔更名为拜博。拜以德成，博爱天下，更体现我们的文化内涵。全国各地将同时更名拜博。

有人说，我们依靠联想，想尽快上市。从经营情况看，拜博口腔的业绩基本符合上市条件。在我看来，恰恰这两年是口腔医疗服务发展的战略机遇期，如果因为需要持续符合上市条件，就必须放慢发展步骤，这样做得不偿失。上市这条路拜博一定会去走、去实现。时间方面，没有必要刻意去追求，在做得比较大、时机较成熟的时候去上市。联想与我们有同样的理想，发展产业链，把拜博作为一个实业，包括上市，也是为了更好的发展。上市不是我们最终的目标，可能只是一种过渡或者说一种手段。

联想还有一句话，站踏实了就可以撒腿跑了，拜博真的撒开腿飞奔了。2015年中至2016年中，拜博口腔新增了95家连锁门店，使得其连锁店总数达到了180家。其中包括46家医院和134家诊所，覆盖24个省份和直辖市，医生数量从672人增至934人。而2014年12月31日门店为75家，而2015年中（截至2015年6月30日）门店为85家。2015年底（截至2015年12月31日）为138家。

数字告诉了关心者，围观者，拜博获得联想控股的10亿元战略投资之后，到底做了些什么。用正能量的话说，拜博成功实现了两年的倍增计划，已经成为中国最大的专业口腔医疗机构。

有其他的声音吗？有。

一是惊讶，二是担忧。

这种大规模、高速扩张的势头，逆传统牙科风气而行，风险甚大。有创业专家直言，只要快速扩张，必败无疑。已有口腔连锁付出了高昂的学费。

过去，牙科在国内虽然发展迅速，但是愿意从事连锁化经营的却没有几家。大多数民营牙科诊所在一个地方生根后，往往客流稳定，现金流充足。如果牙科门诊走持续扩张道路的话，现金流压力会很大。

那么。这样一个市场培育期（亏损期）延续的时间会有多长？担忧的人为这种现象指明：不是市场问题，上海拜博不是三个月就盈利了吗？

是什么问题呢？

答：缺人才！人才！还是人才！

拜博有无人才？

（43）

黎昌仁对人才是求贤若渴，关怀备至。不是能用简单的“重视”两个字可以形容的。寻找，选择，挖掘，拜见，交谈……以诚相见、以心相待，可以说是呕心沥血。

邓锋是进入拜博集团最早的国内知名的、口腔界有影响的专家。他与拜博签约的意义非同寻常。他是第一个走进拜博的有职有权的知名教授，敢于、愿意走出体制无疑让人惊讶与思索。于拜博，他是一个标杆，一个经得起考问的范例，为后来愿意走出体制的同行做出了示范作用。

邓锋，生于1963年5月，1980年9月至1985年7月就读于华西医科大学口腔医学院，获学士学位；1999年9月至2001年6月于中国人民解放军第三军医大学攻读硕士；2003年9月至2006年11月，就读于四川大学华西医科大学口腔医学院，获博士学位。主任医师，教授，博士生导师。

曾赴美国、德国、日本短期研修。任重庆医科大学口腔医学院院长、附属口腔医院院长；他社会兼职多多：重庆市口腔医学会会长，重庆市医学会口腔专业委员会主任委员，中华医学会口腔医学分会常务理事，中华口腔正畸专业委员会副主任委员…….

他获奖课题论文也是多多，获得过国家自然科学基金和多项省部级科研项目资助和多项科技成果奖，主持省市科研项目与厅局级重点科研多项，已发表学术论文60余篇，其中SCI收录4篇，招收博士研究生20名，已培养硕士研究生50多名。是重庆市口腔医学学科带头人，被誉为西南口腔人。他的决定惊动了西南，也惊动了口腔界的同行，邓院长怎么了？邓教授怎么了？邓老师怎么了？老邓，你别瞎掰啊！

邓锋没有瞎掰。他的行动是经过深思熟虑的。他与黎昌仁交谈起于2014年。他们是怎样走到一起的呢？

黎昌仁早在进入上海时就看中了重庆，总部搬迁北京后，就派了昌德到渝选址，有了上海选址的经验，昌德这次旗开得胜。在重庆一年开了4家，大渡口区拜尔口腔，400平方米，6台牙椅，20名员工；观音桥江北区拜尔口腔，700平方米，8台椅位，30名员工；北郊新区拜尔口腔，1200平方米，16台牙椅位，50名员工；最大的是永川拜尔口腔医院。1500平方米，20台牙椅位，40名员工。这时，政府出台了新政策，可以收购国营小型医院。黎昌仁心动了，“野心”勃勃了，想在重庆作出样板，想收购重庆口腔医院。后来，医院没有收成，却收获了一名大教授。

说邓锋走出体制经过了深思熟虑是有依据的。从国家形势考虑：2013年国务院40号文出台之后，社会办医进入了全新的发展阶段。医疗投资成为整个民营资本最活跃的领域之一。连锁专科则备受民营资本青睐，口腔医疗更是受到民营资本追捧的最佳产业。

2014年6月16日，拜博口腔获得联想控股10亿元人民币投资，一跃成为整个医疗健康产业当中的焦点企业。

黎昌仁盛邀加盟的诚意打动了他。他们多次交谈，他欣赏黎昌仁对口腔医疗事业的执着和热爱的精神、敬重他对人的真诚和对创新的追求，共同的理想拉近了彼此的距离，未来的平台让他们看到了人施展才华的又一片新天地。

拜博目前已经是全国最大的口腔医疗集团，已有100多家口腔医疗机构，计划在五年内要达到或超过200家医疗机构，并准备打造、运营完整的上下游产业链。

邓锋相信自己找到了另一个可以释放自己能量的舞台。顺应国家大力发展民营医院的东风，投身民营医疗事业。于是，邓锋选择了拜博。2015年1月18日邓锋宣布加入拜博。天时地利还加人和。

此前，重庆市第二人民医院口腔科主任单春城也选择了拜博，担任永川拜博口腔医院院长。

邓锋去北京，任拜博集团总裁。他调整了自己的心态，他这样说："我从三甲医院出来，换一个平台、体验不同人生、要做点事情。"

来到拜博后，面临两个挑战，首先是对自己的挑战，放下曾经的荣誉，一切需要从头开始；第二个挑战是拜博的快速发展，自从2014年与联想合作以后，就感受了拜博的快速发展和转变，这在管理、人才、业务、经营等各方面提出了更高要求。

任职后他说出了自己的心意与心迹。

其实就是两个关键词：管理。人才。

管理能出效益。管理可变面貌。

以前在重庆口腔医院时，他一直有个理想，一定要做到全国口腔医院第一集团中去，在他管理的日子里，重庆口腔医院发生了巨大的飞跃。从四五十台牙椅的小医院发展到现在超过四百六十台牙椅的三甲医院，离开国营三甲，走进民营，还想再试试，能不能把拜博做到民营医院的第一？不光是规模第一，服务质量也要第一。这是他的又一个梦。

拜博口腔与公立医院的管理有着明显的不同。形式上，拜博口腔遍及全国40个城市，一个大型口腔连锁集团，松散型。而公立医院即便规模再大，仅只局限在一个城市内的单体医疗机构。连锁店因地，因人而异。这样的差别，给邓锋的管理带来了全新的挑战。“对于一个连锁机构，关键不在于挂了同一块牌子，最重要的是能够拥有一个全集团一致的高品质医疗服务的理念。我来之后，做的第一件事，就是打造一个覆盖全国的管理网络。”按照邓锋的设想，通过这个网络可以对全国所有的医疗连锁机构进行实时监控管理，同时医疗专家可以便捷地通过网络对普通医生进行指导，而且整个集团医生的教育培训也能够通过网络进行。邓锋上任以来集中精力做的就是构建这样一个管理网络。从启动筹备到公司遴选，经历了8个月就进入实施阶段。他说，他愿意和黎昌仁董事长一起再干10年，把拜博做成民营口腔第一品牌，让第二人生更精彩。

医疗服务的竞争核心自然是医疗人才的竞争，而人才培养需要巨大投入。对于大型口腔医疗集团而言，必须具备人才培养的能力，才能保证集团的健康可持续发展。不培养人才，对人才就没有吸引力。培养人才的结果有两种可能：一是让自己的企业强大，二是人才跳槽，走了。付出的成本得不到回报，得不偿失。如果不培养只使用，那就对年轻人失去吸引力。人的一生都在学习，学习的过程本身也是一个创造与认同感的过程。自己培养的人会比招聘的人具有更强的认同感，人才培养的过程是相互认识、相互理解，建立感情的过程，让年轻人有归属感、成长感。如果有一些激励手段包括股权激励，自然能留住人才。但关键的问题还是员工对拜博文化的认同。只要认同，就是离开了也会有留恋与思念。

细分析投资民营医疗市场，真正活跃的是牙科，不是完整的口腔科，例如口腔颌面外科的肿瘤、外伤、关节等外科疾病如手术治疗在民营牙科都是缺少的。因素有两个：一是单纯的牙科风险较低，医生的工作方式相对独立，受其他科室牵制不大；二是由于医学院不断扩招，现在的医学院每年培养了大量牙科医生，局部人数偏多，尤其是沿海一线。在拥挤的就业路上，专业人员的素质急需提高。

与国际上比较，我国的口腔医疗执业医生的门槛相对较低，因为现在口腔系医学生整体水平偏低，确实还有待提高。

刚毕业的年轻医生在理论与实践经验方面存在很多欠缺。在民营市场上，没有真本事就找不到好的平台，甚至找不到工作。口腔医生的这一需求推动了培训的快速发展。一个好的平台不仅提供医生的工作，还要提供年轻医生学习的机会，实际上就是人才培养的问题。公立医院医生几乎没有危机感，他们没有竞争的压力。但是当民营医院在不断升级后，公立医院的医生也面临着竞争与选择的问题。这个节点有利于民营医院与公立医院人才选择的竞争。只要民营医院的平台不亚于甚至超过公立医院的平台，人才就会倒流。

以总诊疗人次为例，根据国家卫生计生委2015年7月份发布的最新统计数据，民营医院仍然仅占公立医院的12.2%左右。

民营医院要升级，要占领市场，靠的是自身提高。黎昌仁想收购重庆口腔医院，其本意也是想提高拜博的整体水平。联想进入后，进一步吸引了像邓锋这样的顶级专家。加速拜博各事业部口腔医院的基本建设，培养自己的人才，箭在弦上。

尽管牙科受到资本的青睐，社会资本进入医疗领域办医主要有两种：一种是追求短期回报，比较典型的是资本投资医疗机构后努力将其包装上市，随后退出；另一种是传统行业寻求转型，比如制造业，在投资的同时，也寻求在医疗领域更大的发展。自己培养人才，需要时间，需要资金。资本当然要追求利润、追求回报。办医的话，这个回报周期长，可能五年、十年。是积累了口碑之后的回报。拜博联想就是这样一种合作。董事长黎昌仁与邓锋在管理上人才培养上与联想的合作上达到了百分之百的共识。他们相信前面又是一片蓝天。

邓锋的选择并不孤单。这年他52岁。

西南正畸专家喜加盟惜别重庆，岭南种植大腕入拜博留守羊城。这位岭南种植大腕与邓锋是同一个级别，他的加盟一样惊动口腔界。他是南方医科大学口腔医院、广东省口腔医院副院长，主任医师，教授，医学博士，博士生导师，口腔种植修复专家，专长于人工牙种植和修复。他的名字叫周磊，光明磊落的磊。他的学历很简单。

全国恢复高考的第二年，他考取了华西医科大学口腔医学系。从下放青年成为一名“赤脚医生”，又成为一名医生。1989年7月，他从华西医科大学口腔医学院口腔颌面外科毕业，获口腔医学博士学位。从1978年到1989年7月，人生的11年都交给了学习口腔医学。11年，又简单又难忘的数字，人生没有多少个11年，他把11年交付给了学习口腔专业知识，为当一名专家花费了11年的青春，人生最美好的时光，他心甘情愿。他是口腔医学前辈毛祖彝教授的学生，也曾师从中国口腔医学泰斗王翰章教授、著名颌面外科专家王模堂教授。

在20世纪80年代，种植牙刚刚进入我国口腔界，一切都很新鲜。他和他的导师做大量的动物实验，积攒种植经验。后来，导师亲自充当“实验者”。一位德国医生分别把进口的和华西自产的种植体种到了导师牙床上，几十年过去了，导师嘴里那副牙都还在用，老师用自己的肉体与践行证明了，种植牙很好用！在老师的身上，周磊看到了职业信仰与科研品格是如何无缝对接。如今，人们普遍接受的口腔种植，与他们的努力与实验分不开。

他的研究方向自然是口腔种植课题：

1.牙种植成功的临床影响因素及生物学基础；

2.高成骨效能骨替代材料的组织工程学研究。

他的学术专著依然是种植：《口腔种植学临床实践》。

他的社会兼职自然与种植有关：国际口腔种植学会中国区教育代表

（Educationdelegate）；国际口腔种植学会高级会员（Fellow of International Team for Implantology）；中华口腔种植专委会常委；澳门口腔种植学会名誉会长；广东省口腔医学教育专委会副主任委员；广东省《牙病防治》杂志副主编。1997年，他关于血管生成现象及微血管改变与口腔癌关系的研究，获广东省科学技术进步三等奖；两次获省、市科技进步奖，是获国务院政府特殊津贴专家。他以医者的仁爱与现实对话。他尊重患者，尊重老师，尊重同行，尊重学生。他敏锐低调，勤奋谦虚。

他的医疗服务理念与他的学历一样简单；同步于国际，甚至领先于国际。把握国际方向，时刻关注行业最新的发展，探索最新的技术，最快把它应用到临床。他行医的原则是，严谨的科学

手持证书者为周磊教授，其右依次为黎昌仁先生、邓锋教授，其左为马卫东教授

态度，真诚的服务态度，遵从自然规律，坚守以人为本给患者以最佳治疗方案：合理，有效，廉价。

找他的病人大都是要求种牙的患者。在越来越多的进口与国产植体同时出现在大众视野时，患者总会问：周医生，用哪一种植体好啊？您说我应该用哪一种植体？对患者他总是关心，关怀，关注。

从周磊掌握的一线临床数据来看，国产植体和进口植体在临床中都大量使用，质量都比较过硬。不同的患者人群口腔状况不同，只有根据口腔种植条件，具体问题具体分析，才能为患者选择出最适合的植体。每一次治疗，他都会与患者做详细的沟通，陈述利弊，根据患者的需求采用最合适的种植方案。每一位带着满意笑容离开的患者，内心都会真诚感谢他的耐心。

找他的学生自然是想找他学习种植牙技术，他会把自己在临床过程中收获的一些经验方法直接教授给学生。他说：我从来不相信“教会徒弟，饿死师父”这种说法。这是一个发展的社会，任何人都应该与时俱进。他希望能够用自己30年的教学经验，为拜博做一个培训基地，培养出学术过硬、技术过硬的医疗团队，通过规范化科学化的管理得到同行和患者的认可。

2017年6月1日，周磊以拜博口腔医疗集团助理总裁、学术委员会顾问、广州拜博口腔医院院长的身份出现在拜博口腔医疗集团位于北京祈年大街的总部。周磊直言：“现在国家鼓励社会资本办医，这是一个大方向。对于患者多层次、多样化的医疗服务需求，非公立医疗是个有益的补充。”

他认可黎昌仁先生是一位有抱负、有思想、有远见的企业家，对国家政策有深入的解读。他认可拜博这个非常好的平台，相信优秀的医生们来到这里，一定能够最大化地发挥每个人的价值。希望能够通过基础研究来推动临床的发展。整个行业要互相借鉴，共同进步，才能推动整体的发展。让更多患者受益，医学发展的目标就是造福更多百姓！推广是互惠。教会别人，自己也会进步。教学相长，答疑释惑的过程中，自己会更加完善，也会获得新的成长。周磊带领团队，把数字化口腔的便捷和先进带到了拜博，实际是带到患者的身边。对周磊教授而言，加入拜博，就是以另一种方式投入人才的培养和教育，为非公立医疗提供更多的学术、技术支持。拜博的人才队伍建设是发展的重中之重。医疗质量和医疗安全是医疗机构发展的永恒主题，这也是全社会办医的宗旨。做医疗就是要踏踏实实，服务好每一位患者，口碑比什么都重要。拜博凭借创新的管理模式，发展潜力是巨大的，在周磊新的职业人生规划里，培养医生依然是他的一个重点段落。他希望能够将拜博作为一个优秀的培养基地，以提高医生的技术水平为目标，让更多的患者能够在拜博找到医术和医德并重的好医生，让拜博在非公立口腔行业稳健发展，造福更多百姓。

周磊以他的敬业，真诚，谦虚，与拜博进行了完美的对接。

（44）

相对于广州，江西南昌是中部。董事长黎昌仁似乎在“布局”，每一个地区，每一个省都有知名专家做掌门人。南昌会是谁?

2015年4月18日上午，江西省口腔医学会常务理事、江西省口腔医学会种植专业委员会主任委员、著名种植专家叶平教授出现在南昌市红谷滩新区洪城时代广场，他以江西拜博口腔医院院长的身份亮相并发表红谷滩口腔医院开业演说。

1985年他进入江西医学院口腔系，1990年毕业后留校，工作数年后读研，获得硕士学位后不久，又获得硕士研究生导师资格。之后出任江西口腔医院种植科主任。叶平是江西省种植牙技术的开拓者，领头雁。早在20世纪90年代就开始钻研种植牙技术，积累了丰富的临床试验。叶平介绍，种植牙是一门高端的综合性学科，要想达到良好的种植效果，必须同时具备高超的技术和优秀的沟通能力，才能达到顾客的认可。拜博是一个讲感情的地方，是一个最体现人文情怀的地方，来到这里，我们都会实现自己更多的医学抱负。叶平就是这样认识拜博的，就是这样走上拜博这个大舞台的。

他来到的第一天就有人排队要求种牙。3天完成了近20例种植牙病例。半

黎昌仁先生和叶平教授

年后这些病友来到拜博表达自己的心声。

60多岁的王大叔下排牙齿重度松动，饱受牙齿折磨多年，牙齿摇摇欲坠，吃饭的时候都担心会把自己的牙齿吞下去。叶平在拜博口腔进行即刻种植，让他一下年轻了十几岁。他以锦旗表达了自己的感激之情。

80多岁的季大叔，全口牙齿缺失。他说：什么是幸福？那就是牙好，牙好就是最大的幸福，牙好，对每个人的幸福感至关重要！为了寻找幸福，他前后走访了5家公立和民营的口腔医院，经过比较，最后选择了拜博口腔。

40多岁的万载宏，年轻的时候牙齿就掉了很多，后来几乎全口缺牙，无牙一直窝在家中不敢出门，不敢见人。现在的全口牙齿都是拜博口腔叶平教授给予的。在拜博口腔种牙后，重拾自信，有了牙齿后像一个超级演说家，活力十足。

由叶平教授主治下半口即拔即种即刻修复的70余岁的熊老爷子吐露前几天还是没牙齿的状态的苦闷，在拜博口腔只待了一个小时四十分钟的时间，现在就能啃枣子了，着实开心，尤其是听到牙齿碰撞“咯咯咯”的响声非常享受，在好好享受美食时能不感谢拜博，不感谢叶平吗？！其实不只是他们，拜博口腔还有许许多多这样的患者，因为牙病来到了拜博口腔，与拜博口腔相识、相知、相伴。

在纪念长征胜利80周年的日子里，叶平在于都县卫计委支持下，与赣州市口腔医学会一起，带领江西拜博口腔医院医生举办了口腔健康走进苏区的公益活动，开展了口腔健康与全身健康相关性的医学科普讲座，还开展了义诊与种植牙的活动。种植牙的主诊医生当然是叶平教授：江西拜博口腔医院院长。

这里有一个小故事。因为拜博是民营机构，一位想做种植牙的病人担心质量不高，价格受骗，特地给在上海医院工作的亲戚

江西拜博人走进苏区

打了长途电话，问：民营医院可不可信，叶平是何方人士？亲戚帮她查询了后回答说：叶平是江西省口腔医院种植科原主任，江西省口腔种植协会主任委员，全国种植协会的常委，是可信的。迄今，他已为患者成功地种植了万余枚种植体。这个信息传开后，要求做种植牙的病人一下增多了。

还有一位年轻的专家，叫熊靖宇。

他毕业于华西医科大学口腔医学院颌面外科专业。从事口腔颌面外科近30年，擅长颅颌面大型骨创整复手术，颌面肿瘤根治术，并将口腔颌面外科技术与口腔种植技术结合，极大地拓宽了口腔种植的应用范围，是目前国内极少数能够同时开展穿颧骨种植（ZYGOMA）及穿翼板（TPP）种植手术的医生之一，也是国内这一领域的主要倡导者和推广者之一，擅长颌骨极端缺损条件下的全口无牙颌种植以及数字化导板引导下的口腔种植手术的应用。经常在网上展示各种高难度的口腔种植病例。

他现任泰康拜博集团华北大区常务副总经理，拜博集团种植复杂病例诊断设计中心（IDDC）执行总监，拜博集团上海总院种植院长，拜博集团北京总院院长，广东省颌面外科专业委员会委员。

他是怎么走进拜博口腔的呢？且听他说。

在2015年的9月。珠海吉大。

我准备离开当时工作的门诊部，自己去开一个口腔诊所，这一动向被当时拜博口腔集团的黎昌仁董事长知晓，立即从北京飞到珠海，带着他太太邀请我和夫人共进晚餐，这是一次具有重大意义的会面，黎董事长透彻地分析了我的状况，邀请我加入拜博口腔集团，到一个更大更高的平台去施展才华。经过慎重考虑，我于当年10月飞到了北京，到当时的拜博口腔北京总院任副院长，经过考察磨合，于2016年2月底正式任职北京总院院长之职。到任后加强医患沟通，大力开展全口种植即刻负重修复手术，在3月份就突破了一千万的业绩。本以为可以继续凯歌高奏，没想到4月份的魏则西事件给民营医院带来寒冬，我们也受到波及，但仍保持着稳定态势。7月份飞往美国哈佛大学牙学院交流，我的全口即拔即种即刻修复病例获得了哈佛大学教授们的高度赞誉。在2016年的11月初，我和黎强医生一起开展了我的第一例穿颧骨种植手术，获得良好的口碑。2017年春，与黎强医生一起创建拜博集团疑难种植诊断设计中心，我首次面向全国拜博的骨干医生讲授穿翼板种植新技术，并率先在北京开展这一手术，对萎缩性上颌骨全口种植方法产生了极大的影响。同年六月份，应黎强医生的邀请调到上海总院，从零起点组建上海总院的种植科即疑难种植诊断设计中心实体店，当时还请来我之前的助手赵依依，加上黎强医生，我们三个人在偌大的一层楼里开始新的工作。七月份做了四十万，八月份一百万，九月份两百多万，到十一月份时已经到了七百多万，而我们只有7台牙椅，人数也不多，每个人都当几个人在用，在920爱牙日我到上海电视台做了一期节目，结果第二天整个候诊室都坐满了来求诊的患者，后来的时间段我的手术时间几乎约到了两个月之后，每天都有两台以上的全口种植即刻负重手术。上海事业部有三十多家门店，一些门店的院长常常抽空过来参观手术和参与手术，半年时间上海事业部大面积开展全口即刻种植即刻修复，当年的业绩比去年同期增长1.5个亿。不仅如此，整个上海市的口腔种植即刻负重也被带动起来，因为我们的到来加工厂的业务忽然繁忙了许多。在这年的9月份，我和黎强医生开展了国内第一例局麻下穿颧骨种植手术，从此以后，我们所有的穿颧骨手术都在局麻下进行。到2018年10月，我们已经成功开展了五十多例穿颧骨种植，也是国内这一领域做得最多的机构。因为局麻，患者的接受度一下增加了很多。我们也将这一技术常规化常态化。在2018年，我多次到欧洲交流学习，每次与国外同行交流时都会受到很高的赞扬，称我为“颧先生”，同时也经常受到国内同行的推崇，在网上交流讲课等等，引起学牙网注意。在今年6月份开展了第一期上海穿翼培训班，8月开展了第二期，还有10月份的深圳班，每期都是人员爆满，参加人员由当初的仅仅是民营医院的医生到后来的公立医院的医生

国内民营口腔创立的新专业培训。2018年9月，泰康拜博集团将我从上海调回北京，负责整个华北大区的行政及医疗管理，又开启了我人生的新一轮征程，任重道远，我将努力不懈！

熊靖宇院长

拜博口腔医疗集团像一块巨大的磁石，吸引着共同特质的人们靠拢。走进拜博的专家还有很多很多。每个人都有自己的故事。曾任常务副总裁的马卫东教授，大连市口腔医院原院长，曾任拜博口腔医疗集团副总裁；梁钦业博士，中山大学附属口腔医院修复科原副主任、卫计委人才培养中心专家，现任拜博口腔医疗集团副总裁，拜博口腔医疗集团美学修复总监……这些故事总会有一点离奇，总会有一点感人的细节……

（45）

在拜博集团发展过程中，还有很多俏也不争春的同仁同乡。他们不是专家，不懂医疗；他们是实干家，他们是管理者。他们为拜博付出了心血，拜博也给他们留下了人生美好的回忆。他是其中一个代表。他叫罗小会，原是江西省奉新县粮食部门的干部，因公司业务不算景气，被黎昌仁拉下了“海”。

那时，珠海深圳各口腔医院及门诊合并成立一个集团公司，正准备将总部搬迁到上海。需要管理人员。2010年初他接受了邀请去珠海。他清楚地记得2010年12月的一天飞往珠海，经过四个月的筹划，于2011年4月6日飞往上海。黎昌仁任董事长，黎强任副总经理，他任办公室主任，负责集团的行政事务并兼上海事业部的行政工作。当时由于集团刚刚成立，这是家族企业，他深感责任重大。罗小会对这段工作的记忆是这样讲述的：

在受到黎昌仁董事长特别重视和信任后，我对行政管理做到十分仔细和合理的安排，在与上海事业部同事共事期间，我从一个门外汉也渐渐对口腔管理有了一些了解，也奠定了我今后的管理之路。

经常跟随董事长处理一些高端的谈判和商务场合，在董事长身上也学到了很多的谈判与沟通技巧，董事长为人办事大气，还具有前瞻的思维，这些都给我带来了很深的影响，这也在以后的管理中能让我有一些超前的思维，是在跟随董事长身边工作了一年分不开的。

集团组建初期，我是唯一一个参加其家族会议的外姓成员，参加了集团组建初期的家族性的股权改造、完成了集团的整合。同年参与了拜尔集团的第一轮融资的谈判与融资的全过程。融资后，积极参与了上海门店的扩展及运作管理，并逐步地参与了收购扩张的工作。2011年7月，因深圳南山收购受阻，集团签订意向协议并付300万定金后，谈判一直达不成最终协议，时间拖了近一年，定金也无法退回。后董事长派我一个人前去与对方谈判，经过一个星期的努力，使对方降低180万的收购价格，最终达成双方的收购协议，完成收购。并在9月份，第二次在深圳完成三个门店的所有证照的变更。到此，南山三个门店的收购告一段落。从此黎昌仁董事长发现了我的谈判技能与办事能力，让我慢慢地涉入集团的投资发展工作。

与此同时，我参与了河南洛阳的收购，在2011年年底又参加了江西的收购，中山路的口腔医院因集团管理人员没有及时跟上，所以委派我这个没有医院管理经验的人临时负责医院的管理，也就是这一到两个月的时间，又是春节期间，我把一个收购前只能做16万业绩的医院，在春节一个月做到了60万，这也为我今后的医院管理之路起了一个好的开头。

2012年春节后，集团正式进驻云南，开始与云南的耿庆红洽谈昆明现代侨联口腔门诊部四家门店的收购，当时集团多数人认为我们应该只收购百分之六十的股权，让原股东继续持有百分之四十的股权，而我则认为原股东不适合再持有原股份，我们应该全资收购。在我的运作下，2012年4月份，集团完成了对昆明侨联口腔医院的全资收购。收购完毕后，我本应继续去参与其他地方的收购，但当时收购云南，集团存在很大的争议，当时集团总部领导朱xx、黎强等人去云南考察时发现云南经济低下、人们口腔健康意识薄弱、口腔设备落后、整个云南连一台口腔CT都没有、口腔医生的水平停留在沿海发达城市七八十年代的水平，所以坚决反对收购。当时集团高管7人及各部门负责人共11人开会讨论云南收购问题，所有人全部反对云南的收购，也反对进驻云南，只有黎昌仁董事长一人坚持要收购。他的理念是：落后的地区并不是人的牙齿都是好的，而只不过是人们的口腔意识薄弱，不知道牙疼的危害性，总觉得牙疼不是病，当你唤醒人们的口腔意识的时候，他就是一个潜在的巨大的且没有竞争的市场，所以坚持收购。当签好意向协议并支付几百万定金后，集团高管再次考察，看到门诊的破烂程度，有部分高管立马打电话给董事长，强烈要求撤离云南，哪怕丢掉几百万定金。可在黎昌仁董事长的坚持下，力排众议，我坚持完成了云南的收购。也就是正因为各位高管不看好云南市场，所以在收购完以后，集团派不出来管理人员到云南进行管理，也没有人愿意踏入云南去管理云南的各门店。当时收购完以后，成立了云南事业部，完成交接后，近一个月的时间，集团总部没有人愿意来云南管理，而且大家都在推诿和各种不看好。在没有办法之际，黎昌仁董事长找到我，让我能不能留在云南当事业部副总经理，主管财务工作，这个提议得到了全体高管的赞同，他们不是认可我的管理能力，而是说了一句话："谁想收购谁去管"。是想看我的笑话，看黎昌仁董事长的笑话。在这种情况下，我向黎昌仁董事长提了一个要求：要我管理，我必须当总经理，副总经理不干。可当时整个集团没有一个不是医生的管理者或总经理，都是最好的医生担任企业的管理者，而我不但不是一个好的医生，更是连一点医疗基础都没有，一点口腔知识都没有的非专业人员。但是我从事管理也20多年，黎昌仁董事长认为管理是相通的，也许用一个非专业的人员去管理，会是一个重大的突破，所以黎昌仁董事长力挺我作为云南的真正管理者。在通过多次的高管会的争论后，最后决定在其他人没有合适的人选派遣之前，由我代管半年，同时集团办公室主任的职务保留，在这半年期间，如果有合适的人选去云南担任总经理，立马替换。可就是这样，我在云南事业部一待就是两年半，做总经理时间两年零二十天。

后来云南的业绩也给集团创造了一个先例，也创造了一个不是医疗出身人员管理医院的神话。在云南管理的两年多时间里，我把收购的四个门店，全部重新装修升级，引进上海的管理模式，在上海事业部的帮助下，由当时黎强、朱XX亲自带队，在医疗技术上带教，从前台到护理到医疗管理，各方面实行了全方位的带教，每个月从上海派7～13人的团队来支援云南，成功地将上海的医疗管理模式复制到云南。虽然收购前，上海总经理部有不同意见，但收购完以后，在管理上上海对云南的帮助最大，黎强亲自带队带教，使得在很短的时间内，云南的口腔医疗水平和门店管理水平有了飞速的提高。业绩从收购时四个门店一个月40多万，也在收购后三个月的时间上升到200万。半年以后，四个小店突破了300万的业绩。到2012年年底，云南事业部在全集团业绩排名第二，利润率排名第一，被评为集团优秀事业部，奖励全体员工20万。从此也奠定了西南开花的基础，也给集团各高管在西南发展树立了一个信心。

2013年黎昌仁董事长以云南为依托，对西南的发展进行布局，同时进入重庆、贵州、成都等地，成立了西南大区。昆明的成功发展，进一步证实了黎昌仁董事长的独具慧眼，也使得拜尔集团迎来了一个新的管理模式，医疗与经营的双重管理模式迅速在全国推广，这对拜博口腔后期的快速发展起了一个重要的作用。

2013年云南事业部继续公关，在昆明市省政府封闭不允许在市内开设门诊部十几年的情况下，我们率先破冰，特批拿到了一个医院的牌照，这就更奠定了拜尔口腔在云南的地位，也更吸引了如昆明口腔医院原副院长梁娜等一批专家学者。同时集团制定了对外扩张的思路，在大理、楚雄等地分别选点扩张。

在连续两年辉煌发展后，黎昌仁董事长又进行了一个更大的布局。与联想合作，将集团总部搬迁到北京。同时为了稳定上海及对江浙地区的发展，制定了“稳定上海，重点发展长三角、珠三角，充分占领一线大城市”的宏伟规划。随之将我从西南大区调往华东大区。随后集团总部搬迁至北京，我任华东大区常务副总，主持全面工作，从此黎昌仁董事长也制定了快速扩张的宏伟规划以取得巨大的市场占有率，在联想的支持下，充分在一线城市布局，同时华东地区也随之将主要精力放在门店的建设与发展上。在短短的一年多的时间内，华东地区扩展50多家店，总业绩占集团的一半，为集团的江山立下了汗马功劳，也占了集团的半壁江山。

黎昌仁董事长在用人上，做到了“举贤不避亲，任人唯贤”。只要有能力，不管是不是亲属，都被重用，只要是没有能力，就是亲属也会被撤换。在此期间，我是一个没有任何一点亲属关系的管理者，也是一个之前与黎昌仁董事长毫无交往的陌生人，但是进入集团，通过他的慧眼，不断发现我身上的管理潜质，一步步地走上集团重要的管理岗位。我曾担任过云南事业部总经理、西南大区常务副总主持工作、华东大区常务副总主持工作同时兼任浙江事业部总经理、江苏事业部总经理、集团助理总裁，还兼任过深圳事业部总经理。每次的临危受命都毫无怨言，因为我相信：只要有董事长的支持，工作就能做好。同时七年的发展一路走来也证实了我的这句话。在云南创造好的成绩后，回到浙江，成立浙江事业部，浙江事业部也年年被集团评为先进，走在了全集团各事业部的前列。

我是拜博医疗集团成立伊始到现在的一个老员工，见证了拜博口腔集团的发展史，集团几次重大的决策和转变，我都参与其中。最值得一提的是，集团高管在七年中三上井冈山，我是为数不多的连续三次都参与的人。每次的井冈山之行，都是应对集团的发展的重要节点，每次上山都重温历史，用红色传统，红色的精神，红色经典教育鼓舞每个人。每次井冈山之行都是集团向前发展的里程碑。

人生路上如果没有遇见他，我还在一个小县城当着我的“大厂长”，过着我的“小日子”。董事长提供的机遇，使我有了更高的眼见，从一个井底之蛙，也走到了全国乃至国外，看到了外面的世界。他是我的知音，是我这一辈子的恩人。

（46）

这节讲述的是三个四十岁左右的女牙医的故事。

第一位女性是大连的“温柔”。

大连是一座美丽的城市，生活在这个城市的百姓与这里的山水一样美丽。美丽的人孕育了美丽的人生，美丽的人创造了美丽的生活。

那是一个美丽的夏天下午，在广场友好路上的一座房子里，举行了一次美丽的茶话诗会。朗读者是这样描述诗会现场的：窗外是浓绿的梧桐、喧闹的街道，阳光透过百叶窗帘，洒下层次分明的光影，在古朴的茶桌上肆无忌惮地蔓延开去，讲述着光阴的故事。满室茶香袅袅，古香古色，若是忽视掉茶桌上的那些口腔模型、书架上那些专业的牙科书籍，大概没有人会认为，这是一位美丽女性牙医的办公室。一个青年护士用她美丽的声音朗读出美丽的诗句：

孙春燕

十三年后，温柔的我依然在这里等你。

13年前，我们因一颗牙，结缘。

那时的我，持3台椅子，被称为大连街头“最温柔的牙医”。

13年间，我们一直在坚守，

不变的我，要用行动告诉大家：看牙不怕，治牙不痛。

工匠精神伴着我们。

你眼里有我，我心中有你。我们因牙，结缘在一起。

13年后，在探索中成长的我，华丽一转身。

平凡的我，我们，每天依然精心做同一件事情：看牙，治牙，护牙，为了你！

今天的我，依然在这里等你！

而你，你在哪里？

“春燕小妹，谢谢你细心的呵护，让我再也不恐惧治牙。”

“春燕阿姨，谢谢你的温柔，我这次看牙没哭。”

“春燕医生，谢谢你，我们全家人都是你的粉丝。”

我的心与你的心在一起。

春燕医生是谁？今天，她在哪里？

春天走进春燕牙医诊室，走进了拜博，这就是春燕的今天，“我的今天。”春燕这样说。

春燕医生就是孙春燕。她是大连的知名人士。大连人，却没有大连女性那样高挑，那样苗条，更多的是江南美女那样的纤细苗条，婀娜多姿。凡是有过牙痛的人都知道大连春燕医生，治过牙的人都亲切地叫她：温柔牙医。她的诊所是大连的一道风景线。她是大连的一张名片。

1991年她从大连医学院口腔医学系毕业，分配在大连市第三人民医院口腔科工作，1998年到大连医科大学整形美容口腔门诊工作。好单位，好工作。而她，于2004年走出了体制，自己创业，成立了“孙春燕口腔”。春燕呢喃，牙医温柔，为顾客，为员工，是她发自内心的爱。她对人善良，真诚；品质，质量赢得了大连人的信赖与尊重，“温柔牙医”传遍大连。

说三件小事。一是中午她与员工一起用餐的事。她总是自己守店，让员工先吃，她最后用餐。

二是他们店里有外省员工，比如一个来自哈尔滨的小护士，爱牙医，爱春燕。春燕帮助租房，帮她买回家过年的车票，提供免费午餐。春燕说：“外出闯荡不容易。”她体谅每一位员工。

三是给孩子看牙。她首先会与孩子交流，给孩子介绍牙椅上的器械，气枪、水枪。让孩子消除恐惧心理，让孩子知道治牙不疼，她不怕花费时间，给孩子治疗收费低，她不在乎，她在乎这里没有孩子的哭闹声，只有欢笑声。对胆小怕看牙的顾客，她总能百般呵护。

在大连，在民营诊所中她与她的诊所口碑最好，事业正在鼎盛时期，她突然想全身隐退，将诊所交给朋友打理，自己择一城终老，携亲人相依。黎昌仁闻之匆匆赶赴大连。黎昌仁不是去收购，不是去找她谈生意，是同她谈人生。

处处都是人生修行地，事事都在人修行。你把口腔医疗做到这般地步就是修行，处处为病人着想，事事为别人操劳，温柔就是修行。如果再加上技术，德行，道行都高，不是造福大连百姓吗？你说说，你有什么难处，我们合作，把温柔口腔做得更好。愿意加入拜博吗？随时欢迎你！

几天后，她应诺了。

人生何处不修行。她认可董事长，认可拜博口腔。拜博口腔医疗集团平台更宽更广，董事长待人坦诚，胸襟开阔，会让诊所整体水平不断提升，会为更多人提供更好的牙科服务。尤其是自己的员工不再拘泥于小诊所，为员工发展，为大连病人就医方便，她觉得自己的选择是对的。毕竟情深难舍，自己一手操办起来的诊所，10年守候，10年经营。就像护着自己女儿一年年成长一样。升级，会把那些带有自己个人色彩的“过去”完全剥去。悠悠之情，难以割舍。舍得，舍得，没有舍，哪有得？

在沙河口区五一路上，1500多平方米的拜博口腔进入试营业。杏林街、五一路、高新区门诊部相继开业。从2004年开诊所以来，她的老员工没有一个离职。2014年加入拜博时，老员工也没有一个离开，这是她最引以为豪的事。这些员工成为她团队的骨干，是一支过硬的、陪着她打硬仗的团队。短短的三年时间里，拜博在大连已经成立了1家医院，3家门诊，员工数量由最初的20多人升至150多人，大都是口腔系研究生与本科生。如今，医疗环境条件特别好，窗明几净，一尘不染；设备先进，理念前沿。在医院里，医疗、服务及辅助功能区域分布交互、有序合理。诊室有专门的存储柜、电脑和轻音乐，供患者使用，让患者在治疗时放松；医院儿童诊室专门开设了游乐园区域，并设置专属区域教孩子们如何正确刷牙等口腔知识；让孩子第一次看牙没有阴影，以后再看牙就是一个愉快的过程。

尤其是消毒可谓口腔界的标杆，执行最严格的国际消毒灭菌管理，按照不同功能将消毒室分为了4个单间，从污到洁的每一个步骤，都在独立空间里完成；每一个消毒间都严格执行集团制定的标准，不仅消毒间的面积在原有基础上有所扩大，而且还专门配备了3名护士专门负责，整个消毒过程规范，严格。医院的多媒体会议室，可以实现手术同步直播，适合进行学术交流。全部医护人员都送到北京拜博口腔医院培训中心进行专业规范化培训。每一位患者都是大连拜博的微信好友，只要是牙齿问题，想问，医生绝对会回答到你满意，怎么刷牙、怎么漱口、怎么用牙线，医院还为患者量身订制品质口腔医疗服务，远程服务。预约北京、上海专家来大连，尽量满足患者合理的要求。如有的患者口腔疾病属于疑难杂症，她会与北京总部联系，派北京、上海专家来大连会诊。或者通过远程会议，为患者诊治，而不用患者自己跑去外地折腾，这无疑为患者提供了一份安心、一份保障。三年来各店从亏损很快到持平，到微利，一些店到盈利。靠什么？

靠三项宝典：口碑宣传，服务能力，医疗技术。

医护人员把每一颗牙齿都当成工艺品来做，把患者的牙齿做得实用、漂亮。很美时自己都会很有成就感，自豪感。春燕和员工怀有一颗感恩的心，感激患者，患者的要求是她们进步的推动力，没有最好、要做更好的，这就是推动力的作用与目标。这就会有口口相传的成果。

春燕要求每个医师将患者看作自己的亲属。治疗前，要详细告知患者牙的具体情况，让患者心里有数。对个别害怕紧张的患者除语言外，她会拍着患者的肩膀或握着患者的手。两只手紧紧握在一起，是爱的传递，是恐惧的转移，是安全的守护。在日常的日子里，会组织员工，为一些单位职工或附近社区居民义诊，开展爱牙公益讲座。

好态度不等于好质量。质量管理是医院管理永恒的主题，春燕要求种植技术与国际接轨："种植水平的高低决定着一个口腔诊所的治疗水平。"让大连的医生们随时能与顶尖专家对接，所以各地种植的顶尖专家常来大连指导工作。规范的医师培训是提高医疗质量的重要措施，拜博实现"百年老店"的目标与春燕心中的"口碑相传"是一脉相承的。口腔医院未来的存在，最终靠的还是口碑宣传。

孙春燕现在是拜博口腔医疗集团助理总裁、大连拜博口腔医院院长、中华口腔医学会口腔正畸专业委员会专业会员。孙春燕口腔已经华丽升级，加入了拜博口腔医疗集团；孙春燕自己也完成从"温柔牙医"到大连拜博口腔总经理的转型。让看牙成为一种享受，让大连老百姓不害怕牙医，舒适看牙、放心看牙，是孙春燕努力的目标。

第二位女性是河南郑州的"管家"。她的工作经历几乎与"温柔"无别。

1988夏天她考入河南医科大学口腔医学院（现郑州大学口腔医学院），5年后毕业即进入河南中医药大学第一附属医院工作。4年后的冬天，她告别体制，先后进入河南赛思口腔医院与郑州精益口腔门诊部。

整整4年，她有了积累，有了看到远方的目光。她决心不再打工，自己创业。这年冬天，在郑州市惠济区，她筹建了澳华口腔连锁的第一家门诊部。面积近500平方米，牙椅10台，医生10名，连护士前台共25人。一年过去后的评议：效益、技术和管理是惠济区最好的口腔医疗单位，她的管理才能初次

王咲予

显露。三年后的春天，她创建郑州市二七区澳华口腔门诊部，这是第二家。面积亦是500平方米，8台牙椅，7位医生，医、护、前台共20余人。在这一年，她报考了基础医学院的研究生。在第二家店多次荣获二七区先进医疗单位的荣誉称号时，她获得了硕士毕业证书。像读书一样，她再接再厉，2009年五月在郑州市金水区创建了澳华口腔第三家门诊部，面积220平方米，牙椅5台，医生5位，医护前台共14人。三家门店当时每月总收入70万左右，利润35%左右。

她多次参加口腔国际展会，看到新技术、新设备的展示，看到国内一些连锁品牌的发展，深感口腔行业会发生一次大变革。她曾经提出过自己的观点："我有中国的民营口腔医疗发展三个阶段的看法：第一阶段为师徒传承阶段。很多开业医师没有经过口腔专业系统学习，管理不规范，操作不严谨。第二阶段为规范化的专业口腔医师自主创业阶段。创业资金缺少、政府政策力度不够、创业者深感孤独与艰辛，常因竞争加剧，新技术的难以获取，新设备的难以更新而步履艰难。第三阶段是以新技术、新设备、创新管理、资本支撑、规模发展为特色的阶段。这个阶段会迅速到来。”

正是有了这点思考，她率领团队对接了一些合作，但都不理想。在合作中，她认为资金是最小的需求，更多需要的是专业的团队、新技术的开展、创新的管理。

2012年拜尔在洛阳登陆河南，引起了她高度关注。她通过朋友向拜尔递交了介绍自己的资料。于是，在2013年元月的一个晚上，10点左右她接到朋友电话，请她明天下午4点前到达珠海，拜尔的董事长黎昌仁要见她。

她的轻盈转身就是从这时开始。她叫王咲予，且听她细细道来：

我当即去购买到珠海的机票，没有。就果断购买到广州的机票，从广州再乘坐城际列车于第二天下午4点左右到达珠海。当晚参加了拜尔2013年年会。晚上见到了拜尔的董事长黎昌仁先生。第二天，双方就合作事宜进行了进一步的交流。10天后董事长一行到郑州澳华连锁考察，当晚就达成了收购的意向。2013年珠海年会的当天晚上我见到了董事长，感觉拜尔的管理者很亲切，看到各个事业部人才荟萃，我就下定决心一定要加入这样的团队。这种决心也促使我在后面的谈判中只用了两个小时就成就了自己一生中最重要的一次决定——加入拜尔！在这个决定里一没有和家人商量，二没有讨价还价。至今，我认为这是我人生中一次最正确的决定。

加入拜尔开启了我人生新的里程，2013年6月开始对所有的老门店进行装修，提升环境、增添设备、开展种植新技术的普及。2014年在全新的三家门店基础上开始进行品牌宣传，当年实现业绩近3倍的增长，2014年底荣获拜尔集团城市利润排名第六名。2015年九月郑州拜博口腔医院顺利开业。郑州在2015年底荣获拜博集团城市利润排名第四。2017年7月郑州拜博农业路口腔医院顺利开业。至此在河南省会郑州有两家二级口腔医院三个门诊部。

我的管理理念是：一，二，三，四。

一个中心：以客户服务为中心；

两个基本点：核心团队+核心技术；

三条管理线——

医政医管线：负责医疗的质量、标准化操作、病例、医疗安全与风险、医疗人才的三级管理、学科带头人制度、新技术和科研管理等；

经营管理线：负责寻找客户、服务客户、开发客户、客户粘性，涵盖市场、运营、咨询、前台、客服体系；

综合服务线：为整个事业部发展提供服务和支持，包括：行政、人力、财务、外联、采购；

四个工作重点：围绕“技术、服务、管理、品牌”开展工作。

我的管理特点：一、始终牢记“上梁不正下梁歪”的古训，严格要求自己，在日常考勤纪律、财务制度、工作严谨度等各个方面做好模范带头作用。

二、严格管理中层干部，宽厚对待基层员工。

三、制度管理企业，家文化凝聚人心。高度重视团队的企业文化建设和价值观建设，队伍凝聚力强，稳定，从不缺医生。

2017年我担任大区总经理后，除郑州2家医院3家门诊外，还接管洛阳、新乡、焦作4家门店，通过优化管理团队，形成财务、行政、人力一体化管理平台，建立了多城、多店、远程管理的模式和专家资源平台共享机制。人才的积聚、新技术的开展、管理的提升带来的一定是生产力的快速发展。

2018年传来好消息，新数字：同比2017年郑州的业绩增长了近百分之六十；洛阳、新乡、焦作业绩增长了近百分之三十到五十。

梁娜

第三个是云南拜博的“精英”丽人。她身材苗条，脸庞清秀，眼镜下一对清纯明亮的眼睛，闪着善良智慧的光。如果她没有穿白大褂，一定有人以为她是一位艺术家。说她是半个艺术家也不为过，因为她把口腔视为一门艺术——医学艺术。她对医学艺术的追求是因为她心里怀着浓浓的爱：爱事业，爱工作，爱患者，爱她精心制作出的一颗小小的牙齿。这爱，这对美的追求贯穿她的职业生涯全过程。“丽人”是每一位接受过她治疗的患者的一致赞美：人美，手巧，心灵美。

说到精英，先看看学位与职务：梁娜，硕士，副主任医师。昆明市口腔医院原执行副院长、种植中心主任；云南拜尔口腔医院医疗总监，云南省口腔诊疗质量控制中心评审专家库成员，云南省卫生厅继续教育项目评审专家库成员，师承德国种植协会会长DR.Roland，曾至德国，我国台湾、香港等地进修深造，曾获云南省科技进步二等奖、昆明市科技局优秀论文奖。

她曾是最美的“微笑大使”。在1999年1月至2002年11月，参加“国际微笑行动组织”的工作，每年到贫困地区为唇腭裂患儿进行免费手术；她亦以个人名义参加了“国际乡村医生培训组织”，成为该组织的志愿者讲师，多年利用业余时间为乡村医生义务授课。在口腔医学的土壤上，播撒下更多希望的种子；在市口腔医院工作期间，她多次被评为“先进工作者”。这一切源于她内心的情怀。她说：“我喜欢做一名牙医，当我面对一个顾客从检查、诊断、出方案、设计、实施手术到术后维护，以及最后的完全康复……每一个诊疗环节都是那么愉快。看到患者痊愈后开心的微笑，我也倍感舒心。”她常把一个词挂在嘴边——Perfect!，她对自己的要求，就是追求完美，做到专业技术完美、热情服务完美。

她年轻，她完全可以继续在昆明口腔医院奋斗下去，升为教授，转为院长。一句话，来日方长。然而。她告别了体制，为了寻找更宽广的舞台。

梁娜是与时俱进的青年。1997年昆明医学院毕业，考取硕士研究生，毕业后进昆明口腔医院。2011年出任副院长。当时，“昆口”院有50台椅位，效益不好，渴望改革，她负责建新院，受到各种牵制与约束，一直无进展，她深感失望。年华流逝，青春不再，她在苦闷之中。

此时，拜尔口腔在昆明已经渐入佳境。

拜尔是2012年进入昆明的。5月，原昆明现代口腔老板因想转行，将其2002年创办的4家店（分别是新迎、梁源、度假区、三市街口腔门诊部）转让给拜尔。梁娜知道一点收购的曲折。

签了合同，交了定金。黎昌仁派人来做提升改造方案，结果来人及其他股东认为4店档次不符合拜尔品牌要求，提出不要定金也要放弃。理由简单，态度坚决。黎昌仁没有退下，力排众议。店面面积太小，没有高大上的感觉，观念落后难以沟通。环境差可以改造，设备不好可以提升，观念落后可以培训。黎昌仁坚持收购，通过改善环境，拓展服务项目、引进人才和市场思维，4家门诊营收从年不到200万，增至2000多万，再次证明了董事长的眼力。4店收购后人员很稳定，没一人离职。

那时，昆明市口腔医院退休的段院长在拜尔当顾问，段院长向拜尔极力举荐了她。董事长黎昌仁再赴昆明。

神说，这个世界最美的一道风景是微笑。牙医被称为上帝最好的助手，唇齿之间，定制着每个人专属的“笑容”。拜博口腔就是为让中国人笑得更自信而诞生，而发展。你是制造微笑的高手，拜博需要你！云南需要你！这位“微笑牙医天使”笑了，笑得那样灿烂，那样自信。因为她的“神医圣手”能让缺失的牙齿再回到口腔里，让自信的微笑重回缺牙者的脸上。那晚，梁娜与董事长一行十分高兴。梁娜约他们去大理一游。董事长说，大理是肯定要去的，不过，不是在明天，今晚我们去唱唱歌。庆贺一下吧。那夜，董事长唱的是《爱拼才会赢》，梁娜唱的是《有一个美丽的地方》。

2014年，她来宝善街拜尔口腔医院出任院长。她告诉大家，她选择拜尔有两个原因：一是拜尔的专注性，在拜尔口腔这个融洽的环境中，她把全部精力都用在临床工作和口腔项目的研究上，就是可以全力以赴纯粹地考虑如何做好每一个病例；二是拜尔的灵活性，民营体制让众多最新技术和顶尖设备可以第一时间应用在临床工作中，让整个工作始终保持着口腔医疗行业中的先进性，这也是每一个牙医的终极目标。

有这样一件小事让梁娜感动，久久不忘。有一天，梁娜接到了一个来自成都的陌生电话，声音是熟悉的问候，接听完后才知道这是一个曾经接受她治疗的老太太，在完成治疗多年后，还打听梁娜的消息，只为告诉梁娜：你为我做的牙齿很好用，自己的身体现在非常好，向梁娜表达感谢。老人家已去成都与女儿安度晚年，不管相隔多远，医患之情依然那么深厚。简单的故事，动容的情感。梁娜的爱心更浓郁了。当院长后，院业绩居拜博全国各店前列，后被董事长选去总部当医疗总监。

心情舒坦了、专业提升了，收入增多了。这是梁娜加盟拜博后最深切的感受。

现在，云南事业部总共11家店（2018年11月18日将新开一家），270人，其中医生60人（硕士占40%）。

宝善街口腔医院：旗舰医院，昆明第二大口腔医院。医生11人（4人兼职），护士13人，前台咨询6人，面积1300多平方米，20台椅位。房租年216万。月营收200万。梁娜个人营收占30万。

新迎门诊部：21人（医生6人），面积160平方米，7台椅位，2班倒，月营收60万，年房租36万。

梁源门诊部：15人（医生5人），面积140平方米，6台椅位，月营收40万，年房租48万。

大理、楚雄各1家。医院营收中三大业务（种植、正畸、基础）各三分之一。

黎昌仁来到了大理，已经不是第一次了。

美丽的彩云之南，灿烂的滇西明珠，她的名字叫大理。这是2016年2月28日上午10点。具有大理白族特色的舞蹈《霸王鞭》拉开了大理拜博口腔医院开业庆典的序幕。面朝洱海，背靠苍山，在充满神秘与浪漫气息的大理，抓住二月的尾巴，迎来了拜博口腔在云南的第8家专业口腔医疗连锁机构开业，这是在滇西打造的第一家口腔旗舰医院。医院位于大理市中心黄金地段——关平路，总经营面积近3000平方米（2至4层）。进入大理，同样有人不理解，这里消费水平低，人口少，对口腔健康不理解，不重视，进入大理不是做慈善……只能说董事长“固执”，他固执己见，领军而入。这次，他的理由很简单：不忘初衷，少数民族地区，老少边区正是我们要去服务的地方，问题是如何做好。说到做到。值拜博口腔“全国种植牙培训救助中心”成立2周年，为帮助云南地区缺牙老人种牙，拜博口腔联袂韩国种植体厂商组建千万公益基金，专门针对全省单多颗缺失牙、戴假牙不适的老年群体，拿出1000颗进口种植体，免费公益捐助。实施医院是昆明拜博口腔医院及旗下昆明6家分院：三市街分院、梁源分院、新迎分院、度假区分院、世纪城分院、金江分院，及大理拜博口腔医院。全省范围内的缺牙顾客，均可到上述指定单位报名享受免费种植体

还要为云南的三个年轻人说几句话。

第一个是来自吉林敦化的许曼同学。2007年她由吉林卫生学院护理专业毕业，那时这样学历在东北很难找到工作，她姨妈在珠海定居，她想来看看。这一看，就不走了，那年夏天，珠海六和正招工，柠溪门诊部在姨妈家对面，她抱着试试看的心情去了。北方人的身材，性格与北方的好声音，她录取了。这年，她还没有满18岁。护理理所当然做护士，做做，她的优势出来了，伶牙俐齿，和颜悦色，语音动听，表达清楚，让做前台，后又做咨询，当过护士长，前台经理。云南开业了，需要人，她主动要求远去边疆。从咨询师做到梁娜的助理。马上12年过去了，她把拜博视为家，她是拜博的家人。她现在在昆明买了房子，年底准备把父母接到昆明定居。她也准备在昆明找到人生的另一半，昆明，是她的又一个故乡。拜博改变了她的人生，她爱拜博，她敬佩董事长。在将来人生路上，董事长的创业精神会永远是她的力量源泉。

第二个是有着篮球运动员一样身材的河南帅哥，叫高大鹏。他学的是汉语言文学专业，毕业后闯荡过东南沿海大小城市，算得上是“江湖高手”。他的专业八竿子与医学打不到一起，他却选择了拜博，还做了大理事业部的经理，还管理得有声有色。与他搭伴的是大理的白族姑娘沈雪萍，学的是财务。男主内，女主外，分工合作，协调有序。考虑到成本与方便大理顾客，梁娜与她的团队专家都在这里兼职，每周都有昆明专家坐诊，病人预约，两不误。寒暑假以学生正畸为主，节假日，梁娜主诊种植。有动车从昆明到大理，当天可以往返，很方便，不过，专家都会住一宿。高大鹏很善于做市场，他从细从简。大理是一个旅游城市，流动人口占一半，他清楚这一半里又有大部分人可以算半个大理人，他们在这儿买房盖房，怎样开发他们是一门学问。他做得很好。他妻子是江西人，他把她接到了大理。他说，拜博

是我家，大理是我与妻子的故乡。他是董事长的粉丝。有一次董事长来到昆明，他请董事长K歌。这次董事长除了唱《爱拼才会赢》，还唱了一首《敢问路在何方》。小伙子很聪明，很会唱歌，回敬了一首《飞得更高》：生命就像一条大河，时而宁静时而疯狂……我知道我要的那种幸福，就在那片更高的天空，我要飞得更高，飞得更高……

（47）

北京祈年大街拜博集团总部三楼董事长办公室，他靠在椅上，这几个中午无法入眠，下午迟迟不愿离开办公室。他会走上阳台，楼下是祈年大街，可以听见楼下来往车辆车轮滚动发出的响声。阳台上放满了盆景，有高高的或低矮的仙人掌，有一年四季常青的吊兰和万年青，还有一串红和月月红。在花丛绿叶里放了几张椅子，他坐着，这段时间他有空就在这里坐着。他每天会读各地业绩报表，也读报上、网上对拜博的报道。最关心的是他获得联想10个亿后他做了什么，他怎么做，结果如何。数字不断在网络时空里飞腾着跳跃着，吸引着业界围观者的眼球。成了那个时间段的最热门话题。有家杂志对中国民营医疗机构门店扩张数列出一组数据。

中国民营口腔医疗机构门店数量

医疗机构名称	2014年12月31日	2017年03月01日
拜博口腔	75	180
佳美口腔	43	25
瑞尔齿科	30	41
通策医疗	14	20
爱康健齿科	12	13

拜博口腔的扩张速度明显快于同行，两年内新增95家门店，这种扩张速度在全世界恐怕都找不到第二家。

联想控股高度认可了牙科连锁模式，因而重金投向拜博口腔，以助推其连锁化扩张，投资规模至今在口腔投资领域无出其右。联想控股在投资拜博口腔时显然是看准了市场趋势，先发制人，抢占市场。

投资连锁是一门烧钱的生意。单个门店投资在4000万-6000万元之间。即便将费用再缩减，每家门店的投资数额也不会低于千万元，一年以几十家门店的速度扩张，则是几亿元的投入费用。

这样下去结果自然是短期内亏损急剧拉大。前几年，口腔行业爆出第一例“倒闭案”，北京奥克斯口腔医院传出亏损后将医院股权转让。

2002年，奥克斯集团从家电、电力领域跨界涉足医疗行业，并陆续拥有13家医疗机构。2016年，奥克斯集团将医疗健康产业作为未来五年的发展核心，并提出“五年内打造国内一流口腔连锁机构”的目标。由于步伐太快，北京奥克斯口腔医院陷入医疗团队解散、患者转院索赔的困局中。

在他书桌上放着一本书——《战略思维》，作者陈东升。在椅子上摊开几张陈旧的报纸和杂志《六和视窗》《拜尔视窗》《今日拜博》《国际牙科》，三张报纸一份杂志记录了他24年来的历程，每一期每一页都有他的汗水。今天面对着这个世界他要改变自己的思维，做出正确决策。《战略思维》是他在泰康学院开会时买的。这本书他翻阅多次。应当说，好多观点他与陈东升董事长是一致的。他在《拜耳视窗》连续发表过几篇短论；

《坚持以“品牌口腔连锁”为发展战略》《做强拜尔——一论“品牌拜尔”的信念基石》《医德为先，拜尔永远的坚持和坚守》《让品牌讲故事》《拜博：向专业性和学术性看齐》……这些年来是一路凯歌，还是步履维艰呢？他心中有三大杰作：一是开发上海，坐看笑话；二是接手云南，无人看好；三是进入海南，业界唱衰。2012年4月13日开业，55天创造了海南速度。

其三月份业绩过了百万元大关。他们的成功在于：以种植牙为龙头学科，以未来愿景留住人才；以义诊赢得顾客了解，以质量与合理价格争得信任。因此，很快进入了新农合与纳入医保。他心中有一个红色情结，他只身去过井冈山，他带领员工到井冈山学习，他去西柏坡希望小学为孩子做口腔健康检查，看望老红军王定国。红色的路，红色情结……

进京后，是不是有什么失误？各地事业部应该是捷报频传：

这年，北京：带着期待上路；上海：续写传奇再创辉煌；广

黎昌仁先生心中有一个红色情结，他只身去过井冈山，他带领员工到井冈山学习，他去西柏坡希望小学为孩子做口腔健康检查，看望老红军王定国。

州：医疗质量与文化建设并行；深圳：明确目标创新发展；珠海：新举措新希望；江西：打造品牌铸就亮点；云南：把握发展关键年；辽宁：狠下功夫创品牌；洛阳：服务、医术两手抓；海南：大打“三张王牌”；安徽：竞争中谋发展；东莞：练好内功抓住契机。他提出：纳天下英才，聚优势资源。这是拜博解码成功之道。

对照陈东升的战略思维和管理思想，他进行研读，并做了学习笔记和思考。

泰康是这样提的：公司的目标和定位：建设一个专业化、规范化、国际化的一流保险公司。

我们现阶段的口号：不求最大，但求最好。

公司的原则和理念：创新：站在时代发展的最前沿，对新的技术、制度、业务的创新。分三级创新：总部、分公司、一线，只有这样才能保持旺盛的进取心和活力。

奉献：创业和为公司努力工作是我们的基础，不劳动、不贡献，谈何财富。

分享：我们用双手和智慧创造了财富，我们有权力分享我们的成果。参与、分享是我们的权利，我们分享我们的成果，并不是对社会、对股东的索取。

公平：这是公司的重要原则，也是公司文化和正气的基础，不然就会“端起碗吃肉，放下筷子骂娘”。没有公平，人人就会钻营、溜须拍马，这会毒害企业的肌体，人际关系就会复杂化和庸俗化。

公司的主流文化：开放：永远保持开放的心态和对新鲜事物的兴趣；具有国际观，包含吸纳精神和追求进取的健康心态；来自五湖四海的各路人才汇集在泰康的旗帜下，融合于泰康的企业文化中。

学习：学习金融知识，学习经营管理，学习做人做事；养成学习习惯，培养学习氛围，塑造学习型团队。

专业：掌握专精的知识与技能，成为某专业的行家里手；提供最专业的服务给客户。

1993年，陈东升创办中国第一家具有国际概念的中国嘉德国际拍卖有限公司，1994年创办国内著名物流公司宅急送，1996年创办泰康人寿保险股份有限公司（现泰康保险集团），任董事长兼首席执行官至今。

在陈东升的一字一句中，已有了泰康人寿企业自己的文化底色和基因。日后逐渐形成泰康文化的三大战略：专业化、规范化、国际化。

五大工程：客户服务工程、人才工程、信息技术工程、财务投资工程、组织创新工程是基础。

三级管理、两极强大的组织创新：三级管理建立总公司、分公司和营销管理处的三级管理架构，两极强大是指建设强大的总公司和营销管理处。

品牌战略的逻辑链：客户定位->产品定位->服务定位->品牌定位。

企业由小变大强调的是量的增加，由弱变强则是六个字：价值、服务、品牌。

走进新生活，迈向新未来（从模仿创新到自己出牌，成为自己的标签）：

改变产品，突破单张保单的概念，首创家庭保障量体裁衣；

改变销售，把青春、活力、亲和贯穿到我们整个销售体系；

改变服务，创造更加贴近大众的AAA级服务，满足客户无论何时、何地、何种的需求。将用虚拟和现实的新生活广泛、彻底地满足客户对AAA级服务的需求，完善集团整体的服务平台。

改变品牌，使泰康人寿的形象更加生动。当人们喝着可口可乐时想到的是力量和欢乐；当人们穿着耐克鞋时，想到的是运动和生命；当人们提及泰康人寿时，联想到的就是健康、幸福、美满的新生活，这就是泰康人寿的象征。

服务创新：建立四位一体的服务体系

建设五大文化：五大文化建设的核心是制度文化。制度文化建设是公司最重要的管理要求，若不重视，公司未来一定会受到很严峻的挑战，因此，优化流程，健全制度，减少人治，加强法治十分重要。

第二个是风险文化建设。风险要成为一种文化，并且要把这种文化渗透到我们每个管理者的大脑中去。我们现在讲的风险文化已经有了更加深刻而广泛的内涵，不要以为风险就是拿了钱没有，风险就是贪污了没有。一个人的离开给这个组织带来伤害，这也是一种风险。媒体的曝光，监管部门的谈话，这些都是风险。换句话说，风险无处不在，我们要时时注意防范。

第三是诚信文化建设。过去那种单纯的保费考核模式的副作用，就是带来不诚信文化，就是一层蒙一层。

最后是执行文化和绩效文化。公司一方面要加强会议体系和督办体系建设，提高工作效率；另一方面要强化价值导向，建立公正、透明的激励机制和淘汰机制。

高速成长的压力：对于泰康人寿来说，高速增长带来的风险主要是财务风险、管理风险、监管风险、品牌风险，其实品牌风险对我们挑战最大。

最受益的是泰康的零点宣言。

2005年上半年，就在泰康人寿公司业务连续三年高歌猛进而兴奋和陶醉的时候，泰康遇到了前所未有的挑战，在9年辉煌发展历程中第一次遇到业务全面负增长。面对困境与挑战，7月1日零点，陈东升正式向全体泰康人发出了振奋人心的“零点宣言”。特定的时间，特定的背景，特别的宣言，唤起了全体泰康人无穷的斗志和志在必得的求胜欲望。在零点精神的鼓舞下，全体泰康人众志成城，同心同德，下半年公司业务顺势而起，成功地完成了当年任务目标。零点精神是泰康人精神力量的一次总爆发，它在关键时刻激发了全体泰康人的激情和斗志，推动着泰康人在困境中崛起，在挑战中超越。

《零点宣言》：弘扬泰康以人为本的企业文化，发扬泰康人敢打敢拼不畏艰辛的创业精神，发扬泰康人爱司敬业的职业经理人精神，发扬泰康人战无不胜的团队精神。

拜博文化与泰康文化有何异同？对文化理念的培训与培育，拜博付出了多少？监督了多少？

上海，大连等地，为什么能够盈利？为什么有的地方不能盈利？责任是在地区，还是在集团？江西事业部他是了解与熟悉的。最老的八一店面积约400平方米，员工25人，每月业绩80万，有时过百万；中山店近500平方米，员工20人左右，每月业绩80万-100万；后来增加的牙得安店440平方米，员工15人，月月有盈利。再后来，有了大店，一家2300平方米，还有三家面积在2000平方米以上，江西事业部，再也没有翻过身。而选址，装修，进人均由北京说了算，几家店址相距过近，或消费对象不适宜。

多次谈降低成本，成了空话。成本不降，收入升高，利润依

然是负增长。其原因到底在哪里？

陈东升日后谈到他办企业有两个天条：一是不许拉帮结派；二是不许给上级送礼。“天条”，是“天条”啊。

一个朋友从老家给他发了一条微信，一直存在他手机里——

黎董事长，要警惕民营企业的腐败，要警惕集团有人的官僚与形式主义。

这位朋友推荐他看看美国当代经济学家米尔顿•弗里德曼（Milton Friedman）的著作。米尔顿是芝加哥大学教授、芝加哥经济学派代表人物之一，货币学派的代表人物。以研究宏观经济学、微观经济学、经济史、统计学、及主张自由放任资本主义而闻名。1976年获诺贝尔经济学奖。

朋友发来了这样一篇短文：

1. 花自己的钱为自己办事。私人消费基本都属于此。花自己的钱去饭馆吃一顿，这种消费行为无须他人监管，绝大多数人都会尽量让这笔钱的效用最大化。因为花自己的钱没有人会不在意浪费的情况，一定是尽量选择性价比最高的产品或服务。其次，自己是最明白自己需求的人，所以这一类经济行为的结果自然也是最能满足自己需求的，这也正是私营经济实体的老板都会孜孜不倦地追求这种消费形式，公有经济总是竞争不过私营经济的主要原因。

2. 花自己的钱为别人办事。在日常经济活动中，这一类例子非常多。在商务活动中私人的送礼宴请，慈善活动中的捐赠等等。这类消费因为花的是自己的钱，自然会非常留意钱是否花得合情合理，有没有浪费，还会认真考虑花出去的钱是否精准地满足了对方的需求（如接受礼品或招待的客户的爱好或口味，慈善活动中受助者的实际需求）。可想而知，这类经济活动中经常会发生花钱的效用难以最大化的情况。

3. 花别人的钱为自己办事。单位的福利就属于这种类型。举例说，如果单位出台一项福利措施，每个人每个月可以报销150元的买书费用，那么财务就会发现几乎所有员工每个月都会买150元左右的书。无须深究，这类消费的真实性就比较可疑。如果让员工用自己的钱去买书，他们就会判断自己是否需要这本书，书的价值和价格是否相符等等。但当买书费成了一项福利制度，员工们就势必对价格的敏感度大大降低，甚至会为了花完150元的限额而买一些永远都不看的书。

4. 花别人的钱为别人办事。有人直接用“万恶”二字来形容这类花钱的方式，理由有二：第一，花别人的钱，自然不心疼，更不会有什么动力去精打细算；第二，为别人办事，也很难了解他人的真实需求，难以真正达到效果，这种花钱不讨好的方式，往往也就成为滋生腐败的沃土。

就效率而言，上述四种模式中，1的效率最高，4的效率最低；就成本而言，情况则刚好相反。所以在经济学界普遍认同这样的观点：私营企业花自己的钱办自己的事，既注重成本又注重收益；国有企业花别人的钱办别人的事，既不注重成本又不注重收益，正因为如此，在竞争中的优势，就不言而喻了。自己早年自然属于1；到了北京，与联想合作，属于第几呢？监管，监管。需要极高的监管成本，自己花了多少时间与精力去监管？

他决定再次与陈东升董事长联系。握着手机，他打下了以下的文字：

尊敬的陈董，新年好！

上月在泰康学院举办拜博年会期间，买了本您的大作《战略思维》，近期抽空认真进行了研读，启示良多、收获颇丰。此书是您创办、管理泰康人寿的诸多思考，呈现出了一家伟大的民族保险企业从无到有、由小到大、由弱变强的发展轨迹，以及您从一个创业者、企业家，再到商界领袖的发展历程，展现了现代企业发展管理之道……

晚上，他收到朋友一条微信：

老兄，我知道，最近的日子里，你心潮起伏，难以平静。我送你

王国维的“人生三境界”之语，伴你夜静思，一定会获益不浅。

一境：昨夜西风凋碧树，独上高楼，望尽天涯路。

二境：衣带渐宽终不悔，为伊消得人憔悴。想当年你在深圳是不是如此？

三境：众里寻他千百度，蓦然回首，那人却在灯火阑珊处。

人生风雨后，阳光是彩虹……

有位西方作家说：岁月悠悠，人生漫漫。很多事不是想的那么好，也不是想的那么坏。生命继续，事业继续，生活也将继续，这才是正道。

2018年岁末，泰康保险集团董事长兼首席执行官陈东升先生与黎昌仁先生在东润慈善之夜上的合影

第七章　齿路仁语

——与黎昌仁先生对话

● 在思考中敲定了最后一个字，想起了一句话：学海无涯苦作舟，你以“牙”作舟，此一生之精力，为使“牙征”得以减轻而努力，把你的精力变成了文字，你有什么想法吗？

● 四个字：感恩，意外。

● 言简意赅，内涵深远。

● 这是我的内心最真实表达，不是客套话。感恩改革开放，感恩这个时代，感恩一路支持我的各地各级政府，感恩长期以来关心帮助我的中华口腔医学会和中国非公立医疗机构协会，感恩泰康保险与联想控股，在拜博发展的关键时刻他们选择拜博；感恩家庭亲人父母兄弟姐姐，感恩一直一起与我奋斗的伙伴、同仁与所有的朋友！没有他们，我便一事无成。

● 这是事实。

● 意外是指三个没想到，没想到人生路上步步能向前，最终初步实现了自己的理想。

没想到在关键时刻陈董出手支撑起我们拜博一片蓝天，让拜博有了更大的平台。

没想到一个小县城牙医的人生经历还能出一本书。

● 走到今天，你感到最艰难的是什么？

● 坚持与坚守。

● 是啊，一个人，一辈子，只做一件事。关键是做得那么出色，那么成功。你有没有过偏离的想法？

● 一路上诱惑很多，最初的三年我有机会与福建人或潮州同行搭伙，或加盟去做管理，那种挣钱的方式比我一条路走到底要轻松得多，我没有去，我爱医生这份工作。后来我遇到的春燕，梁娜她们与我是同一类人。当把一个病人治好送出门的那个时刻的喜悦感与成就感是其他的人无法感受的。没有假情假意，没有金钱渗入，是自己工作成就带来喜悦，清澈无瑕，我们都愿意享受这样的纯洁喜悦。在珠海，我有房有车了，完全可以止步，团队大多数也希望就这样干一辈子，已经享受到幸福了。我建议继续进军上海。这就有了后续的北京，从南到北从东到西的拜博。

● 你奋斗到最后不是为了资金吗？

● 否认，会让人感到我是在唱高调，不食人间烟火。承认，在我内心深处却真不是这回事。是的，没钱办不成事；一个人拥有那么多钱要做什么事？烧钱？撒钱？于我，挣钱，一是生存。二是做事。我需要资金把拜博做成“民族品牌”“百年老店”。这需要培育期，需要口碑传播与精神传承，这个过程需要时间与资金。最终，当然会挣到很多钱，那时的钱应该全部用于发展维护中国百姓口腔健康事业工作中去。

- 每次国际学术论坛，拜博为什么要花钱请来那么多国际专家？

- 接轨。这两个字不是广告语，不是说给同行听的，是要敢花真金白银见真功夫的。要让我们的医疗管理和技术与国际先进的水平保持同步。所请国际专家都是业内顶尖者，我们要求他们必须拿出干货，每个人至少讲半天。拜博是中国的拜博，拜博希望为国内口腔行业建立与国际的交流平台，与同行们一起分享世界的先进。告诉你一个数据，参加会议的专业人士，拜博骨干只占30%，其余70%来自国内同行，甚至包括香港、澳门专程来听课的医生。

- 民营口腔与国营口腔有无区别？如有，区别在哪？

- 在小县城一级，医疗内容几乎相似：拔，补，镶牙，做基础治疗与维护口腔健康。省市级，有些实力强的牙科诊所，在个别专科上，甚至强过公立医院。越往上，在治疗内容上距离越来越大。这叫学科发展不平衡。国营口腔医院与省级综合医院口腔科的口腔专业几乎涵盖整个口腔专业学科，尤其是颌面外科，如颌面肿瘤，颌面外伤，颌面畸形各类口腔疑难杂症：颞颌关节病，口腔黏膜病。民营难以开展，原因有三：一是条件所限，二是风险太大，三是成本高，利润低。这样的区别与管理，经济来源有一定相关性，不言自明。

- 可不可以这样说，民营口腔医院在学科选择与发展是有局限的？

- 是的。国家审批口腔医院都要求设置床位10到20张。申报与专家检查时要求都到位了。但是在日后工作中治疗内容是自然淘汰。民营口腔医院因利润而选择内容，阶段性地进入自身优势学科，如种植、正畸、儿科、美学修复等是重点方向。

- 很多年轻点的口腔医生想创业，就是自己开诊所。你能否说一说我国口腔市场的状况？

- 尽管在发展，仍然难满足。城市化与城里经济发展，个人与家庭对医疗卫生的需求和投入自然会增大。为满足口腔健康需求，口腔医疗事业也得应运发展。近三年，口腔医生的数量增长了10倍。据统计，目前我国患有口腔疾病的人数近7亿人，口腔诊疗人次仅为3000万左右，诊疗人次占口腔患者的比例约为4.6%左右。这除了人们口腔保健意识因素外，口腔医疗供给不足是重要原因之一。充分显示出我国口腔市场仍有巨大潜力。国内外投资界一直把中国的医疗行业称之为“朝阳产业”，口腔医疗业更是视为“医疗业的明珠”。

- 在国营与民营这种背景下，是不是相互竞争激烈？

- 有竞争，不激烈。因为，仅依靠公立医院口腔医疗资源供给远远不能满足需求，国家政策鼓励民营口腔医疗发展。国营口腔医院难挂号，难排队，有的专科医院价格也偏高。一些民营口腔医疗可以满足这些病人的需要。据统计，目前我国设有口腔科的综合医院超过1.8万家，专业口腔医院533家，民营口腔医疗机构有近7万家，门诊量接近总量的40%–45%。即使在专业口腔医院中，公立医院数量的比重也在呈下降趋势。公立医院所占比重从2008年的60.8%下降至2016年的30.7%。但是，公立医院在口腔医疗服务中占据绝对优势，因为，几十年建立起的信任度具有强大的凝聚力。

- 年轻的口腔医生该怎样准备自己创业？

- 资金与人才，二者缺一不可。因为年轻，所以这两者有可能都缺少。目前有很多投资者，在当下医疗市场见热的情况下缺少的是人才。是全科医生吗？有自己专长吗？种植，正畸，牙周。做全科？建议，最好以合伙人形式。要提示的是，除这二者外，还有一样最主要，那就是心理准备：要学会处理亏与盈，苦与累，医与患等矛盾与意外的事情发生。

- 开诊所前要做哪些准备工作？

- 市场需求调查。诊所服务定位。

一是对国家政策的学习，对地方制度的理解。我们进军上海就是对地方制度认识不够，有的是市场分析不到位。二是对所在地公立民营医院实力的认识，三是对所选的地理位置与消费能力分析。当前，公立医院市场化程度低、服务意识不强、体制机制不灵活等弊端，尤其是大的综合医院，如果学科领头人不强势，发展一般较缓慢。在我国口腔未来的医疗模式中，占主流的大中型公立医院的总量会呈缓慢增长，但市场份额比例会处在不断缩小的态势。国家医改的方向是公立医疗机构将以基本医疗为主，民营医疗机构将在基本医疗方面作为国有机构的补充，并在高端和特需服务领域逐步成为市场主体。这一趋势，会强力拉动中国民营口腔医疗的投资与发展，特别是正畸、种植、美学修复等高端服务在民营口腔医疗的这种背景下，仅依靠公立医院口腔医疗资源供给远远不能满足需求，必须通过加快民营口腔医疗的发展来解决。所谓定位是，你办的诊所是为什么人服务，也就是诊所服务的对象。只要准备好，调查清，分析细，心中有底。在现阶段，随时可以进入。

- 消费者普遍反映，私立口腔医院的费用较高，在民营医院是否有各类医保？

- 价格一定是经过物价局审核过的，如果过高可以投诉。拜博集团设有专门的保险机构，既包括商保，也包括医保。拜博还与阳光保险公司合作推出了口腔医疗保险套餐，消费者可根据自己的情况购买。现在泰康进入，口腔健康更有护航保险的资本了。国家既然有鼓励民营医院的政策，一定也会对民营医院开放医保社保与新农合。

- 拜博口腔的一线医生怎样组成？有没有外聘其他机构和医院的专家坐诊？

- 我们医生主要是通过招聘网公开招聘，同时也有一些同行的推荐介绍，甚至有一些比较好的公立医院的医生看到我们的品牌，主动加盟。我们自己固定的团队是通过招聘组成，同时与国内外学术界做不定期的探讨和交流，（业内专家）在了解我们的集团之后，有意向的可能会与我们合作或加盟，作为客座教授坐诊。

- 一个诊所的规模多大最理想？

- 面积200-300平方米之间。椅位4张左右，消毒间手术间具备。

3到4个医生，4个护士，前台与咨询各1个，可以轮班。当门诊顾客增多后可以适量加员。

- 选址有什么原则?

- 老传统的条件是，有人流，有居民区，居民有购买力，有爱牙意识的人群。所以，上海大都选择在商城广场内。经济发达地区，要考虑附近有停车处，有公交车，地铁。也就是交通方便否?

- 如何为自己的诊所定位?

- 其实这是市场分析的一部分。这座城市市民消费实力如何?对口腔健康认识如何?对口腔消费是否认可，热衷?三个答案都是强，那当然选择高端。偏低选择中低端。

- 诊所装修要注意什么?

- 提醒几点：自己诊所的服务对象要明确。装修是为他们服务的。如果面对中低端，装修太高大上，顾客不敢进门；如果面对高端，装修一般，他们认为是小诊所，不愿进门。装修要看所在城市风格于风俗。因为是医院，是诊所，面对生命。既要色彩明亮，又要庄重，既要时尚又不能轻佻，既要实用，又不能死板。专业装修要注意消毒与无菌观念。消毒无菌两条线，这是原则要给顾客候诊休息的空间。包括孩子游戏区，大人阅读区，茶水间，垃圾桶均要在设计的范围内。要注意孩子，老人候诊的安全通道与预防与急救措施。

- 如何做好成本核算?

- 基本几点：固定成本，与控制，不可控制成本。房屋租金是固定成本，不能高于15%，最理想是10%，人力成本控制在30%左右，耗材看看用什么，一般在10%—15%之间。还有运营成本，医疗设备的损耗成本，还有不可控制成本。亏损的最主要原因是没有有效控制好成本。只要质量好，有顾客，每天有营业量，一所小型牙科是不会亏损的。

- 如果要办连锁，你有要提醒的吗?

- 在一个城市办连锁，不需要每家店都是高大上。建议办一家高大上的旗舰店，面积在1800-2000平方米，20张椅位，25名左右医护人员。其他店都在300平方米左右。

- 你对年轻医师开诊所有什么寄语吗？

- **把顾客视为朋友，把治疗视为责任。把质量视为生命，把诚信视为人品。做事要适度，不能失度，切忌过度。虽然是小小诊所，不要忘记向专业与学术看齐。**

- 你对自己这段历程有什么自评吗？

- **起于奋斗，思于奋进；人生路长，不忘初心。**

- 像诗一样的寄语，诗一样的自评。我送你一首小诗：情系百姓黎民，心怀祖国昌盛；牢记仁术仁心，追求至美至诚。

- **呵，“黎昌仁”，谢谢！**

尾篇：医道书情

此处医道非道路单一之说，还有道行、道德之意。医者，深修道行，德高术精。此道，为我一生之求。

选择学医是一种缘分，幼时对医学并无兴趣。整百年前，家父还在奶奶腹中时，爷爷不幸离世。爷爷时任海口知县，也算是一个“正处级”，当时是否有医疗保健，不得而知。因回老家探亲，染病卧床，时热时寒，老屋在深山，方圆五十里外只有一名中医郎中，请他来到家中，把脉，经诊断为伤寒，为南方瘴气所染，需服中药七帖。不到五帖，爷爷匆匆告别了人世。听奶奶说，一会儿高热寒战，一会儿大汗淋漓。从现代医学看，此病是疟疾，俗称打摆子。最有效的药是喹宁。那时，别说方圆五十里，方圆一百里也找不到一颗喹宁，更没有研究出青蒿素。但知道，中药有一味叫青蒿的草药，是否用了，也无从考证。家父成了遗腹子，是我家独根苗。虽痛失父爱，奶奶对他并未溺爱。山里虽有私塾，奶奶要他到县里读书，风雨山路跑了十年，望子成医。那时，医患关系十分融洽，奶奶不但不记恨那位郎中，反而想让家父跟他学医，长大后好为民治病，呵护一方。这位郎中颇有自知之明，建议家父到省城深造。孤儿寡母，经济拮据，无能为力。郎中极力资助，母子俩又不愿意食嗟来之食。家父考进了免费的金融学校。抗战爆发，随难民南下，看到战伤与疾病，家父深感学医作用的重大，遂立志学医。但一直未能如愿入医学院系统学习。二三十年来，一直自学中医，免费为人治病。记事起，每逢周日，家中不断有病人请父亲把脉开方，他没有考执业证，自然没有行医执照。似乎信任与有效成了他行医的资格。那时似乎也没有机构禁止他这种违法行医，一些领导也登门求治。正说，他一生义务服务百姓；反说，他违法行医。在他的病案里，确实有被西医诊断为不孕症的患者，用了他的药后做了妈妈；确实有腹水的病人，经他的治疗后，改善症状，延了年，益了寿。每逢节日，总有一家三口来我们家看望家父，孩子是吃了他的药以后怀上的。至今我百思不解，他的那个方子怎么让女性怀上孕的？家父希望我长大后报考中医院，成为真正“有证”的医生。也许是我学了一点数理化，老想不通那些树叶草根怎么治好病。我对父亲谎说填了中医院，其实我填的是医学院医疗系，结果录取我的是口腔医学系。据说，口腔系的录取分数要求有点高。55年前的夏天，就这样我懵懵懂懂进了口腔系。那时候，湖北医学院口腔医学系刚筹建，我是第三届。

夏良才教授是我国颌面外科的创始人之一，他任口腔系主任，口腔医学院院长。那年，本人有幸成了他的学生。在创办口腔系的日子里，夏教授崩足吃苦精神，自己拉车拖砖盖校舍，自己做教具，他教我们读书，带我们实习，那时，教我们口腔解剖的是皮昕老师（第一版到第七版《口腔解剖生理学》的主编），教病理课的是汪说之老师（《口腔病理学》的副主编），教口腔内科的是樊明文老师（《牙体牙髓病学》的主编）、岳剑秋老师。教口腔外科的是东耀俊老师（曾任武汉大学口腔医院的书记）、胡树立老师。他们当年风华正茂，好学上进，不过午夜不熄灯。后来者施斌（现在是武汉大学口腔种植科教授）说，在他们读书的80年代，晚上总看到这些老师们在灯下读书的身影。他还说，最后一个关灯的必定是樊明文老师。他们是我们这代人医道书情的启蒙者，领路人。后来，他们都成了我国口腔界的中间力量。从他们身上我读懂了无仁、无术者不能为医之内涵。

5年大学毕业后，我分到综合医院。要参加急诊值班，逼得我们年轻的口腔医生要学习内外妇儿的知识，虽然辛苦一点，自己的医学综合知识得到提高。20世纪70年代末80年代初，欣闻江西医学院要创办口腔医学系，我自报山门。那时是唯才是用，很顺利地进入了江西医学院参加筹备建立口腔系工作，认识了江西医学院筹备口腔系小组的组长常铭纲教授。她毕业于日本东京齿科大学，毕业后回国参军，随解放军四野部队南下。到江西南昌后，服从组织分配留下来，参加接收中正医学院附属医院的工作，并担任门诊部书记兼口腔科主任。她是江西省最早最正规的一名口腔专家，我有幸做过她的助手，参加了江西医学院口腔医学系最初的筹建工作，任务主要是起草各种文案，向上级递送文件，经常跑卫生厅与省计委。领导们不了解口腔知识，经常问，几颗牙齿还要办医院？浪费国家的钱。解释不通，经常无语。

那时，我真想写一本普及口腔知识的书；那时，普及口腔知识的书不是少，是空白。我的第一本书就这样诞生了。书名是《牙齿引出来的故事》，3个月就售完1万册。过了几年，又想写一本专业书。我觉得有些口腔医生医疗系统知识少了一点。读书，买书、藏书，写书是我的嗜好，书是我的情人。

科技出版社负责人说，你不是副高，又不是专家，你的书写出来没有权威性。拒绝接受书稿。此话有理。于是乎，我决定去四川华西医学院口腔系朝拜。当时，口腔系交给我一个任务，带4个三年级我院医疗系的学生送他们到华西补学口腔医学，毕业后回口腔系任教。他们是现在广州光华口腔医院颌面外科廖贵清教授，他已经参与《口腔颌面外科学》教材编写；东莞口腔医院的陈贵丰主任、深圳人民医院口腔正畸的熊国平主任，北京协和口腔科正畸的张江恒主任，十几年过去了，他们都成了当下口腔界的大腕。进入了华西，让我大开眼界，王翰章、王模堂、王大章、毛祖彝、温玉明等国家级大腕济济一堂。为了拓宽自己的学识，学习之余又拜颞下颌关节科的罗宗赉教授，修复科易新竹教授，正畸科罗松椒教授为师，并结识了陈扬熙等专家。

口腔事业真精彩，口腔专业好可爱。我返回江西时，79级的11名江西医学院医学系的学生也从上海返回。他们是1981年送往上海二医大口腔系学习，获得口腔系毕业证书，回校任我院口腔系教师的。他们进行了分工：郭秋元专攻正畸，廖建兴、周辉，黄河清、杨杰主修口外，王钰，汪建中，程永喜从事修复，刘英志、陶天庆在口内。后来，他们因考研究生，或结婚大都调离了南昌。杨杰在美国任国际口腔颌面放射医学会主席。他们都已年近花甲，都是各个省市的口腔界的知名专家了。

这时，我真的开始写口腔专业书，书名是《口腔颌面外科并

作者与廖贵清教授合影

发症》，出版社认为这个选题立意很好。

当时认为我权威性不够的社长已退休，新上任的是范卫平社长。他敬业有为，开拓进取，建议将书名改为《外科并发症的预防与处置》，问我是否有信心。

当然有点难度。原是自己的专科，这一改是从头到脚的外科。幸好我有两个忘年交，一位是邱蔚六老师，另一位是王贤才老师。王贤才是希氏内科学的译者，中国医学翻译大家。两位老师大力支持我这项工作。尤其是邱蔚六老师，他是我师辈，我有幸与邱老师相识相交，请教请助，于我，获益不少。经过策划后，我定名为《现代手术并发症学》，全书约230万字。邱老师全力支持，指导，联络。那时家中无电话，全靠通信来往。

邱老师为我联系了上海瑞金医院神经外科、普通外科与眼科的国内知名专家。王老师联系了协和医院的妇产科宋鸿钊院士与北京安贞医院院长胸外科孙衍庆教授，其他的事也就一一迎刃而解了。西安图书出版公司张社长与责任编辑任卫军全力以赴投入本书工作，请到了吴孟超院士作名誉主编，吴阶平院士题写书名，裘法祖院士写序，共有5名院士参与本书指导工作。书出版后获得首届图书政府提名奖。后来邱老师又为我其他的专著（《现代牙科诊所指南》与《医学写作学》）作序。邱老师还为我的报告文学《守护生命之路》一书参评“五个一工程”写了推荐信。

医道书情就这样渗入了我的人生。道路，道德，道行。让我这等晚辈再次接受了德高术精的洗礼。虽然我能力有限，却有心在医道书情路上奋斗奋进。感谢世界图书出版公司为我连续出版了五十余本医学科普书，又出版了《颞下颌关节病》等医学专著，更感谢院士们的支持，樊代明院士，郭应禄院士为《医学写作学》写序，易新竹为《颞下颌关节病》写序，樊明文夫妇为《现代牙科诊所指南》写序。

老院士与老一辈教授们的高尚、谦逊的人格与严谨的学术态度不断催我奋进。

从科主任岗位退下来后，上手术台的时间少了，以坐专家门诊为主。想把自己行医中所见到的医学人文世界变成文字，于是有了《中国农民生死报告》《医与患》《金钱渐染手术刀》《善待生命》等报告文学出版。有的书获谷雨奖，有的书入选鲁迅文学奖，入选前20名。自己为自己能为百姓鼓与呼点赞。后来，写了反映汶川地震的报告文学《蔚蓝色的过渡》《中国大援建》，又写了先进人物《秋杰老师》《公仆曾建》《邓小平的南昌岁月》，又写了有关历史的《1927·南昌城》等报告文学均相继出版。还想完成江西红色三部曲：《1927·南昌城》，《1928·井冈山》，《1929—1934·赣南苏区》。不是显摆，也不是摆谱，是想说接受写这本书我心里有点谱。其实，这期间，我正忙，在做《中国红军医院》的结尾工作。我就这一点点本钱，还是愿意真诚为传主服务。再说得“高大上”一点是再现“改革开放”40周年的成果，是为改革奋进人物点赞，这更是宣传工作中必须要做的事。我与传主是口腔界同行，他的经历的的确确是难以复制。他是奉新人。我与奉新人有缘。奉新县另一个当代名人支月英，因感动中国而从深山里走出来，到了北京人民大会堂。去年，我完成了书写她感动中国的报告文学《点亮希望》。奉新是个好地方，奉新山好水好人也好。了解传主从奉新走到北京这一路风风雨雨，虽然不是惊心动魄也是呕心沥血。于是，我每天下班后，面对着电脑，敲打他的故事。在屏幕上显示出他的当年，希望能用文字赋予那段岁月复活的因子。听完他的讲述后，我的感受是，虽然不能复制，但是可以模仿。创业的艰苦，自己品味，奋斗的脚步，自己掌握。心中要有谱，脚下要有路。那么，我想人生一定会精彩。

愿你读完这本书，能从此书中汲取到你所需要的营养。

写于2018年改革开放40周年和自己行医50周年纪念的日子里

补记： 书付印之日，欣闻拜博易名为泰康拜博。特表达祝贺，愿更上一层楼。此书得出版好友余茳、安姗姗全力打造，特此感谢。

（本书照片除作者自己提供外，全部由拜博集团提供。）

作者在北京泰康学院参观学习